KB117751

트랙을 도는 여자들

차현지
소설

트랙을 도는 여자들

다산책방

차례

트랙을 도는 여자들 —— 7

무덤 산보 —— 41

해변의 소견 —— 77

녹색극장 —— 115

문은 조금 열어 둬 —— 141

미주와 근화의 이란성 쌍둥이 썰 —— 149

미치가 미치(이)고 싶은 —— 187

트릭 —— 217

핑거 세이프티 —— 247

우리의 마지막 잠 —— 285

해설 미칠 수도 있지만, 살아갈 수도 있지 _서영인 —— 294

작가의 말 —— 313

추천의 말 —— 315

트랙을 도는 여자들

트랙을 도는 여자들

문장 웹진 2017년 6월

303호가 나간대.

요즘 머리숱이 빠져 큰일이라는 사장님의 정수리 부근을 빤히 쳐다보고 있는데 흘러나온 말이었다. 름이가 사는 빌라에서 한 블록을 지나쳐 왼쪽 모퉁이에 있는 지구인슈퍼 앞에 나란히 서서 갈아만든배 주스를 마시던 중이었다. 햇살이 정수리 중앙에서 약간 비낀 채로 쏟아졌다. 사장님은 파라솔 안쪽으로 들어오라고 손짓을 했지만 름이는 괜찮다며 멀찌감치 서 있었다. 아이스크림 냉동고 팬 밖으로 나오는 뜨거운 바람이 계속 정강이를 달구었다. 일백 퍼센트 과즙이라는데, 그러기엔 너무 달지 않아? 내가 저녁마다 끼니를 챙기고 나면 무조건 배를 잘라 먹는데, 소화 잘되라고, 근데 꼬박 일 년을 먹었는데도 이만큼 다디단 배를 물어 본 기억이 없어. 사장님의 말이 끝나자 진분홍 꽃

잎이 그려진 양산을 들고 있던 아주머니가 손끝으로 사장님의 어깨를 툭 쳤다. 생 거 아니면 뭐가 들어 있는 게 당연하지. 릅이의 어깨보다 폭이 좁은 양산을 들춰 쓴 아주머니는 2000년대 초반에 잠시 유행하다가 사라진, 프릴이 잔뜩 들어간 볼레로 카디건을 입고 있었다. 안 그래도 짧은 상의가 팔뚝 살에 묻혀 더 작아 보였다.

아주머니는 그날 일을 언급하는 것 자체가 싫은 눈치였다. 30년을 넘게 살아온 동네에 대한 애정 때문인지 그런 흉흉한 말이 나도는 걸 원치 않았다. 크로바부동산 사장님 역시 매스컴에 노출되어 괜한 소란으로 집값이 떨어질까 염려했다. 별스런 일도 아닌 거 갖고 야단이야. 딴 동네는 소리 소문 없이 주기적으로 생겨. 사람 사는 게 다 그렇지 뭐. 사장님 말로는 사람이 모여 사는 곳엔 죽이고 죽는 일들은 끊임없이 생기고, 그게 곧 사람 사는 모양새라는 것 같았다. 한껏 목을 뒤로 젖혀 주스를 탈탈 털어 넣더니 입가에 묻은 배즙을 단숨에 닦아 낸 사장님은 어쨌거나 자기도 조심해,라며 릅이를 안쓰럽게 쳐다보았다. 여자 혼자 사는 게 뭐 쉬운 일인 줄 알아? 때 되면 시집가는 거 딱히 뭐 없어. 외로운 건 둘째 치고 안전해야 할 거 아냐. 제 몸은 제가 챙겨야지. 방 보려면 얼른 와, 금세 빠지니까. 문단속 잘하고.

사장님과 볼레로 아주머니는 다 마신 주스병을 쓰레기

통에 던지고는 큰길 쪽으로 유유히 걸어갔다. 교차로 앞에서 무단횡단을 하기 위해 차들을 살피는 진분홍색 양산이 점차 멀어졌다. 내 몸은 나만이 지킬 수 있되, 안전을 위해서라면 혼자 살아서는 안 된다는 모순은 또 뭐야. 름이가 그들을 멀거니 지켜보았다. 철물점에서 키우는 개가 배를 보이며 드러누워 한적하게 볕을 쬐고 있었다. 주중의 한낮에는 그 개처럼 한가로운 사람들이 동네를 어슬렁거렸다. 간혹 계절을 알리는 매미 소리가 시끄럽게 번졌다. 지겨울 정도로 한적한 골목에서 그런 사건이 벌어졌다는 건 꽤나 레어한 일이라고 름이는 생각했다. 그러다가는 살인 사건을 레어하다고 말하는 것이 온당한가에 대해 고민했다. 얼마간 그런 생각에 빠져 있자니 잠결에 들었던 여자의 비명이 환청처럼 귓속을 맴돌았다.

비명이 담벼락을 뚫고, 이중 새시를 뚫고, 자고 있던 름이의 귓가에 닿을 때까지 여자는 자신이 낼 수 있는 최대치의 소리를 내지르며 도움을 요청했다. 분명 302호 부부가 또 싸우는 거라고, 아니 안 맞으면 애초에 찢어지든지 왜 다 큰 고등학생 자식들 앞에서 하루가 멀다 하고 야단인지 알 수가 없다고, 름이는 손바닥으로 두 귀를 막고서 한참을 뭉개고 있었다. 한데 계속 듣다 보니 어쩐지 비명은 건물 내부가 아니라 바깥에서 들려오는 것 같았다.

소리의 출처를 유추하던 름이는 덮고 있던 이불을 걷고는 조심스럽게 창문 쪽으로 걸어갔다. 어두운 탓에 금방 눈에 들어오지 않았지만, 맞은편 가정주택 담벼락에 무언가가 있었다. 안경을 집어 들고 다시 창문 밖을 향했다. 무언가가 아니고, 사람이었다. 담벼락에 기대어 반쯤 쓰러진 여자가 보였다. 땅바닥에 닿은 옆구리 부근에서 하수구 쪽으로 물줄기가 길게 흘렀다. 그게 물줄기가 아니라 핏자국이라는 건 해가 뜨고 나서야 알았다. 얼마 안 있어 구급차의 사이렌 소리와 함께 경찰차가 연달아 골목길을 가로막았다. SUV 한 대가 들어가기에도 버거울 만큼 좁은 골목길에는 신축 빌라 한 채와 연립주택 넷, 작은 마당이 있는 오래된 이층집과 카페로 개조한 삼 층 높이의 건물이 맞닿아 있었다. 름이가 사는 빌라만 하더라도 가구 수가 열넷, 실제 거주하는 사람은 서른여덟 명. 분명 밖에서 무슨 일이 일어나는 것 같았지만, 골목길에 맞닿아 있는 건물에 사는 사람 가운데 그 누구도 바깥으로 나와 보지 않았다. 나중에 들은 바로는 름이처럼 다들 창밖을 숨죽여 내다보고 있었다고 했다.

어슴푸레한 사위가 점점 볕으로 뒤덮이자 건너편 이층집 문이 빠끔히 열리고 할머니가 담벼락 너머를 내다보았다. 출근 준비를 마친 사람들이 하나둘 건물 밖으로 나왔다. 차를 빼야 하는데, 하며 난감해하는 얼굴들이 보였다. 뒤이어 동일한 색의 점퍼를 입은 사람들이 골목을 헤집듯이 진입하기 시작했다. 점퍼 뒤에는 하얀색의 고딕체로 과학수사라고 적혀 있었다. 바깥에서도 훤히 드러나 보이는 연립주택 층계참은 경찰, 구급대원, 국과수 요원 등으로 부산스러웠다. 화장실에 난 작은 창문으로 지켜보고 있던 름이는 멍한 눈으로 그 광경을 지켜보다가, 층계참 정면에 보이는 현관문을 열고 나온 빡빡머리 남자와 눈이 마주쳤다. 별안간 름이는 변기 위에 풀썩 주저앉았다. 종종 골목길에서 마주치던 남자였다. 다부진 체격에 약간 험상궂은 인상이었지만, 직접 장을 보고 쓰레기도 제날짜에 버리고 가끔 거동이 불편한 노모를 휠체어에 태우고 동네를 산책하는 평범한 이웃집 주민이었다. 그럼에도 름이는 그에게 굳이 자신의 거주지를 드러내고 싶진 않았다. 그의 성별이 남자라는 게 이유라면 이유였다.

*

죽은 여자는 름이가 사는 빌라 303호에 거주하던 사십대 여성이었다. 중학생 딸과 단둘이 살던 여자는 괴한에게 오른쪽 뺨과 목덜미, 옆구리를 과도로 찔려 숨졌다. 구급차가 왔을 땐 이미 과잉 출혈로 의식을 잃은 후였다. 한동안 사람들의 낯빛은 굳어 있었다. 여자의 끈질긴 비명에도 뛰쳐나간 이가 아무도 없었다는 걸 서로가 알고 있었기 때문이었다. 그 누구도 웃으며 인사를 하지 못했다. 그들은 가볍게 묵례만 하고는 빠르게 눈길을 피했다.

그러나 모종의 죄의식도 잠시였다. 지척에서 벌어진 묻지마 범죄였으므로 사람들의 경계심은 극에 달했다. 동네 아이들은 해가 지기 전까지만 밖에서 놀 수 있었다. 새벽 출근을 해야 하는 아주머니는 잠이 덜 깬 남편의 질질 끄는 슬리퍼 소리와 함께 집을 나섰다. 밤늦게 회식을 마친 여자는 버스정류장에서 골목 근처까지 하이힐을 신은 채 한 번도 쉬지 않고 뛰어야 했다. 잔디밭을 가로지르는 고양이들의 날쌘 움직임에도 소스라치게 놀랐고, 바람에 비닐봉지가 날리는 소리에도 등골에 식은땀이 맺혔다. 공영방송과 종편 시사 프로그램 몇 군데에서 주민들의 인터뷰를 따겠다고 골목에 진을 쳤지만, 건너편 연립주택의 빡빡머리 남자를 제외하고는 다들 거절했다. 범인이 누군지도 모르는 상황에, 어쩌면 골목 어귀에서 이 상황을 엿보고 있을지도 모르는데 굳이 그에 대해 말하고 싶어 하지 않았다. 하지만 403호에 거주하는 반상회장만은 달랐다. 빌라의 크고 작은 일을 맡고 있는 회장은 나름의 책임감을 느끼고 기꺼이 각종 인터뷰와 조사에 응했다. 회장은 골목에 사는 사람들을 전부 알고 있었다. 특히 담배 냄새에 민감해 종일 버려진 꽁초를 주우면서 본인 에너지의 일정량을 소비하곤 했다.

한번은 죽은 303호 여자와 삿대질을 해 가며 싸운 적도 있었다. 아래층에서 담배 냄새가 올라온다는 게 화근이었다. 303호 여자는 말도 안 된다, 회장님도 알다시피 여자 둘이 사는 집에서 담배가 웬 말이냐, 오층 아저씨가 골초인 거 모르느냐, 새벽 즈음에 동네 애들이 빌라 주차장에서 깡소주 마시는 거나 잡아서 혼을 내든지, 여자 혼자서 애 키우는 게 얼마나 힘든지 집에서 살림이나 하는 회장님이 아실 턱이 없겠지만, 보름에 하루 쉬는데도 한 달에 한 번씩 꼬박꼬박 반상회 참석하는 게 쉬운 일인 줄 아냐, 돈 벌어오는 남편 있다고 여유 부리면 뭐 하냐, 그래 봤자 회장님 너나 나나 좁아터진 집에서 꾸역꾸역 사는 판에, 한 번만 더 개소리 지껄이면 진짜 가만 안 둔다 내가⋯⋯ 하며 쏘아붙였다. 그날 이후로 303호 여자는 반상회에 참석하지 않았고, 회장 또한 카톡 단체방이나 공지를 적어 두는 화이트보드에 더는 303호를 언급하지 않았다. 반년쯤 지나자 303호는 반상회에도 불참하고 회비도 내지 않는데 우리도 그럴 의무가 없는 거 아니냐고 하나둘씩 항의를 했고, 회장은 점점 어물거리다가는 이윽고 그 쉴 새 없이 움직이던 입술을 뚜우, 길게 빼기만 할 뿐 아무 말도 하지 않았다. 그 후로 반상회는 열리지 않았다.

여자 둘만 산다는 303호에는 남자들이 일정한 시기를 머물다가 사라졌다. 남자들의 등퇴장은 순차적이었다. 빌라에 사는 여자들은 그걸 알고 있었다. 맞은편 담장 너머에 사는 할머니조차 사라진 남자들의 수를 꿰고 있었다. 골목 귀퉁이에서 반상회장과 볼레로 아주머니, 그리고 담장 할머니가 심각한 얼굴로 수군거리는 걸 보면 틈이는 303호에 사는 중학생 딸이 지나가지는 않는지 괜히 주변을 살폈다. 마트를 다녀왔는지 검은색 비닐봉지 꾸러미를 두 손에 잔뜩 쥐고는 골목길로 진입하는 모든 사람을 훑고, 의례적인 인사를 나누는 그들의 모습은 삼삼오오 둘러앉아 침 뱉는 연습을 하는 중학생들과 다를 바가 없었다. 오히려 진짜 무서운 쪽은 저들이었다.

교복 셔츠가 누레지도록 입고 다니더라니까. 모녀가 각자 방문을 꽉꽉 닫고 살 거란 말이지. 방 안에서 딸년이 담배를 피우든, 엄마가 생판 모르는 남자랑 놀아나든 전연 궁금해하지 않는 거야. 주차장에서 담배 피우는 남자애들이랑 시시덕대는 걸 봤어. 교복 입은 채로 자정 넘어 온 동네를 쏘다닌다니까. 엄마가 우스우니까 애도 삐뚜름하게 노는 거지, 뭐.

그런 말은 카페 앞에서, 지구인슈퍼 앞에서, 크로바부동산 앞에서 잔기침처럼 불쑥 튀어나왔고 지난하게 이어졌다. 건널목에 서서, 철물점 개와 놀다 말고, 코너를 돌다가 그들과 맞닥뜨리면 름이는 잰걸음으로 빠르게 지나쳤다. 그들이 하라는 대로 하고, 버리라는 대로 버리고, 달라는 대로 주고, 손을 많이 드는 쪽으로 손을 들 것. 름이가 할 수 있는 최선의 방어였다.

그들은 벽 너머에서, 위층에서, 담장 안쪽에서 시종 누군가를 훔쳐보았다. 출퇴근하는지 안 하는지, 배달음식을 얼마나 자주 시켜 먹는지, 새벽 서너 시가 되어도 두 눈을 말똥거리며 편의점을 가는지 일상의 패턴을 체크하고, 그걸 빌미로 말을 걸었다. 재활용 쓰레기를 체크하고, 여름과 겨울마다 전기요금을 체크하고, 대부업체에서 날아온 우편물로 대출금을 체크하고, 제집처럼 드나드는 남자를 보며 애인의 유무를 체크했다. 피로한 말들이 골목의 중학생들처럼 침을 튀기며 들러붙었다. 코를 찌를 듯한 악취를 풍기며 진물을 흘리는 쓰레기봉투, 그 위를 쉼 없이 빙글빙글 도는 날파리 떼와 같이.

름이는 웬만하면 들키지 않는 것이 좋다고 생각했다.

*

우지의 이름은 공원에서 알게 됐다. 우지가 다니는 중학교 후문과 맞물린 공원의 초입에는 혼자 앉기에는 약간 크고, 둘이 앉기에는 애매하게 비좁은 벤치가 있었다. 여느 벤치와는 확연히 다른 모양새였다. 재료로 쓰인 목재도 다르고, 간간이 고르게 덧바르지 않아 뭉친 스테인 자국 같은 것도 보였다. 큰 나무에 가려진 탓에 잘 살피지 않으면 그곳에 벤치가 있는지도 모르고 지나치기 십상이었다.

그곳에 우지가 앉아 있었다. 술래를 피해 숨은 아이처럼. 벤치를 감싸고 있는 우거진 이파리들 밑에서 아무런 기척도 없이. 주황빛 가로등이 점점이 제 몫을 내던 즈음. 너무 고요해서 아무 소리도 들리지 않았다. 름이는 이렇게까지 조용해도 되나 싶어 일부러 박수를 쳐보고, 아아, 하고 입을 벌려 소리를 냈다. 그러면 당연하게도 소리가 났다. 짝, 아아, 짝, 아아. 귀먹은 건 아니네, 하고 손바닥에서 시선을 거두고 고개를 들었더니 우지가 보였다.

반상회장의 말대로 우지는 밤이 되어서도 집 밖에 있었다. 그러나 우지의 곁에 침 뱉는 연습을 하거나, 오토바이를 끌고 동네 어귀를 헤매는 또래 애들은 보이지 않았다. 새벽마다 빌라 주차장을 맴도는 교복 입은 무리 가운데 우지가 보인 적은 한 번도 없었다. 슬쩍 봐서 그랬을 수도, 아니라면 름이가 볼 때만 없었을 수도 있었다. 물론 름이의 편견일지도 몰랐다. 우지가 풍기는 분위기, 아니, 름이가 느낀 우지의 분위기에서는 애들과 몰려다니며 이유 없이 욕설을 뿜내는 우스운 모습은 연상되지 않았다. 우지는 계단에서 마주치는 어른들에게는 푹 익은 콩나물처럼 머릴 숙였고, 집을 향해 계단을 오르는 발걸음은 늘 신통치 않던 애였다.

정말 걷기 싫은데 억지로 걷는 듯한 걸음걸이는 평지에서도 여전했다. 름이를 발견하고는 깊게 한숨을 내쉰 우지는 힘겹게 자리에서 일어나 터벅터벅 공원 안쪽으로 걸음을 옮겼다. 어쩐지 고요한 장면에 느닷없이 출몰한 트럭 장수의 요란한 목소리처럼 불청객이 된 기분이었다. 멋쩍게 서 있으려니까 허벅지 안쪽 근육이 저릿하게 땅겨 왔다. 운동장 트랙을 오래 걸은 탓이었다. 우지가 일어난 벤치에 자릴 잡았다. 앉아 있기가 힘들어 몸을 기대어 옆으로 누웠다. 벤치는 름이만 한 몸집의 사람이 웅크려 누워 있기 가장 적당한 사이즈였다.

그 후로도 름이는 운동장 트랙을 돌고 나와 벤치에 누워 쉬었다. 아랫배에 무릎이 닿을 듯 옆으로 누워 등을 적신 땀이 식기를 기다렸다. 이따금 인접해 있는 버스정류장에서부터 야근을 마친 사람들이 지나갔지만 름이를 발견하지는 못했다. 름이는 왠지 풍경의 한 소품이 된 듯한 느낌이 들어 좋았다. 사람들은 름이를 부랑자쯤으로 여겼을지 모른다. 아니라면 버려진 트렁크나 숨이 멈춘 동물. 그때였다. 허리를 곧추세우고 일어났더니 언제 와 있었는지 우지가 름이 앞에 서 있었다. 왜 남의 아지트에 침범했느냐는 얼굴이었다. 놀랬잖아, 소리도 없이. 그랬더니 우지가 검지를 양쪽 귀로 가져갔다. 이어폰을 꽂고 있는 건 름이 쪽이었다. 름이는 군말 없이 이어폰을 빼서 주머니 속에 넣었다. 우두커니 서 있던 우지가 입을 뗐다.

운동장이요. 안 뛰는 게 좋을걸요.

왜?

우레탄이요. 그거 몸에 안 좋대요. 그래서 요즘 실내 수업만 하는데.

그럼 체육 시간에 운동 안 해?

여름방학 때 공사한대요. 모래 깐다고.

나 다닐 땐 원래 모래 운동장이었어.

흙먼지 개싫은데.

나도 싫었어. 체육 선생도 개싫고.

풉.

체육 선생 별명이 불독이었어. 하도 개같이 놀아서.

별명 구리네. 불독이 뭐야.

선생 별명 짓는 데 창의력 써서 뭐 해.

그건 맞는 듯.

앉을래?

아뇨.

같이 들어갈래?

아뇨.

그럼?

언니도 알죠? 그 칼 맞은 사람.

아, 어.

우리 엄마인 거. 것도 알죠?

름이는 아무 말 없이 고갤 끄덕였다. 말을 나눠 본 적은 없었지만 2년째 같은 계단을 공유하는 사이였다. 름이는 당연히 죽은 여자와 그녀의 딸인 우지를 알고 있었다. 모녀에 대한 듣기 거북한 루머도 알고 있었다. 303호를 드나들던 남자들의 얼굴 또한 선명했다. 름이는 우지가 스스럼없이 말을 거는 것에 약간 당황했다. 어딘가 모르게 매사에 주눅이 들었을 것 같다는 선입견은 금세 깨졌다. 름이는 차분하게 우지의 다음 액션을 기다렸다. 죽은 엄마에 대해 말할 것인가? 대화의 소재로 가족사를 들먹이는 건 가급적이면 고사하고 싶었다. 하지만 그렇구나, 하며 숙연해질 차례였다.

그날 아침, 소란스러운 소리에 잠에서 깬 우지가 베란다 창문 밖을 바라보고 있는 동안 안방 문은 굳게 닫혀 있었다. 쓰러져 있던 사람이 엄마라는 건 동네 사람들이 모두 그랬듯 해가 뜨고 나서야 알았다. 전날 밤에 손빨래하고 널어놓은 스타킹을 신으면서 사이렌 소리를 들었다. 그날은 수요일이었고 엄마의 쉬는 날이었다. 보름에 한 번꼴로 쉬는 날에는 웬만하면 엄마를 깨우지 않고 등교를 했으므로 그날도 그렇게 했다. 엄마가 먼저 출근을 하거나 집을 비울 때도 우지는 집을 나서기 전에 신발을 신으며 인사를 했다. 집에 아무도 없다는 걸 들키지 않기 위해서였다.

몇 해 전, 우지가 복도식 아파트에 살았을 때의 일이었다. 한 달 사이에 네 집이 털렸다. 방범창을 자르고 창문으로 침입한 도둑은 온 집 안의 물건을 들쑤셔 놓았지만, 돈이 될 만한 노트북이나 금팔찌 같은 건 훔쳐 가지 않았다. 브래지어와 팬티를 넣어 둔 서랍만이 혀를 내민 채 텅 비어 있었다. 우지의 레몬색 침대 시트에는 남자 사이즈의 신발 자국이 도장처럼 꾹 찍혀 있었다. 도둑이 든 집에 살고 있던 사람들은 나이도 직업도 각기 달랐으나 한 가지 공통점이 있었다. 남자 없이 여자들만 산다는 것이었다. 그때부터 우지는 창문을 열지 않았다. 에어컨 없이 폭염을 견디기는 죽기보다 힘들었지만, 복도로 난 창문은 언제나 닫아 두었다. 이사를 와서도 거구의 남자가 창문을 박살 내고는 자고 있는 우지를 지켜보는 악몽을 오랫동안 꿨다.

우지는 엄마의 애인들이 집에 들락거리는 것이 싫지 않았다. 다만 조금 불편할 뿐, 모르는 남자라도 남자가 있다는 걸로 위안이 됐다. 반상회장은 303호에 머물던 엄마의 애인들을 모두 용의자로 지목했고, 경찰은 우지에게 그들의 신상 정보와 엄마와의 이해관계, 억하심정이나 앙심, 이별의 전개가 어떠했는지를 물었다. 우지는 아는 것이 없었다. 그들의 실제 이름과 나이, 직업과 거주지는 알 필요도 없었고, 알고 싶지도 않았다. 엄마는 그들을 자기야, 또는 여보,라고만 불렀으니까.

우지가 말을 하고 읽고 쓰기 시작하기 전부터 아빠는 존재하지 않았다. 우지는 아빠라는 단어의 용처를 몰라서 보이는 사물마다 아빠를 붙였다. 냉장고를 아빠로 부르고, 식탁을 아빠로 부르고, 갖고 놀던 인형을 아빠라고 불렀다. 미미나 쥬쥬처럼, 아빠는 아빠였다. 미미야, 쥬쥬야,라고 부르듯이 지나가는 개를 아빠야,라고 불렀다. 소규모 피아노 연주회에 엄마가 데려온 남자(NO.3)를 두고 아빠야,라고 불렀고, 초등학교 입학식에 엄마가 데려온 남자(NO.4)를 두고 아빠야,라고 불렀다. 그건 엄마가 우지에게 애인을 소개할 때 쓰던 말투였다. 우지야, 아빠야. 인사해. 안녕?

수백 년 된 나무의 뿌리. 산의 토양을 단단히 매어 잡고 있는 굵고 긴 그것. 글쓰기 수업 시간에 선생님께 칭찬받은 친구의 글에 아빠는 뿌리로 묘사되었다. 밑동이 널찍한 탓에 도통 꺾이거나 쓰러질 일 없는 거대한 나무의 뿌리. 우지에게 세상은 그때부터 시시해져 버렸다. 있지도 않은 걸 쓰라고, 배우라고, 사랑하라고 하다니. 그깟 게 다 뭐야. 친구들이 진짜 아빠와 있었던 일을 과장하며 떠들고, 학교로 진짜 아빠가 찾아올 때마다 우지는 진짜 아빠는 딱 한 명이고, 진짜 아빠는 새 인형으로 갈아 치우듯 자꾸 바뀌는 게 아니란 걸 알았다. 그건 고약했다. 아빠는 그냥 별명 같은 거 아니었어요? 엄마가 퇴근할 때까지 씩씩거리며 따져 묻기 위해 기다렸다가도, 4개월간 사귄 아빠(NO.8)와 헤어진 엄마가 방문을 걸어 잠그고 울기라도 하면 우지도 그저 제 방으로 돌아올 수밖에 없었다.

아빠일 리가 없는 남자를 아빠라고 고집스럽게 명명하는 건 엄마가 허약해서 그런 거라고, 진짜 혈육인 외삼촌이 말해 주었다. 네 엄마는 고장이 난 거야. 너나 나 갖고는 안정이 안 돼. 사는 데는 지장 없어. 그렇지만 같이 사는 너는 좀 부담이겠지. 이상하게 보면 이상하게 보이는 거야. 그냥 보면 그렇게 보이는 거고. 세상 전부가 그래. 제대로 안 봐 놓고 보는 척만 할 때가 더 많지. 그래도 어쩌겠어. 끝까지 보려고 해 봐야지. 1년에 두 번, 명절마다 찾아오던 외삼촌은 결혼하고 나서부터 연락이 뜸해졌다. 삼촌을 기다리는 건 언제나 우지였다. 엄마는 딱히 삼촌에 대해 언급하지 않았다. 가족으로도 메우지 못하는 불안의 깊이는 어디까지일까. 엄마의 뿌리는 우지가 아니라 아빠였다. 그러니까 그 많은 '아빠'들. 그들이 떠난 자리는 신경안정제로 채워졌다. 우지는 엄마가 복용하는 신경안정제의 종류와 이름을 외웠고, 처방전에 쓰인 하루 복용량만큼만 알약을 꺼내 놓았다. 나머지는 책가방에 넣어 들고 다녔다. 엄마가 시켰기 때문이었지만, 사실 엄마를 지키고 싶은 마음이 더 컸다.

우지는 엄마가 잔혹하게 피살당한 것치고는 너무 멀쩡해 보이는 바람에 어울리던 몇 안 되는 친구들을 잃었다. 학교에 친하다고 할 수 있는 친구가 딱 세 명 있었는데, 처음에는 우지보다 더 슬퍼하던 그들은 우지의 일관된 태도에 점차 차가워졌다. 어느덧 학교에서 우지의 별명은 사이코패스가 되어 있었다. 우지가 지나가면 아이들은 소름이 돋은 팔뚝을 서로에게 내보이며 수군거렸다. 우지의 담임은 삼촌과 면담 일정을 잡았다. 상담이 끝나고 난 뒤, 우지는 삼촌의 집에서 살기로 했다.

우지가 책가방 앞주머니에서 불투명한 플라스틱 통을 꺼냈다. 일곱 칸마다 색색의 알약이 담겨 있었다.

이거 다 먹으면 죽죠?

글쎄, 엄청 졸리기는 하던데.

그래서 엄마가 맨날 잤나.

요즘에는 아빠 없었어?

두 달 됐어요.

안 피곤했니. 듣기만 해도 지친다.

엄마는 나 키우려고 매일 나가서 돈 벌었잖아요. 이거 없으면 숨도 못 쉬었다는데.

우지가 약통을 손에 쥐고 흔들었다. 웃을 일이 아닌데 름이는 웃음이 났다. 우지도 따라 웃었다. 름이는 우지가 왜 자신에게 이런 얘기를 털어놓는지 알 수 없었다. 앞으로도 알 수 없을 것이다. 름이는 우지가 약간 걱정이 됐지만 더 캐묻지 않았다. 우지는 오독오독 씹어 삼키고 있었다. 이 모든 비현실적인 정황을. 다만 터져 나올 지경으로 차올라서 끝내 뱉어 버린 것이다. 구름이 잔뜩 낀 밤하늘을 보며 북두칠성 타령을 하던 우지가 이윽고 름이를 바라보았다.

언니는 좋겠다. 혼자 살아서.

두 사람이 함께 앉은 벤치에는 얼마간 말소리가 나지 않았다.

나도 고안데.

침묵을 깬 건 름이였다.

*

나 고안데. 처음 이 말을 듣고 사람들은 순간적으로 영문을 알 수 없다는 표정을 짓다가는 이윽고 숙연해졌다. 그럴 것까지는 없다고 웃으며 눙치는 건 늘 름이였고, 그럴수록 사람들은 미안해했다. 그러다가는 름이와 같은 지경에 놓인 자신의 지인을 들먹이면서 그들의 고단함을 읊고, 상처가 있는 사람들이 확실히 성숙하단 식의 품성 평가로 급하게 마무리를 지었다. 어쩔 줄 모르겠는 건 름이도 마찬가지였다. 가급적 대화의 소재로 가족사가 등장하지 않는 것이 좋았다. 그놈이랑은 헤어지는 게 낫겠어, 이직보다는 남는 게 낫겠어, 따위의 대화라면 모를까. 사람들은 모쪼록 해결할 수 있는 문제를 두고 조언하는 것을 좋아했다. 름이의 문제는 용인된 규격의 범위를 넘어도 한참 넘어섰다. 그렇구나, 쩜쩜쩜, 하며 그저 암담해지고 마는 그런 문제였다.

그래서 름이는 그냥 먹기로 했다. 기분이나 감정을 단

숨에 삼켜 버리듯 음식물을 넣었다. 그러고는 절대로 뱉지 않았다. 뱉지 않았으므로 름이의 체격은 점점 불어났다. 말릴 수 있는 사람은 없었다. 물론 아버지가 있었을 때도 간섭하거나 저지하는 일은 드물었지만, 그래도 이렇게까지 비대하게 체중이 는 걸 보았다면 한마디쯤 했을지도 몰랐다. 아니다. 아마도 안 했을 것이다. 름이에게 아버지는 대체로 온화한 사람이었으니까.

름이는 아버지에게 적당한 애정과 지지를 받으며 자랐다. 아버지는 기본적인 훈육 외에는 름이의 희망 사항을 대체로 실현해 주었다. 름이는 플루트와 바이올린을 동시에 배우다가 석 달 만에 관두었고, 축구부에 들겠다고 떼를 썼다가 한 번 필드에 나가 볼을 차고는 다시는 구기 종목을 하지 않겠다며 수영부에 들었고, 물안경을 쓴 얼굴이 유난히 못생겨 보인다며 방구석에 틀어박혀 울었다. 그 수많은 징징거림과 엄살, 변덕은 모조리 아버지에게로 향했지만, 그는 티가 나지 않는 선에서 적절하게 방어했다. 울면 달랬다. 그때그때 원하는 걸 사 주면서 칭얼거림을 막는다. 다만 사 주는 거로 해결이 되지 않는 문제, 이를테면 학부모 참관 수업이라든가, 혹은 길고 먼 여행이라든가, 엄마를 내놓으라고 떼를 쓴다든가. 그럴 때엔 아버지는 침묵을 지켰다. 그리고 자리를 떴다. 름이가 울다가 지쳐서 잠이 들 때까지, 배고픔을 못 견디고 제 스스로 음식을 찾을 때까지 름이에게서 벗어나 있었다. 아버지는 강한 어조로 화를 내거나, 름이를 방 모서리 끝으로 내몰며 생각의자 따위의 벌을 내리는 것을 싫어했다. 다만 사라지는 것. 아버지가 생각하기에 부재는 불편 없이 아이를 길들이는 방식이었다.

아버지는 름이에게 세상에는 착한 사람과 못된 사람이 있다는 건 가르쳤으나, 잘난 사람과 못난 사람에 대해서는 알려 주지 않았다. 모든 부모가 그렇듯 되도록 자식이 잘난 사람이 되었으면 하는 마음이 분명 그에게도 있었겠지만, 잘난 사람의 행로를 택하기 위해 남들보다 빠르고 날렵하게 돌진해야 한다는 걸 애써 강요하지는 않았다. 그건 좋은 사람으로 키우겠다는 신념이 강해서라기보다는, 본인 스스로가 그런 식의 교육에 앞장서는 우스꽝스러운 속물이 되고 싶지 않아서였다. 더욱이 꿈을 크게 가져라, 용기 있는 사람이 되어라,라는 말은 러닝화나 신용카드 광고에서 충분히 볼 수 있었으므로 굳이 자신이 말할 필요가 없다고 여겼다. 아버지는 매양 그런 식이었다. 동네 아이들은 원하는 걸 뜻대로 할 수 있는 름이를 부러워했다. 름이도 그건 좋았다. 그러나 정신없이 놀다가 늦게 들어간 친구의 등을 후려치는 손바닥, 그 맵고 따가운 손바닥은 름이에게 없었다. 부녀 관계의 비정함을 구체적으로나마 정의했을 때, 불현듯 떠오르는 건 그 손바닥이었다. 맵고 따갑고 아픈 그것, 름이가 미처 경험해 보지 못한 감각이었다.

그리고 이제는 영원히 없게 되었다. 름이가 고등학교를 졸업하고 난 뒤, 어정쩡한 대학에 들어가 적성에 맞지도 않는 프로덕트디자인실습A라는 과목을 수강하고, 별로 말 섞고 싶지 않은 동기들과 학식을 먹으며 육즙이 다 빠진 미트볼을 젓가락으로 힘없이 건드리고 있을 때, 아버지는 출장을 가던 중에 돌연 심장마비로 죽었다. 름이가 스물두 살 때의 일이었다. 제대로 된 선택과 결정이랄 게 도무지 없는, 뭘 해도 어색하기 짝이 없고 엉성하기만 한 그 시기에 하필 죽어 버리고 만 것이다. 름이는 아버지가 오랜 당뇨 환자였다는 것을 알지 못했고, 그로 인해 협심증을 앓기도 했으며 사망 두어 달 전에는 심근경색일지 모르는 심혈관 질환 증상으로 응급실에 실려 갔던 것 역시 몰랐다. 모르는 게 당연했다. 름이가 중학생이 된 뒤로는 부녀가 함께 식탁에 앉아 식사한 적이 손꼽을 정도였다. 름이의 사춘기가 지독했기 때문이지만 실은 아버지가 집을 비운 날이 많아서였다.

아버지는 일주일에 사나흘은 집을 비웠다. 름이가 수능을 앞둔 고3 가을에는 아예 지방으로 거처를 옮겼다. 회사

부지 이전으로 관리부서 직원 전체가 타지로 생활 반경을 바꾸어야 했고, 이는 임원급 대접을 받던 아버지에게도 해당됐다. 태어나 한번도 서울을 떠난 적 없는 름이에게는 제안을 하지도, 의사를 묻지도 않았다. 그건 배려였을까. 름이는 배려라고 생각했다. 밤늦게 짐이 모두 빠진 아버지의 텅 빈 방을 바라보며 조금 울었다. 섭섭함과 분노가 뒤섞인 울음이었다. 한 달 뒤에는 대입 시험을 치러야 했다. 시험장 교문 밖을 서성이는 학부모들 사이에 아버지가 있을 거라곤 상상도 하지 않았지만, 막상 정말 그럴 것이라는 확신이 들자 느닷없이 가슴이 미어졌다. 아버지는 계좌에 돈을 넣어 놨으니 시험이 끝나면 친구들과 여행도 가고, 질 좋은 패딩 점퍼도 사 입으라고 짤막하게나마 미안함을 드러내는 전화를 할 것이었다. 름이는 문득 아버지의 직업이 정확히 무엇인지, 어떤 업무를 담당하기에 야근과 출장이 그리도 잦아서 회사에서 엎어지면 코 닿을 거리에 있던 집에 얼굴도 못 비쳤는지 궁금해졌다. 다행인 점은 아버지가 꽤 성실한 사람이었고, 사는 데 지장이 없을 만큼의 경제력을 갖추고 있었다는 것이었다. 시험장으로 가는 택시 안에서 름이는 생각했다. 아무튼 나는 택시만 타면 돼. 물릴 때까지 비싼 음식을 먹고, 턱없이 먼 길이라도 택시를 탈 거야. 부산까지 가야지. 아무렴 어때.

아버지가 죽고 8년이 지난 지금, 릅이의 통장에는 서울에서 부산까지 왕복으로 택시를 타고 다녀오기에는 턱없이 모자란 금액만이 남았다. 릅이에게 남은 건 전세금이 전부. 스물두 살에는 마냥 많다고만 느꼈던 액수가 해가 지날수록 점차 현실적이고 구체적인 자릿수가 되어 갔다. 특별한 일을 벌이지 않고 가만히 있는 것 같아도 돈은 금세 줄어들었다. 사는 일이란 게 그랬다. 세 번의 이사, 계약 때마다 오르는 전세금. 몇 번의 굵직한 해외여행과 아주 조금의 허영. 입금 내역이 없는 계좌는 바람이 빠진 풍선처럼 가속도가 붙으며 쪼그라들었다.

언제까지 칭얼댈 거니. 사는 게 만만하니. 사람들은 대놓고 묻지 않았지만 릅이와 멀어지는 것으로 질문을 대신했다. 주기적으로 만나던 친구도, 애인도 이제는 릅이에게서 저만치 벗어나 있었다. 어정쩡한 대학을 꾸역꾸역 다니겠다고 방학 때마다 죽어라 아르바이트를 하던 A도, 빠듯한 월급을 쪼개어 3년째 결혼자금을 붓고 있는 B도, 아무리 약을 쳐도 주먹만 한 바퀴벌레가 끝없이 기어 나오는 자취방에 사는 C도 모두 멀어졌다. 릅이는 그들 앞에서 이렇다 할 사치를 부린 적이 없었다. 다만 푸념이 없다는 게 문제였다. 산다는 것에 대한 푸념. 애를 써도 불만족스럽기만 한 생활과 극도의 피로감, 갚고 메우고 채워야 하는 절박함. 언제부턴가 그들은 만나기만 하면 그런 것들에 대해 토로했고, 그것이 비단 자신만이 겪고 있는 문제가 아니라는 걸 느끼고 싶어 했다. 그러나 릅이의 온도는 늘 일정했다. 릅이에게는 눈 딱 감고 패 버리고 싶은 상사가 있던 적도, 업무 과중으로 얻게 된 지병도 없었다. 단 한 번도 구직 활동을 해 본 적이 없다는 것이 그들이 그어 놓은 선 안쪽으로 속하지 못하게 된 가장 큰 결점이었다.

릅이가 노력을 하지 않은 것은 아니었다. 릅이는 그들이 겪는 문제에 작게나마 반응했다. 해결 방안을 제시해 보기도 했다. 슬퍼하면 함께 슬퍼했고, 분노하면 함께 화를 냈다. 그러나 각자의 짐은 오롯이 각자의 짐으로 남을 뿐이었다. 릅이는 그때마다 아무것도 할 수 없다는 무력감에 빠져들었다. 간간이 그들은 릅이의 안부를 묻기도 했다. 넌 어떠니. 괜찮니. 그때마다 릅이는 별일 없어,로 일관했다. 되돌아오는 대답은 뾰족했다. 나도 별일 없이 살고 싶다 너처럼. 3년간 만났던 애인은 릅이의 별일 없음에 진절머리를 내며 도망쳤다. 너랑 나는 사는 속도가 너무 달라. 나는 남들만큼 살겠다고 버둥거리며 시속 180으로 달리는데, 너는 시동도 안 켰어. 더 문제는 뭔지 알아? 넌 시동을 켤 의지조차 없다는 거야. 넌 깊은 도랑에 빠졌어. 헤어 나오려면 정말 안간힘을 써야 할 거야. 안간힘도 근육이랑 같아서 평소에 길러 두지 않으면 안 돼. 나중에 진짜 좆되지 않으려면. 름이는 헤어진 애인의 마지막 말을 깊숙한 곳에 박아 두었다. 그리고 그의 말을 한없이 되새겼다. 안간힘. 써 본 적 없는 근육이었다. 름이에게는 그것이 필요했다. 그런데 진정 써 본 적 없는 근육일까? 어금니를 짓이기듯 턱을 다무는 버릇이 생긴 지 2957일째. 천애 고아가 된 지도 벌써 그렇게나 흘렀다. 름이는 나날이 번져 가는 좋지 않은 기분과 감정을 끊임없이 삼켰다. 그리고 절대 뱉지 않았다. 어느덧 름이에게도 늘어지는 살덩이가 짐처럼 쌓였다.

*

시간을 보니 자정이 가까웠다. 양손으로 가방끈을 꽉 잡은 우지가 먼저 걷기 시작했다. 맥이 쭉 빠지는 걸음걸이였다. 앞장서서 걷던 우지가 름이에게 들릴 만큼 큰 소리로 말했다.

담배는 창문 닫고 피워요. 안 그럼 사 층 아줌마 또 지랄하니까.

름이는 피식 웃으며 후드 티 주머니에 손을 찔러 넣었다. 그런데 주머니에 두었던 열쇠가 잡히지 않았다. 핸드폰

라이트를 켜고 벤치 주변을 샅샅이 찾아봐도 보이지 않았다. 아무래도 운동장에 떨어트린 것 같았다. 름이는 우지를 부르려다가 일행도 아닌데 굳이, 싫어서 학교 후문 쪽으로 방향을 틀었다. 우지가 지나간 쪽을 돌아보니 어느새 버스 정류장까지 멀어져 있었다. 름이는 다시 학교 안으로 들어갔다. 배터리가 방전될 때까지 연신 사방을 비췄지만 열쇠는 없었다. 열쇠 가게에 전화하기에는 늦은 시간이었다. 지갑도 없이 트레이닝복 차림으로 검은 핸드폰 액정만 애꿎게 쳐다보았다.

아, 시발 몰라.

름이는 불빛 하나 없는 컴컴한 운동장 한복판에 대자로 뻗어 버렸다. 우레탄으로 만들었다는 육상 트랙 위를 눈밭인 양 데구루루 굴렀다. 납중독이 약간 신경 쓰였지만, 집에도 못 들어가는 판에 그게 다 뭐냐는 심정이었다. 날도 선선한데 그냥 여기서 잘까. 름이는 등허리 위로 잔뜩 말려든 티셔츠에도 아랑곳하지 않고 눈을 감았다. 습기 밴 바람이 동쪽에서부터 자장가처럼 불어왔다.

언젠가 이 운동장에서도 우지와 죽은 여자를 몇 번인가 마주친 적이 있다. 모녀가 함께 산책을 나오는 경우는 드물었지만, 나올 때마다 그들은 이 운동장을 찾아 트랙 위를 뱅글뱅글 돌았다. 죽은 여자는 눈에 띄게 한숨을 쉬기도 했고, 초점 잃은 눈길을 인조 잔디에 떨어트리고는 하염없이 늘어져 있기도 했다. 우지는 엄마가 잠시 걸음을 멈추면 함께 멈추었고, 다시 걷기 시작하면 뒤이어 발을 뗐다. 그들은 나란히 걷지 않았다. 우지는 아무 말 없이 그저 엄마의 뒤를 따랐다.

트랙 위를 도는 여자들은 름이와 모녀 말고도 더 있었다. 생수병 두 개를 양손에 쥐고 경보하듯 빠른 걸음으로 도는 여자. 회사 엠블럼이 그려진 하계 워크숍 모자를 깊게 눌러쓴 여자. 처진 엉덩이로 느릿느릿 트랙 한 바퀴를 돌고는 가쁜 숨을 몰아쉬는 중년 여자. 간혹 교복 치마를 입은 여고생 둘이 스탠드에 앉아 종이 스푼으로 아이스크림을 떠먹기도 했고, 어린 아들과 캐치볼을 하는 여자도 보였다. 걷는 데는 딱히 목적이 없었다. 살을 빼고 싶다면 전문 트레이너가 있는 헬스장에 가거나 요가 강습을 받았을 터. 트랙 위 여자들은 각기 다른 체형이었지만 다들 비슷한 보폭과 리듬으로 걸었다. 그들은 서로에게 방해되지 않는 선에서 슬렁슬렁 움직였다. 앞서거니 뒤서거니 하는 일도 없었다.

그 풍경 속, 름이는 죽은 303호 여자와 함께 있었다. 함께였다고 하기에는 이상하지만 정말 그랬다. 름이는 죽은 여자를 떠올렸다. 버려진 트렁크처럼 담벼락에 쓰러져 있던 여자를. 름이는 죽은 여자를 지우고 자신을 넣어 보았다. 충분히 가능한 시나리오였다. 운동장 트랙 위를 걷던 여자들을 한 명씩 대입해도 무방했다. 전혀 레어한 일이 아니었다. 우지와 말을 하고 나니 더욱 그랬다. 문득 누워 있는 름이에게 두려움이 훅 끼쳐 왔다. 그것은 살아내야 한다는 두려움이었다. 아버지가 죽고 난 뒤 한동안 그 속에 갇혀 있었다. 그러나 그때 느꼈던 감정과는 사뭇 달랐다. 삶은 느닷없이 멈춘다. 그건 아버지에게도, 303호 여자에게도 동일하게 찾아왔다. 다만 공평하지 않은 기울기와 속도가 두 죽음의 차이라면 차이였다. 름이는 집으로 돌아가면 노트북을 열어 구직 사이트부터 들어가 보리라 생각했다. 아침이 되기 전에 안전하게 돌아갈 수만 있다면. 지금껏 안간힘이라는 근육을 보이지 않게 키워 왔다면, 이제는 그것의 윤곽을 드러내야 할 시기였다.

*

크로바부동산 사장님을 따라 올라간 303호는 한 층이 더 높을 뿐, 름이가 살고 있는 집과 다를 게 없었다. 현관 바로 앞에 작은 방과 화장실이 붙어 있는 것도, 부엌에서 안방으로 향하는 통로가 비좁은 것도 똑같았다. 거실 한쪽에 놓인 빨래 건조대에는 언제 널었는지 모를 수건 몇 개가 이 빠진 톱니처럼 듬성듬성 걸려 있었다. 동일한 평수와 구조인 매물을 굳이 볼 필요는 없었지만, 사장님은 형식은 갖추는 것이 좋다며 계약 전에 문제가 없는지 꼼꼼히 점검해 보라고 했다. 누수로 인한 곰팡이는 없는지, 수압은 적당한지, 도배나 장판을 새로 갈 필요는 없는지. 같은 빌라, 그것도 바로 위층인데 누수가 있었다면 현재 살고 있는 집에서도 문제가 생겼을 것이었다. 름이는 형식적으로 변기 레버를 눌렀고, 샤워기를 틀어 뜨거운 물이 나오는지 확인했다.

사장님은 웬만하면 전세를 유지하는 게 낫지 않겠냐고 말했다. 집주인이 사건 이전 금액보다 삼천을 적게 불렀는데, 본인이 천오백 정도는 더 빼야 사람이 들지 않겠냐며 설득했다는 것이다. 사천오백이라면 당장 수입이 없더라도 한동안은 숨을 고르며 지낼 수 있다. 다달이 집세를 내는 것보다야 나은 선택이었다.

한 층 더 올라가는 수고비로 사천오백이면 손해는 아니지 뭐.

사장님은 갈아만든배 주스를 빨대로 쭉 들이켜며 말했다. 그럼 누가 손해지. 운 나쁘게 피살당한 임차인을 계약 상대로 둔 집주인인가. 름이는 조금 불편해졌다. 사장님의 말대로라면 온전히 이익을 보는 쪽은 름이였다. 그때 도어록 버튼이 눌리는 소리가 들렸다. 열린 문 바깥으로 이삿짐용 플라스틱 박스를 들고 서 있는 우지가 보였다.

사장님과 름이를 빤히 쳐다보던 우지는 이내 고개를 푹 숙이고는 운동화를 벗어 가지런히 정리했다. 사장님은 어색한 미소를 지으며 알은체를 했다. 우지는 대답 없이 그들을 가로질러 안방으로 들어갔다. 달칵, 하고 문이 잠겼다. 굳게 닫힌 문은 결코 열리지 않을 것 같았다. 름이는 사장님께 먼저 내려가 보겠다고 말하며 현관으로 향했다. 신발을 신으려다 자신의 슬리퍼와 사장님의 구두만 빼고, 나머지 신발들이 한 방향으로 정렬된 것이 눈에 띄었다. 한쪽만 굽이 닳은 구두, 앞코가 찢어진 등산화. 고개를 들고 사위를 둘러보니 주인을 잃은 물건들이 집을 가득 채우고 있었다.

그리고 그곳에 우지가 아직 살고 있었다. 엄마의 유품들 속에서 우지는 완전하게 혼자였다. 름이는 급히 도어록의 열림 버튼을 눌렀다. 잠금장치가 풀릴 때까지의 시간이 무척이나 길게 느껴졌다. 집으로 돌아와서는 여느 때와 같이 창문을 활짝 열고 담배를 물었다. 그러다가는 담배를 입에 문 채 창문을 닫았다. 걸쇠를 걸어 두고 커튼도 쳤다. 크로바부동산 사장님에게 전화가 걸려 왔지만 받지 않았다. 얼마 지나지 않아 오늘 내로 확답을 달라는 문자 메시지가 도착했다. 름이는 창문 밖을 내다보며 한참을 서 있었다. 우지의 이름을 괜히 물어봤다는 생각이 들었다. 름이가 할 수 있는 일이라곤 냉동고에서 먹다 남은 하프 갤런 아이스크림을 꺼내는 것이었다.

무덤 산보

무덤 산보

『21세기문학』 2018년 겨울호

그 짧은 여행의 이유 중 하나는 석조 씨와의 이별이었다.

아빠에게 평창에 가지 않겠느냐고 물었다. 털보 아저씨나 보러 가자고. 아빠는 숟가락으로 함박스테이크를 뭉텅뭉텅 자르면서 그러든지, 하고 답했다. 서울에서 평창까지는 족히 세 시간은 걸릴 것이었다. 아빠는 오전에 일찍 출발하면 차가 막히는 퇴근 시간 전에는 서울로 돌아올 수 있을 거라고 했다. 식당 한쪽에 틀어 놓은 텔레비전 화면에는 마침 평창 올림픽 봉사자들의 모습이 비쳤다. 얼마 남지 않은 행사를 위해 합숙을 하며 크고 작은 일들을 수행하는 봉사자들은 동일한 트레이닝복과 엠블럼이 새겨진 조끼를 입고 두 손을 모아 외치고 있었다. 다 함께 파이팅 함성을 끝으로 슬로 처리되는 화면 속, 해사하게 웃는 봉사자들의 화목하고 정겨운 모습. 그 화면을 보고 있는 우리들도 왠지 희망적인 기대를 해야 할 것만 같은 그런 얼굴들.

나는 슬로 화면에 잡힌 봉사자 중 한 명을 석조 씨의 집에서도 보았다. 나란히 방석을 깔고 앉아 쉬라즈 와인에 얼음을 타 마시며 텔레비전을 보고 있을 때였다. 창밖으로는 제법 굵직한 눈송이들이 매우 빠른 속도로 떨어졌다. 폭설이었나. 그랬을 것이다. 계속 진눈깨비만 오더니, 이번에는 영락없이 쌓이겠다. 석조 씨가 말했다. 제설 작업이나 제대로 하지. 저딴 허식 치르는 데 돈 쓰지 말고. 석조 씨는 평창 올림픽에 관해서라면 일관되게 부정적인 태도를 보였다. 올림픽 유치가 뭐 그리 대단한 거라고, 아직도 그런 거로 국가 위상 따위를 논하는 것부터가 선진국의 자세가 아니라면서. 나는 석조 씨가 평창 올림픽 얘기만 꺼내면 왕왕 된소리를 내는 것이 못마땅하긴 했지만, 우리가 내는 세금이 그런 말 같지도 않은 일에 쓰이는 게 화가 나지 않느냐는 그의 말을 듣다 보면 일리가 있긴 한 것 같았다. 물론 그렇대도 평창 올림픽에 석조 씨를 직접적으로 화나게 할 만한 게 있는 건 아니었다.

그때쯤 석조 씨는 뉴스를 보면서 자주 화를 냈다. 원래도 그랬지만 더 심해졌다. 나는 그런 석조 씨를 보면서 아빠를 떠올렸다. 나이를 먹으면 먹을수록 세상일이 다 본인 일처럼 가깝게 느껴지는 걸까. 나는 평창 올림픽이라면 아무래도 상관없는데. 올림픽 자원봉사자들의 다큐멘터리를 보다가, 나는 문득 3개월씩이나 매일 붙어 지내는 건 어떤 느낌일까 궁금해졌다. 가족이 아닌 사람들이 한집에 모여 산다는 건, 룸메이트나 셰어하우스가 아닌, 경제권과 생활 궤도를 공유하는 두 사람이 한집에 산다는 건 어떤 느낌일까. 나는 혈육이 아닌 사람과 한집에 살아 본 적이 없었고, 학부 때 사귀던 학교 선배가 동거를 몇 번 제안하기는 했지만, 같이 있을 때 화장실을 어떻게 갈 수 있을까 싶어 거절했었기에, 이런 호기심이 생기면 어쩔 수 없이 석조 씨에게 물어볼 수밖에 없었다. 석조 씨는 한동안 그런 삶을 살았으니까. 한집에서, 하나의 공동체가 되어, 함께 장을 본 재료로 요리를 해 먹고, 각자 벌어 온 돈을 같은 통장에 넣어서 필요한 물건을 함께 사고, 두 사람이 만족할 만한 매트리스를 고르고, 색만 다를 뿐 짝이 있는 물품을 집에 들여 두었던 적이 있으니까. 아직도 석조 씨의 집에는 짝이 두 개씩인 물품들이 버려지지 않고 곳곳에 놓여 있으니까. 분홍색과 하늘색의 칫솔꽂이, 노란색과 초록색의 빨래통, 디지털 체중계에 아직도 저장된 163센티미터, 53킬로그램이라는 숫자. 현관문에 걸려 있는 드림캐처. 색만 다른 에스프레소 잔 두 개. 그런 것들. 이제는 거의 식구나 다름없죠, 하고 웃는 남녀 봉사자들을 지켜보다가 나는 고개를 들어 석조 씨를 보았다. 석조 씨는 지루한 얼굴로 화면을 바라보고 있었다. 그러게 텔레비전은 왜 틀어서는. 아무리 우리가 오래 만났다지만 연말 분위기를 낸다며 와인까지 사 들고 왔는데. 어떻게 하면 좋은 선곡을 할 수 있을까, 그런 고민의 흔적 하나 없이 조명이든 캔들이든 온화한 불빛 하나 없이, 정수리에 직각으로 쏟아지는 백열등 밑에 앉아서 우리와는 전혀 관계없는 사람들의 일거수일투족이나 보고 있느냐는 말이다. 아무리 우리가 오래 만났다지만, 그렇다고 우리가 같이 사는 것도 아닌데.

결혼하면 어떤 느낌이야?

나는 이 말을 몇 번이고 물어봤다. 특히 예능 프로그램에 신혼 생활을 즐기고 있는 연예인이 출연해서는 처음 보자마자 이 사람이랑 결혼할 줄 알았어요. 주변에 먼저 결혼한 선배들이 그런 말 했을 땐 안 믿겼는데, 진짜 그렇더라고요. 정말 이 사람이랑 내가 영원히 함께 살겠구나, 그런 직감이 딱 오더라니까요,라고 할 때. 나는 석조 씨의 무릎을 베고 누워 물었다. 정말 저랬어? 석조 씨도 딱 이 사람이다, 그런 감이 왔어? 어쩌면 모두가 똑같은 말을 하는 거지? 정말 그런 촉이 오긴 하나 봐, 그치? 그러면 석조 씨는 지겹다는 표정으로 무릎을 거두면서, 다 사후적인 거야, 결혼했으니까 저런 말을 하는 거지, 하며 냉소적으로 말했다. 석조 씨는 어땠어? 결혼해 봤으니까 그런 감은 왔을 거 아냐. 그제야 석조 씨는 내가 무슨 말을 하려는 건지 감을 잡고 리모컨으로 채널을 돌렸다. 그걸 꼭 나한테 물어야 속이 시원하니 너는. 그럴 때 석조 씨는 담배를 피운다며 자리를 피했다. 왜 나하고는 그런 마음이 안 드는 건데. 왜 나한테는 딱 이 여자다, 이런 직감이 안 생기는 건데. 칭얼거리고 싶었지만, 말은 하지 않았다. 그건 좀 구질구질하니까.

다 먹었으면 가자.

아빠는 내 돈까스가 반이나 남았는데도 개의치 않고 계산대로 가서 커피를 뽑았다. 그러고는 이렇게 장사가 잘되는데 커피값 백 원을 굳이 받아야겠느냐고 카운터에 있는 사장에게 물었다. 아빠야말로 굳이 저런 말을 해야 되나. 그런다고 마시지 않을 것도 아니면서.

운전석에 탄 아빠는 창문을 열어 한쪽 팔을 내밀면서 담배를 물었다. 담배 연기가 연신 차 속으로 들어왔다. 차를 둘러보니 곳곳에 흩어진 담뱃재와 먹다 남은 커피, 버려진 꽁초들로 엉망이었다. 찌그러진 캔 커피가 바닥 시트에 액체를 뚝뚝 흘리고 있었다. 분명히 엄마 명의로, 엄마의 현금으로 산 차가 왜 아빠에게로 와서 이 지경이 됐는지. 세

차를 하도 안 해서 앞 유리에 낀 먼지가 성에처럼 빽빽했다. 그래서 평창은 언제 가자고? 아빠는 물었다. 내일 오전에 가지 뭐. 여기 사거리에서 내려 줘. 아빠는 늘 집까지 바래다주려고 하지만 나는 웬만하면 딱 중간에서 헤어지고 싶었다. 서로에게 마음 쓰는 일 없이, 솔직한 심정으로는 빚지는 느낌 없이 깔끔해지고 싶어서.

내일 아침 아홉 시까지 나와 있어 그럼.

알겠다고 하고 차 문을 닫았다. 금세 출발해 버리는 늙고 오래된 우리 집 똥차.

나 잘하는 짓일까.

집에 가는 길에 엄마에게서 전화가 왔다. 오늘 아빠를 만나는 날이란 걸 알기에 걸려 온 전화였다. 엄마는 아빠랑 뭘 먹었느냐고 묻고, 아빠 몸 상태는 물어봤느냐고 묻고, 임플란트는 다 끝났냐고, 치과 보험은 해결했느냐고 물어 왔다. 그럴 거면 본인이 직접 만나서 묻지 그래. 나는 엄마가 원하는 대답을 다 해 주면서 덧붙여 아빠와 당일치기 여행을 가기로 했다고 말했다.

네 아빠랑?

어.

네가 가자고 했어?

어.

희한하게들 놀고 있네. 털보 무덤은 가서 뭐 하게?

그냥. 연말인데 누구한테든 가서 빌고 싶어서.

엄마랑 일요일에 성당 가면 되잖아.

내가 모르는 죽은 사람 말고, 내가 알던 죽은 사람한테 빌고 싶어 그런다.

엄마는 지랄한다, 하며 전화를 끊었다. 그러다가 다시 전화를 해서는 아저씨 묘지가 어디에 있는지 알긴 하느냐고, 나율 엄마한테 물어봐 주겠다고 했다.

나율 엄마.

사실은 나율 엄마 때문에 아저씨를 보러 가는 것일지도 몰랐다.

*

우리 부녀는 일 분도 늦지 않고 약속한 시간에 맞춰 역사거리 앞에서 만났다. 아빠와 눈이 마주쳤지만 인사도 없이 조수석에 올라탔다. 아빠는 피곤해 보였다.

어제도 대리 뛰었어? 오늘 낮에 움직이는데 좀 쉬지.

그럼 휘발윳값이랑 톨비는 누가 내냐.

내가 가자고 했으니까 내가 내겠지.

웃기지 마. 내 친구 보러 가는데 네가 돈을 왜 내.

아빠는 커피나 사 오라며 만 원짜리 지폐를 꺼냈다. 나는 근처 스타벅스에 들러서 카페라테와 아메리카노를 주문했다. 아빠가 마실 라테에는 설탕 시럽을 왕창 넣었다. 아직 출발하기도 전인데 엄마에게서 계속 문자가 왔다. 진짜 가는 거냐고. 출발은 했냐고. 나율 엄마에게 물어본 주소를 몇 번이고 확인하면서 다시 알려 주었다. 선산 가장 밑단에 홀로 있는 무덤이 털보 아저씨래. 도착하면 사진 찍어서 보내 봐. 나율 엄마한테 확인해 볼 테니까.

커피부터 한 모금 마시고 난 뒤에 안전벨트를 맸다. 이제부터는 전적으로 아빠에게 맡겨야 했다. 평창을 가기 위해선 어떤 고속도로를 타야 하는지, 톨게이트비는 얼마나 나오는지, 중간에 어느 휴게소를 들러야 좋을지 나는 하나도 모르니까. 아빠는 다른 건 못해도 운전만큼은 잘하니까. 나는 속 편하게 앉아서 창밖 구경이나 하면 되었다.

근데 왜 갑자기 털보냐?

외곽순환도로를 타고 한참 지나서 아빠가 물었다.

갑자기 털보 무덤에 왜 가고 싶으냐고.

내가 말없이 커피를 홀짝이자 아빠는 한 번 더 물었다.

그냥. 털보 아저씨 장례식에 못 간 게 죄송해서.

털보가 재작년에 죽었는데, 왜 이제야 죄송해?

그냥.

너 내가 구치소에 있었을 때, 털보가 너네 데리고 에버랜드 갔던 거 기억나냐?

아빠가 구치소에 간 적이 있어?

고모부 노래방 일 도와주다가 누명을 쓰는 바람에 반나절 있었지. 그때 털보네가 네 엄마랑 너네 다 데리고 갔다 왔잖아.

별로 알고 싶지 않은 정보였다. 구치소라니. 나는 대답 대신 커피를 입에 가져다 댔다.

고놈이 너네한테 참 잘했어. 아니, 네 엄마한테 잘했지.

아저씨 첫사랑이 엄마였다며.

나율 엄마랑 결혼하고서도 그렇게 네 엄마를 상전처럼 모셨다니까. 내가 제 거 뺏어간 것처럼 심통을 오지게 부리면서는 깽판을 치길 삼박 사 일을 쳤어.

털보 아저씨가 엄마를 짝사랑했다는 건 간간이 들어 온 일화였다. 아빠의 고등학교 동창들이 모이면 우스갯소리처럼 하던 에피소드. 스물다섯이던 엄마는 털보 아저씨와 아빠, 둘 중에 아빠를 택했다. 엄마 말로는 너스레를 잘 떨고, 배우 이종원처럼 잘생기고, 기타도 못 치는데 폼 잡는 게 멋져 보였다고. 엄마랑 아빠랑 헤어진 이유도 똑같았다. 배우 이종원처럼 잘생기는 바람에 여자가 자꾸 꼬이고, 너스레를 너무 잘 떨어서 일을 대충대충 했고, 제대로 하는 것도 없으면서 폼만 잡느라 사업도 이것저것 손대다 망했으니까. 관계가 깨질 무렵이 되면 상대의 장점이라 여겼던 것들이 어느덧 모두 단점으로 보이기 마련이다. 그리고 대부분의 관계에는 그런 급진적인 변환이 찾아오고, 그걸 어떻게든 버티느냐 아니면 쫑을 내느냐, 그것으로 관계가 정리되거나 지지부진하게 이어진다. 엄마랑 아빠는 쫑이 난 걸까. 서류상으로는 그랬다. 그런데 왜 엄마 명의로 된 차는 아빠가 몰고 다니는 거지.

중부고속도로에 진입하면서는 아빠와 나 둘 다 말이 없어졌다. 대신 멀뚱히 앞 유리창을 보며 지나치는 터널의 이름들을 중얼거렸다. 터널이 진짜 많았다. 어릴 때 가족들과 홍천 스키장에 놀러 갈 적에는 산을 에둘러 고개를 넘고 뱅글뱅글 돌아서야 도착할 수 있었는데, 지금은 산자락마다 뻥뻥 터널 구멍이 뚫려 있어 가는 길이 험하지 않았다. 얼마 전에 석조 씨와 함께 터널이 무너지는 재난 영화를 보았는데, 터널을 지날 때마다 그 영화가 생각나서 조금 무서웠다.

석조 씨는 지금 뭘 하고 있을까. 석조 씨도 나처럼 몸 어딘가에 구멍이 하나 크게 뚫린 느낌이 들었을까. 그렇게 오래 만나다가 헤어졌는데 그래도 슬프기는 하겠지? 그래도 나만큼 어리진 않아서 그냥 이러느니 죽는 게 낫지 않나 싶고, 실제로도 숨이 안 쉬어지는 것만 같고, 그러다가는 젠장 당분간은 아무것도 못할 것 같은 기분이 들어서 끝없이 절망적이네, 하고 울거나 그러지는 않겠지. 석조 씨는 이혼도 한 번 해 본 사람인데. 그러니까 쫑을 내 본 이력이 있는데. 나라고 석조 씨 이전에 만났던 사람이 없었던 것도 아니고. 하지만 그래도. 그래도 이별은 이별인데. 그건 힘들고 슬픈 일이잖아. 아무리 경험이 많다고 하더라도 무뎌질 만한 일은 아니잖아.

석조 씨에게서 마지막 전화가 온 날, 나는 목욕탕에서 머리를 말리며 커피 우유를 마시고 있었다. 나는 아침 일찍 목욕탕을 가곤 했는데, 그 시간에는 출근 전에 잠시 들르는 사람들이 오거나, 새벽잠이 없는 할머니들이 조용히 물속에 몸을 담그고 있었다. 그 풍경이 제법 고요해서 좋았다. 그날도 자수정이 녹아 있다는 정보가 걸린 광고판을 쳐다보며 탕 속에 앉아 있는데, 내 앞으로 중년 여자가 다가와 부항을 좀 놓아 줄 수 있느냐고 물었다. 물기가 있을 때 쫙, 하고 얹으면 돼요. 자, 이렇게. 여자는 자신의 팔뚝에 고무 부항을 하나씩 올려 두었다. 나는 여자의 손이 닿지 않는 등허리 부분을 어쩌다가 맡게 되었다. 생전 모르는 사람의 피부를 만지면서 고무로 만든 이상한 물체를 올려 두는 것이 약간 괴이하게 느껴져서, 얼른 끝내 버려야겠다는 생각으로 빠르게 일을 마쳤다. 여자는 고맙다며 나가는 길에 커피 우유라도 하나 먹고 사십칠 번으로 걸어두라고 했다. 내가 괜찮다고 말해도 극구 사십칠 번을 강조하는 탓에 나는 알겠다고 했다. 여자는 늘어진 살 위에 고무 부항 열 개를 올려 두고는 단전호흡이라도 하는 것처럼 후, 후, 후, 후, 가쁘게 호흡을 내뱉었다. 자수정탕의 물살이 심하게 흔들렸다. 나는 그 모든 걸 석조 씨에게 얼른 말해 줘야겠다는 생각뿐이었다. 우리는 하루에 일어난 가장 희한하고 이상한 일을 서로에게 공유하는 습관이 있었다. 마침 목욕을 다 하고 나와 머리를 말리고 있는데 석조 씨에게서 전화가 왔다. 이른 아침에 전화가 오는 일은 드문데. 나는 커피 우유를 마시면서 으응, 하고 답했다.

석조 씨, 나 지금 문어 괴물 봤다.

석조 씨는 아무 말이 없었다.

부항 있잖아. 문어 빨판 같은 거.

은곤아.

색깔도 분홍색이라 진짜 문어 같은 거야. 우르술라처럼.

나 당분간 좀 쉬어야 할 것 같아.

뭘 쉬어?

그냥 좀 쉬고 싶어.

시계를 보니 오전 여덟 시 오 분 전이었다. 아침부터 쉬고 싶다는 게 무슨 소리인 건지 전혀 감이 잡히지 않았다.

그냥… 은곤아, 한동안만 좀 쉬고 싶어.

아침에는 일어나서 일을 해야지, 왜 쉰다고 그래.

그러게. 근데 정말 아무것도 할 수가 없네.

그러면 내가 어떻게 도와줘?

그냥 은곤이도 네 할 일 하면서, 좀 쉬어.

뭘 쉬어?

응. 우리 좀만 쉬자.

그걸 뭘 쉰다고 표현하니. 그것도 아침 댓바람부터.

내가 감당이 안 돼. 뭐가 부서졌나 봐. 내가 다시 정리가 가능해지면 그때 연락할게.

…….

은곤아.

…….

이해해 줄 거지? 그런 줄 알고 끊는다.

그리고 정말 전화가 끊겼다. 뭘 이해해 달라는 거지. 마침 온몸에 고무 부항을 뜬 여자가 문을 열고 나왔다. 어마어마한 수증기와 함께. 훈김이 사라지자 부항이 하나둘씩 몸에서 후드득 떨어졌다.

그게 마지막이었다. 석조 씨에게서는 정말 2주째 연락이 없었다. 내가 연락을 해도 답이 없었다. 차단한 건지 수신 정지를 해 놓은 건지 '고객님은 현재 전화를 받을 수 없으므로…'라는 말만 수없이 들었다.

깜빡 졸았는지 안전벨트에 얼굴을 파묻고 있으려니, 아빠가 휴게소에 다 왔다며 차를 세웠다.

화장실 다녀와. 십 분 뒤 출발한다.

아빠가 먼저 나갔다. 유리창 가득 내리쬐는 햇볕에 얼굴이 홧홧했다. 꿈에서는 우르술라 같았던 여자와 석조 씨가 나란히 앉아 나를 줄곧 경멸하는 표정으로 쳐다보고 있었다. 나는 화가 났다. 화가 나서 울었다. 쉬면 쉬는 거지, 왜 나를 빼고 쉬어야 하는 건데. 휴식을 취하는데 어째서 애인의 품이 아니고, 애인이 방해 요인이 되는 건데. 나는 엉엉 울었다. 속이 상했다. 이게 다 석조 씨 전 배우자의 인스타그램 계정을 보여 준 내 탓이었다. 내가 그녀의 인스타그램 계정에 들어가 그녀의 일상을 낱낱이 훑어보고, 그녀가 운영하는 레스토랑 계정에도 들어가 매일의 메뉴를 체크하고, 그녀가 서울에서 나흘, 강릉에서 사흘씩 지낸다는 정보를 석조 씨에게 알려준 것이 문제였다. 그 때문에 석조 씨는 그냥 다 놓아 버리고 쉬고 싶은 걸까. 그녀가 너무 잘 살고 있어서. 이혼하고 10년이 지나도록 무른 상처 하나 없이 말끔해 보이는 그녀가 너무 미워서. 그래서 뭔가가 부서진 기분이 들어 버린 걸까. 10년이나 지났는데. 그 10년 동안 나와는 6년을 함께했는데도. 내 칫솔은 그녀가 꽂았던 칫솔꽂이에 꽂혀 있고, 내 키는 163센티미터가 아니라 168센티미터인데도, 그래도 쉬어야 하는 쪽은 내가 아니라 석조 씨라는 것이 나는 너무 분해서 엉엉 울었다.

너 우냐?

자판기 커피를 뽑아 들고 온 아빠가 울고 있는 나를 한심하게 바라보며 물었다.

왜 우냐?

몰라. 그냥 우는 거야.

털보 생각나서 우냐?

아니거든.

아빠는 주유소에서 받은 휴지를 꺼내 내 쪽으로 던졌다. 휴지로 닦아 내는데도 청승맞게 계속 눈물이 났다.

남자 새끼한테 또 차였구먼.

아빠는 화장실이나 다녀오라며 등을 떠밀었다. 나는 콧물이 찔끔찔끔 흐르는 걸 가까스로 막고는 걷기 시작했다. 밖을 나와 보니 확실히 서울보다는 좀 더 추운 것 같았다.

다 울고 와!

아빠가 뒤에서 소리쳤다. 쪽팔렸다.

*

우리 가족이 뿔뿔이 흩어져 살게 된 건 엄마와 아빠의 이혼 때문이었다. 스물이 된 동생이 대학에 합격하자마자, 엄마는 가차 없이 아빠를 버렸다. 아빠는 일평생 무능했고 책임감이 없었다. 엄마는 서울에 갖고 있던 아파트를 팔아서 나와 동생에게 보증금 정도의 금액을 주고는 경기도 외곽에 있는 연립주택을 매수했다. 아빠에게는 단 한 푼도 주지 않았는데, 그래서인지 아빠는 아직도 엄마를 빌어먹을 독한 년이라고 불렀다. 그 추운 겨울에 고시원에라도 갈 돈 몇 푼도 주지 않고 맨몸으로 내쫓아 버린 게 네 엄마야. 이십오 년을 같이 살았는데 지나가는 길고양이한테 베풀 아량은 있고, 나는 무슨 바퀴벌레 새끼 취급하고.

집도 절도 없는 신세가 된 아빠는 일단은 내 원룸에 얹혀 살았다. 보증금 오백에 월세 오십. 가까스로 구한 분리형 원룸이었다. 아빠는 거실 같지도 않은 거실에서 자고, 나는 방문을 걸어 잠그고 잤다. 밤에는 아빠의 코 고는 소리 때문에 시끄러워서 도저히 잠이 들 수가 없었다. 부엌도 아니고 거실도 아닌 애매한 공간에서 얇은 이불보를 덮고 자는 아빠를 보는 건 더 몹쓸 일이었다. 그러길래, 정말 그러길래 좀,이라는 말만 나왔다. 동생이 종종 엄마에게 얻은 반찬을 나눠 주러 와서는 너저분한 아빠의 짐들을 보며 야, 너도 착한 척 좀 그만해, 하고 말하기도 했다. 나는 내가 아빠를 거두는 게 착한 척하는 건가, 아니, 아빠는 아빤데 그러면 아빠를 누구한테 맡기나 싶고, 동생이나 엄마나 야박하게 구는 게 악의적으로 그러는 건지, 본때를 보여 주다가 아빠가 정신을 차리면 그제야 다시 받아 줄 요량으로 더 나쁘게 대하는 건지, 도통 알 수가 없었다. 그래도 같이 산 시간이 버젓이 나와 동생으로 증명된 셈인데.

아빠는 보증금 사백만 원을 모아 내 집과 십오 분 거리에 있는 월세방을 구했다. 반지하라서 여름이 되면 곰팡이도 많이 슬고, 오래된 집이라 외풍도 심하고, 높은 언덕길이라 밤이면 인적이 드물어 무섭긴 했지만, 아빠는 그 정도면 아방궁이라고 너스레를 떨었다. 그런데 왜, 아직도 엄마 차를 아빠가 모는 건지. 아빠의 실손 보험료가 매달 빠져나가는 계좌는 왜 엄마의 통장인지. 엄마랑 아빠는 이혼 도장을 찍은 지 4년이 지난 지금까지 얼굴 한번 마주친 적이 없었다. 동생의 대학교 졸업식에는 아빠가 참석하질 않았고, 친가 쪽 행사에는 엄마가 참석하지 않았다. 이제 이혼은 너무 쉬운 거라고들 해서, 아무나 다 하는 거라서, 우리도 그냥 아무렇지 않게 살기로 했다.

아빠라는 혹을 달고 살기로 작정한 건 엄마가 아니라 나였으므로, 나는 주기적으로 아빠를 만나 어떻게 살고 있나 감시 관찰을 해야 했다. 일정한 시간에 만나서 점심을 먹고 아빠 집에 반찬을 갖다주러 간다거나 하는 식으로. 그러나 감시 관찰을 마치면 엄마에게 늘 상부 보고를 해야 했다. 도대체 헤어졌는데 뭐가 그렇게 궁금하냐고, 정 좀 떼라고, 그럴 거면 같이 살지 왜 따로 사느냐고 동생과 내가 신경질을 낼 때마다 엄마는 살아 있는지 확인하려고 그런다, 하고 그 이상은 알고 싶지 않다는 듯 말했다.

더 알게 되면 싫어지잖아. 싫어지면 그건 또 슬프잖니.

엄마는 아빠가 남의 일처럼 되는 게 속이 편하다고 했다. 아빠가 자신의 소관이 아닌, 멀지도 가깝지도 않은 남의 일처럼 건너 듣는 게 좋다고. 그런 건 뭘까. 가족이 남처럼 되는 일. 나도 엄마나 아빠를 그렇게 남처럼 생각할 수 있는 걸까. 혈육이 아니라 그런 거겠지. 사랑했다가 싫어지면 헤어질 수 있는 사이라서. 그런 관계로 시작해서 가정을 이루었다가 다시 남이 되어 버리기로 한 것이겠지.

쉬울 수 있을까. 남이 되는 일. 남이었다가, 남이 아니었다가, 다시 남이 되는 일. 무엇보다, 남이 되는 것을 받아들이기로 하는 일. 그것처럼 어려운 게 있나. 단념처럼 어려운 것이. 땅따먹기처럼 선을 긋는다고 한순간에 여기는 내 땅, 거기는 네 땅이 될 수 있나. 이제부터 이 선을 넘어서는 안 된다고. 선 하나가 견고한 성벽이 되기까지 얼마나 많은 시간이 필요할까. 그 지난한 납득의 과정을 감히 쉽다고 표현할 수 있을까. 내 눈에는 얼마든지 쉽게 허물어질 것 같은 성벽, 지우개로 지우면 금세 흐려질 희미한 선처럼 보이는데.

그런 생각을 하면 석조 씨의 집이 이해가 됐다. 신혼집으로 산 아파트에 짝을 맞춘 가구와 소품들. 수저와 젓가락 같은, 이름표만 안 붙었지 부부의 것임이 명백한 자질구레한 것들까지. 석조 씨는 그녀와 결혼한 지 2년 만에 이혼했다. 이후 석조 씨는 몇 명의 여자를 만났다. 그중 한 명은 진짜 좋아했고, 나머지는 그냥 외로워서 만났다고 했다. 그러다가 나를 만나게 되었고 우리는 6년을 함께 보냈다. 그러니까 우리 엄마와 아빠가 이혼한 해부터. 내가 분리형 원룸에 아빠와 함께 기거하던 시기였다. 나는 밤마다 탈출하듯 석조 씨의 집으로 갔다. 그곳에서 석조 씨가 버리지 못한 그 무수한 짝 있는 물건들 틈에서 며칠을 숨어 있었다.

한번은 대대적으로 서재를 청소할 일이 있었다. 그곳에서 나온 것 대부분은 석조 씨의 것이 아니라, 그녀의 손때가 묻은 DVD, CD, 그리고 결혼 앨범과 서약서 등이었다. 결혼을 하게 되면 서약서 같은 걸 밥 먹듯 쓴다는 것쯤은 나도 부모를 통해 알고 있었다. 다시는 술을 먹지 않겠습니다, 금연하지 않을 시 안방에 들어가서 자지 않겠습니다 등의 못 지킬 약속들을 적어 두고 사인이나 지장을 박고 상대방의 기분을 풀어 주는 용도의 문서. 석조 씨와 그녀 사이에도 그런 서약들이 종종 있었다. 석조 씨는 오랜만에 들춰 본 서약서를 내게 보여 주면서 얘가 이렇게 독했어,라고 말했다. 석조 씨는 그녀에 대해서라면 일관되게 부정적인 태도였다. 원래는 그런 앤 줄 몰랐지. 순했어, 정말. 처음에는 나와의 관계를 잘 빚어 나가기 위해 하는 말들이라고 생각했다. 이혼이라는 전사를 겪었지만, 현재 자신에게는 어떠한 감정도 남아 있지 않다는 것을 어필하기 위해 하는 변명에 불과하다고.

석조 씨는 첫 데이트서부터 그녀와의 이혼이 인생에 크나큰 타격을 주었고, 그녀가 얼마나 나쁜 행동들로 자신을 배신했는지를 소상히 털어놓았다. 그녀의 부모가 자신을 어떻게 대했는지, 어째서 갑자기 자신에게 차가워졌는지에 대한 기억을 하나둘씩 끄집어냈다. 이후에도 광화문 근처의 어느 카페에서 케냐AA를 연거푸 두 잔이나 마시고, 연남동의 태국음식점에서 푸팟퐁커리와 맥주를 먹고,

아쌈티와 밀크티를 마시고, 파르메산 치즈가 잔뜩 뿌려진 라자냐에 값이 좀 나가는 이탈리아산 바르베라 와인을 곁들여 마시는 동안 길고 지겨운 이혼사는 계속되었다. 나는 석조 씨가 혹시 나를 성인으로 착각하는 건가, 신부님 앞에서도 이렇게까지 고해성사는 못 하지 않을까 하는 생각이 들었다. 내가 말이 너무 많았지? 라고 묻는 석조 씨에게 나는 불쌍하네요,라고 답했다. 헤어진 사람에게 그런 박한 소리를 하는 석조 씨가 불쌍해 보여서 한 말이었는데, 석조 씨는 아마도 그걸 그 뜻으로 받아들이진 않았던 것 같았다.

우리가 나란히 누워 잠을 자게 된 것은 여섯 번째 데이트 날이었다. 석조 씨의 집은 두 사람이 살면 딱 좋을 만큼 넉넉한 데 비해 어딘가 부족하고 엉성한 느낌이었다. 이를테면 이케아에서 조립식으로 산 철제 침대 같은 것. 원래는 원목으로 된 침대 틀이 있었는데 그녀가 나갈 때 가져갔다고 했다. 그러고 보니 책상도 소파도 텔레비전을 올려 두는 서랍장마저도 죄다 이케아에서 산 조립형 가구였다. 그마저도 별로 없어 마루가 휑했다. 그녀가 골랐을 법한 분홍색의 샤워 커튼도 누렇게 물때가 낀 채로 걸려 있었다. 나는 석조 씨의 철제 침대에 누워서 이렇게 얇은 매트리스 위에서 어떻게 섹스를 할 수 있을까 생각했다. 확실히 침대가 많이 흔들렸다.

게을러서, 그냥 이렇게 살아.

첫 섹스를 끝내고 석조 씨가 말했다. 누가 갑작스럽게 뛰쳐나가 버린 것 같은 집에서 오래도 살고 있는데, 그게 고작 게을러서라고? 나는 반문하고 싶었지만 참았다. 다만 애도 기간이 참 기네요,라고만 답했을 뿐. 나로서는 아무리 가늠해 보려 해도 알 수 없는 사건이었다. 내 몸을 돌돌 말고 있던 침대 시트를 만지다가 말고, 이마저 그녀의 취향일 수도 있겠다는 의심이 들었다. 사건의 증거들이 가득한 현장에서 어쩌면 나는 영영 속하지 못할 것 같다고. 나는 막연하게 생각했다. 그게 석조 씨의 집이었든, 석조 씨 본인이었든 간에.

*

'천재 화가 이중섭, 소의 고장 횡성으로 오다.'

횡성 휴게소 화장실에는 우스운 문구와 함께 화가 이중섭의 그림이 걸려 있었다. 횡성과 이중섭의 공통분모는 소였다. 화장실에 도착할 때까지 누가 죽었나 싶게 꺼억꺼억 울어대던 나는 별안간 이중섭의 사진을 보고 참을 수 없이 웃음이 터졌다. 대체 무슨 의도일까. 지자체 사업 중 마음에 드는 건 손에 꼽을 만큼 없지만 정말 기가 막혔다. 어떻게 이중섭과 횡성을 갖다 붙일 수 있지.

횡성에서부터 평창까지는 논스톱이었다. 아빠는 별말 없이 휴게소를 빠져나갔다. 나는 더 이상 훌쩍이지 않았다. 그저 이중섭의 그림만 눈에 아른거릴 뿐이었다. 그러다가는 내가 털보 아저씨의 무덤에 가는 이유도 횡성과 이중섭의 공통분모처럼 기막히고 어이없는 게 아닐까 하는 생각이 들었다. 나는 왜 털보 아저씨 무덤에 가려고 하는 걸까.

평창에 다다르자 올림픽 관련 엠블럼이 그려진 깃발들이 가로등마다 꽂혀 있었다. 그러나 사방을 둘러보아도 개천이나 논두렁밖에 보이질 않았다. 이따금 엄청난 크기의 조소 작품이 눈에 띄었는데, 이를테면 3미터는 되어 보이는 막국수를 형상화한 조각이 단연 독보적이었다. 젓가락에 딸린 면발이 거의 2미터는 돼 보였다. 가평처럼 주변에 강이라도 있으면 모를까 딱히 레포츠를 즐길 수도 없는 이곳에 왜인지 펜션들이 다닥다닥 붙어 있었다.

털보도 여기에 펜션 지었다가 망했잖아.

아빠가 말했다. 서울 생활을 접고 펜션 사업을 하겠다고 평창에 들어왔다가 건물을 너무 많이 짓는 바람에 적자를 감당하지 못하고는 파산 신청을 했다고. 끌어다 쓴 돈이 너무 많아서 갚을 능력도 없었다고 했다. 그때쯤 나율 엄마와 이혼을 했다. 얼마 지나지 않아 털보 아저씨는 엄마에게 매일같이 전화를 했다. 그것도 가장 바쁜 오전 여덟 시에 만취한 목소리로 은근 엄마, 하고 불렀다. 엄마는 처음엔 불쌍해서 말 상대라도 해 주자는 생각으로 전화를 받았다. 파산도 이혼도 한 큐에 해 버렸으니 마음이 성할 리가 없잖겠느냐면서.

털보 아저씨는 엄마가 아빠와 이혼한 걸 알고는 함께 살자고 제안했다. 외로운 사람들끼리 작은 펜션 하나 지어서 텃밭도 가꾸고 그렇게 여생을 보내자고. 엄마는 아저씨의 말이 농담이 아니라는 것을 알기 전까지는 우습게 넘겼지만, 도가 지나치게 생떼를 쓴다는 느낌을 받은 후로는 이 남자가 미친 게 아니고서야 어디 나한테, 해도 해도 너무하지 불알친구 와이프한테 들이대고 염병을 떤다며 호되게 면박을 줬다. 엄마는 내게 전화를 걸어 한동안 엄마 집에 내려와 있어 줄 수 있겠느냐고 물었다. 밤마다 털보가 올까 봐 무서워서 잠에 못 들겠다고. 아저씨가 엄마 집이 어딘 줄 알고 찾아와. 아빠도 모르는데. 그래, 맞지. 그놈이 올 수가 없지. 정말 속상해. 나율 엄마한테 죄스럽지도 않나? 하기사 그쪽도 나율 엄마가 내쫓은 거니까. 그 순한 여자가 이혼까지 한 걸 보면 털보가 진짜 문제야. 얼마나 분통이 터졌으면 그랬겠어.

털보 아저씨의 아내였던 나율 엄마. 상냥하고 조곤조곤한 말씨로 등에 업힌 나율이를 토닥이며 재우던 모습. 남편과 그의 친구들이 떡이 되도록 술을 마시고, 남편들의 아내들이 남편 욕을 하며 친해지는 동안 아줌마는 말없이 그들을 보면서 때때로 웃기만 했다. 다들 나율 엄마를 두고 그 양반이 참 순하다는 말을 마치 칭찬인 양 하곤 했다. 그렇게 순한 나율 엄마가 버린 털보 아저씨라니. 순하다는 건 뭘까. 아빠는 왜 엄마를 빌어먹을 독한 년이라고 부르는 걸까. 착하고 선한 거랑 순한 거는 다른 거잖아. 어쩌면 사람에게 순하다는 말을 붙이는 건 칭찬도 아니고 오히려 나쁜 것 같은데. 알코올 농도를 낮춘 소주를 보고 순해졌네, 할 수는 있지만, 사람에게 사람이 저 사람은 참 순해,라고 말하는 게 좋은 건가. 순하다는 게 뭔데?

털보 아저씨는 뇌졸중으로 쓰러져 1년간 뇌사 상태로 지냈다. 서울대병원 중환자실에 있다가 경기도 근교에 있는 요양 병원으로 옮겨 반년 정도를 버티다 이듬해 생을 마감했다. 보호자를 나율이로 지정해 두었지만, 정작 병원에 상주하고 있던 사람은 나율 엄마였다.

아빠는 털보 아저씨가 뇌졸중으로 쓰러졌다는 소식도 나중에야 알게 되었다. 엄마와 이혼을 한 뒤, 아빠는 나 말고는 세상 사람 그 누구도 만나지 않을 것처럼 굴었다. 없는 사람. 유령 같은 사람. 살지 않는 사람처럼. 내가 이제 좀 나가 주시죠, 하고 운을 떼고 나서야 아빠는 일을 하기 시작했다. 벌목 일이었다. 아빠는 지방 외곽의 산야를 돌아다니면서 나무를 벴다. 종종 섬에도 몇 달씩 있었다. 벌목공들 중에는 아빠처럼 혼자가 된 아저씨들이 많았다. 그러니까 아내한테 소박맞은 남자들. 그중에 절반은 경마나 도박에 미쳐 있었고 나머지는 술꾼이라고 했다. 아빠는 술도 안 먹고 단순한 내기 같은 것도 좋아하질 않아서 그치들과 어울리지 않았다. 그러다가는 그들과 자신이 같은 처지라는 느낌이 드는 게 싫다며 벌목 일을 때려치웠다. 그래도 꼬박 3년을 버텼으니 아빠의 직업 인생에서는 나름 선방한 셈이었다. 다만 성치 않은 몸이 문제였다. 그래서 엄마는 아빠의 보험비를 다달이 내주고 있는 걸까. 나율 엄마가 털보 아저씨의 병상을 매일 지키고 있던 것처럼.

우리는 여우별펜션의 팻말을 찾느라 비포장도로를 한참 돌아다녔다. 마을 깊숙한 곳에 펜션이 있었다. 언덕길이 전부 꽝꽝 얼어서 우리는 차에서 내려 걷기로 했다. 확실히 눈이 많이 쌓여 있었다. 이런 데서 무슨 올림픽을 한다고. 아빠가 주변을 둘러보며 말했다. 나는 석조 씨 생각이

나서 또 눈물이 날 것 같았지만 참았다. 마을 입구에서 산 참이슬 빨간 병과 새우깡, 그리고 아저씨가 즐겨 피웠다던 디스플러스 담배가 담긴 비닐봉지를 괜스레 흔들며 걸었다. 펜션의 뒷길로 올라가니 층층이 무덤이 있는 선산이 보였다.

선산에는 눈이 가득 쌓여 있었다. 나는 미끄러운 언덕을 어떻게 올라야 할지 막막했다. 아빠가 손을 건넸다. 나는 아빠의 손을 붙잡고 언덕을 올랐다. 아빠가 이끄는 손은 단단했다. 수없이 나를 잡아끌어 주었던 손. 관악산과 설악산과 북한산과 청계산과 철봉과 그네와 미끄럼틀과 정글짐과 수락산 계곡과 스키장과 스케이트장과 이층 침대와 어렸을 적 내가 걸었던 그 무수한 계단들 앞에서 언제고 나를 이끌어 주었던 손. 아빠가 이끄는 힘은 그때와 변함없이 단단하고 듬직했다.

엄마의 말대로 선산 가장 밑단에 홀로 있는 무덤이 보였다. 나는 핸드폰 카메라로 사진을 찍어 엄마에게 보냈다. 무덤 앞에는 백합 모양의 조화가 있었다. 누군가 다녀간 지 얼마 안 된 듯 깔끔했다. 나는 검정 비닐봉지에서 담배와 소주를 꺼내 아빠에게 건넸다. 아빠는 담배 한 개비에 불을 붙인 뒤 무덤 앞에 두었다. 그러고는 빨간색 뚜껑을 열어 무덤의 주변을 빙빙 돌며 소주를 부었다. 그동안 못 찾아와서 미안하다. 편하냐, 새끼야. 아빠가 말했다. 나는 새우깡 봉지를 뜯어 무덤 앞에 두었다. 아빠 말로는 고등학교 시절 둘이 가장 많이 먹던 소주 안주라고 했다.

엄마에게서 문자가 왔다. 나율 엄마가 찾아 줘서 고맙다고 전해 달래. 나는 아빠에게 털보 아저씨의 무덤이 맞다고 말하고 나서 그 자리에 털썩 앉아 버렸다. 무덤이 향하는 쪽으로는 높은 산자락이 보였다. 밑으로는 선산의 사당이 있었는데 우리는 거기까지는 가지 않고 얼마간 무덤가에 앉아 있었다. 옆으로 고라니 발자국이 점점이 찍혀 있는 것이 보였다.

뭐 좀 빌었어?

아빠가 담배를 한 모금 길게 태우며 무심한 말투로 물었다.

어. 하늘에서 아빠 좀 잘 살게 감시해 달라고 빌었어.

웃기고 있네. 그래, 와서 뭔가가 풀렸어?

풀릴 게 뭐 있어.

이런 데 온다고 만사가 풀리면 맨날 와서 제사 지내겠지. 춥다, 가자.

우리는 언덕길을 내려왔다. 올라가는 것보다 내려가는 게 더 무서워서 나는 아빠의 두 손을 꽉 잡고 천천히 발을 뗐다.

막국수라도 먹고 가자는 아빠의 제안을 거절했다.
대신 서울 가서 맛있는 거 먹으러 가자.
우리는 곧장 서울로 올라왔다.

*

서울에 도착하니 해가 저물고 있었다. 아침부터 새우깡이랑 커피로 대충 때우느라 아빠나 나나 약간 탈진 상태였다. 나는 아빠가 다니던 고등학교 부근으로 가 달라고 했다. 어릴 적 아빠와 숱하게 왔던 서촌. 달라진 동네 모습에 아빠는 놀란 눈으로 주위를 연신 두리번거렸다. 학교와 인접해 있는 골목길에 차를 세우고 이탤리언 레스토랑으로 들어갔다. 브레이크 타임이 이제 막 끝났는지 저녁 손님으로는 우리가 처음이었다.

가게 문을 열고 들어서자 넓고 긴 원목 테이블이 중앙에 놓여 있었다. 모서리마다 2인용 테이블이 하나씩 있었다. 우리는 메인테이블에 앉았다. 아빠는 뭘 이런 델 데리고 왔냐는 듯 떨떠름한 표정을 지었다. 뭐 어때. 나는 어깨를 으쓱하며 말했다. 아빠는 어색하게 파카를 벗어 의자에 걸었다. 서빙을 담당하는 직원이 아빠와 나의 외투를 가져가 옷걸이에 걸어 두겠다고 말하며 친절한 얼굴로 웃어 보였다. 얼마 안 있어 따뜻한 얼그레이티와 석류 소스를 얹은 석화가 웰컴 푸드로 나왔다. 직원은 메뉴판을 건네면서 천천히 드시면서 보라고 말했다. 이미 인스타그램 계정으로 오늘의 메뉴가 무엇인지 알고 있었기 때문에 나는 바로 오늘의 메뉴 코스를 시켰다. 크리스마스 메뉴에는 머스터드 크림 치킨과 파고티니 파스타, 바칼라 만테카토라는 생경한 음식들의 이름이 적혀 있었다.

여긴 왜 왔어?

털보 아저씨를 기리는 여정의 마지막 코스지. 두 분이 다니셨던 학교 근처 순방하기.

근데 왜 하필 여긴데?

연말이라 맛있는 것 좀 먹여 줄려고 그런다, 왜. 그냥 입 닫고 드셔.

쉬라즈 와인 한 병을 주문하려다가 대리운전은 결단코 부르고 싶지 않다는 아빠의 말에 진저에일 두 잔을 시켰다. 이윽고 식전 빵과 함께 차례로 음식이 나왔다. 넓은 그릇에 오밀조밀하고 소담스럽게 담겨 있었다. 특히나 그릇이 예뻤다. 그릇은 앤티크한 느낌을 풍겼다. 그러면서도 정갈하고 깔끔해 보였다. 음식은 맛있었다. 아빠는 한 입 거리로 보이는 작은 바칼라 만테카토를 조금씩 베어 물었다. 입맛에 맞았는지 고개를 끄덕였다.

멀리서 검은 앞치마를 두른 여자가 보였다. 익숙한 얼굴. 석조 씨에게 팔짱을 두르며 찍힌 결혼사진과 비교하면 흰 머리가 조금 생긴 것 빼고는 그다지 변한 게 없는 인상이었다. 앞치마에 밀가루가 군데군데 묻어 있는 채로 여자는 테이블로 걸어왔다.

맛이 어떠세요? 크리스마스 메뉴 오늘 처음 선보인 건데.

여자가 물었다.

난 이런 거 잘 모르는데 우리 딸애가 오자고 해서. 사장님이신가 봐요?

아빠가 특유의 너스레를 떨며 말했다.

네, 직접 요리도 하고요. 좋으시겠어요. 따님이랑 같이 이렇게 다정하게.

여자는 오너 셰프의 당당함이 엿보이는 미소를 띠며 말했다. 멋있어 보였다.

좋은 시간 되세요, 하며 여자는 원래 있던 곳으로 되돌아갔다. 아빠가 등허리를 낮추며 내게 소곤댔다.

순하게 생겼다. 근데 똑 부러질 것 같고. 옛날 네 엄마 닮았어.

아빠는 여자만 보면 다 엄마 닮았대.

살아 봐라. 맑고 순한 사람 어디 흔한가. 네 엄마가 그랬다니까.

지금은 왜 근데 빌어먹을 독한 년이야?

내가 웃기게 살았으니까.

알긴 아네. 다행이다. 몰랐으면 더 화날 뻔했는데.

음식 앞에 두고 말 많았다. 얼른 먹어.

나는 파고티니 파스타 한 점을 접시에 담았다. 생긴 게 꼭 포춘쿠키 같았다. 안에 소가 들어 있는 이탤리언식 만두. 차마 파스타를 반으로 가를 수가 없었다. 나쁜 예언이 적혀 있을지도 모른다는 생각이 들었다. 알고 싶지 않은 불행한 미래가 그 속에 숨어 나를 쪼개 봐,라고 말하는 것 같았다. 그러느니 차라리 그대로 놓아두고 싶었다. 열지 않으면 영영 모를 포춘쿠키 속처럼. 접시 위 파스타는 천천히 식어 갔다.

뭘 보겠다고 여기까지 온 걸까. 그녀를 내 눈으로 직접 봐야지만 이별이 납득될 거라 생각한 걸까. 아무리 사랑한다고 해도, 사랑하려고 노력해도, 최선을 다해서 사랑했다고 해도, 나는 아내가 아니었잖아. 아내였던 적은 없었으니까. 왠지 진 것 같은 기분이었다. 그리고 정말 졌다. 더 이상 나는 석조 씨를 만나지 않을 것이다. 그가 또 연락을 하면 나는 숨어 버릴 것이다. 하지만 결국 그의 연락을 받을지 모르고, 늦은 밤 지하철을 타고 정차할 때마다 몇 정거장이 남았는지 세다가는 역 출구에 미리 나와 있는 석조 씨를 보고 자연스럽게 팔짱을 끼겠지. 깍지를 끼고 손을 잡겠지. 신혼집이었던 그 집에 들어가 겉옷부터 차근차근 벗기고 벗으면서 우리는 침대로 향하겠지. 섹스가 끝나고 나서는 많이 울겠지. 왜 우냐고 물어봐도 그냥, 하고 엉엉 울 것 같다. 그렇게 좋았어? 라고 농담을 해도 그냥 울고 말 거다. 하지만 다시는 석조 씨를 만나지 않을 것이다. 그러기 위해 평창엘 다녀왔고, 석조 씨의 전 배우자인 그녀가 오늘 가장 맛있게 할 수 있는 요리를 먹었으니까. 그리고 그 모든 걸 아빠와 함께했으니까. 나는 단호해졌다. 단호한 마음이 들었고, 단호하기로 했다. 헤어지지 못하는 사람들을 마주했고 대신해서 인사를 전했다. 그것이 석조 씨와 이별하기 위한 나만의 의식인 것처럼.

밥을 다 먹고 나와서는 아빠가 다녔던 고등학교까지 걸었다. 운동장을 돌며 고등학생 시절 아빠와 털보 아저씨의 기행들을 들었다. 별거 아닌 내용이었다. 땡땡이를 치고 짜장면을 먹으러 갔다가 돈을 안 내고 토꼈다든가, 당구장에 살다시피 해서 목사님이셨던 털보 아저씨의 부친이 당구큐가 부러질 만큼 아빠와 털보 아저씨를 두들겨 팼다든가 하는.

나는 건성으로 들으면서 석조 씨를 생각했다.

눈이 온다.

진짜 눈이 오고 있었다. 아빠는 나를 지그시 쳐다보다가 말했다.

그냥 살아라. 만났다 헤어지는 거 별거 없다.

정말 별것이 없을까. 만났다가 헤어지는 거.

아빠에게 먼저 들어가라고 했다. 혼자 좀 더 걷고 싶었다. 경복궁을 향해 걷다 보니, 맞은편 이정표에는 석조 씨의 동네가 적혀 있었다. 직진은 나의 집, 오른쪽 방향은 석조 씨의 집이었다. 나는 걸음을 멈추었다.

같이 산다는 건 뭘까.

영락없이 쌓일 것처럼 눈이 내리기 시작했다. 폭설이었다.

해변의 소견

해변의 소견

미발표작

해변 입구에 있는 비치용품 대여소 카운터, 노란 머리의 젊은 남자가 관광객들에게 현금을 받고 있다. 거래가 끝남과 동시에 젊은 남자는 우렁찬 목소리로 노인을 깨운다. 낚시를 할 때나 쓸 법한 조그마한 접이식 의자에 앉아서 졸던 노인의 눈꺼풀이 빠르게 접힌다. 노인은 자신의 키보다 한 뼘이 훌쩍 넘는 파라솔을 한쪽 겨드랑이에 끼우고, 접힌 상태의 비치베드를 한 손에 든 채 모래사장으로 향한다. 대여한 손님들은 노인을 뒤따르며 약간의 윤리적인 감상에 사로잡힌다. 그래도 그렇지, 이런 땡볕에 늙은이 품을 파는 건 너무하지 않나. 듣고 있던 누군가가 말한다. 그게 뭐 어때서. 제값 받고 하는 일인데.

이즈 잇 오케이 히어?

노인은 짧은 영어로 손님들에게 파라솔 꽂을 위치를 묻

는다. 손님들은 그런 건 아무래도 좋다는 표정이다. 옥색의 투명한 바다. 손님들은 제 나라 언어로 감탄사를 내뱉기 바쁘다. 노인은 매일 마주하는 풍경에 무감한 듯 보인다. 그저 사진을 찍느라 정신없는 손님들의 상기된 감정이 한 차례 꺾이기를 기다린다. 노인이 두 손바닥을 칼날처럼 펴고 모래를 판다. 수분기를 머금은 모래들이 일순 공중으로 날아올랐다가 이내 후드득 떨어진다. 적정한 깊이까지 파낸 노인은 파라솔을 꽂고 모래를 덮는다. 솎아 낸 모래들이 원래 자리로 파묻힌다.

파라솔이 꽂히는 각도는 그 시간에 불어오는 바람과 볕의 길이와 관계한다. 오전 열 시에 꽂히는 파라솔과 오후 두 시에 꽂히는 파라솔의 각도는 다르다. 구름 한 점 없는 쾌청한 날과 금방이라도 폭우가 쏟아질 듯 먹구름이 낀 날 또한 다르다. 노인은 파라솔이 제 스스로 온전하게 서 있을 때까지 균형을 맞춰 가며 지면을 세게 내리친다. 손님들이 노인의 몸짓을 주시한다. 발바닥으로부터 시작된 소리에는 타악기 리듬처럼 특유의 세기와 박자가 있다. 처음에는 무척 날카롭다가 모래 사이의 밀도가 높아질수록 점차 둔중하게 들린다. 발목의 스냅만으로 땅바닥을 최대한 편편하게 만들어 내는 마지막 과정은 탭댄스를 추는 것처럼 경쾌하기까지 하다. 손님들은 주머니를 탈탈 털어 동전

두어 개를 꺼낸다.

비치베드까지 설치를 마친 노인은 손님들에게 즉시 누워 볼 것을 권한다. 손님들은 눕자마자 탄성을 지른다. 모든 것이 완벽한 느낌이다. 적절하게 볕을 가리면서도 바다가 한눈에 보인다. 그들에게 안락한 그늘이 주어진다.

이즈 잇 굿?

노인은 손님들에게 묻는다. 손님들은 퍼펙트, 하고 응답한다. 손님들이 팁을 건네기 위해 상체를 일으킨다. 노인은 한사코 거절한다. 그러고는 저스트 인조이,라고 말하며 미소를 짓는다. 검게 탄 얼굴과 대비되는 흰 이가 짧게 보이다가 사라진다. 노인은 왔던 길을 돌아 해변의 입구 쪽으로 다시 걸어간다.

노동의 패턴이다.

*

노인은 언제부터 이 해변에서 파라솔을 옮겼을까. b는 잠시 생각에 잠긴다. 추리를 가장한 망상에 가깝다. 그러다가는 얼마 지나지 않아 관둔다. 노인은 b의 호기심을 자극할 만한 사람이긴 하지만, 그냥 그 정도다. 일터로 해안가가 낙점된 노인의 개인적인 사연 같은 건 알아도 그만, 몰라도 그만이다.

모래에 익숙한 노인과 달리, b의 걸음걸이는 자주 미끄러진다. 구두를 벗지 않은 탓이다. 아들은 일찌감치 샌들을 벗고 물을 반기며 뛰어간다. 아들의 뒤로 세차게 모래가 튄다. b의 구두 안쪽으로 모래알갱이들이 알알이 비집고 들어온다. b는 그것이 마음에 들지 않는다. 평소 박자보다 늘어지는 걸음걸이. 균형을 잡기 위해 몸에 깃드는 미세한 긴장 같은 것도. 노인과의 간격이 그새 멀어진다. b는 인상을 찌푸린다. b는 앞서 걷는 노인의 다부진 뒷모습을 훑는다. 노인은 겨드랑이가 뚫린 주황색 슬리브리스에 형광빛이 도는 연두색 반바지 차림이다. 노인의 검게 탄 팔뚝과 허벅지는 오랫동안 볕에 시달린 흔적 같다. 강한 햇빛과 굵게 맺힌 땀방울, 세공해 놓은 듯 등줄기에 깊게 패인 근육의 결. b의 육체와 어울리지 않는 이미지들. b는 자연스레 자신의 반팔 와이셔츠 속, 뻴쭘할 정도로 새하얀 속살을 떠올린다. 볕에 별로 내보인 적이 없는 몸이었다. 자연광보다는 천장에 달린 조명의 부감 아래 놓였던 시간이 더 많았다. b의 노동은 백태가 낀 혀처럼 그를 허옇게 박제했다. 불투명한 비닐 같은 허물. 시간은 허물처럼 아주 천천히 그의 외피를 옭아맸다.

이즈 잇 오케이 히어?

노인은 예의 손님들에게 그러하듯 b에게 묻는다. b는 자신과 눈이 마주칠 때까지 잠자코 기다리고 있었을 노인에게 조금 미안한 감정을 느낀다. 그러면서도 한편으로는 특유의 공손함이 다소 지나치다고 생각한다. b는 파라솔의 위치에 동의하는지 묻기 위해 아들을 찾는다. 모래 위로 밀려오는 얕은 파도에 두 발을 담근 채 아들은 바다를 바라보고 있다. 그는 아무래도 좋다는 표정으로 고개를 끄덕인다.

b가 찬찬히 해변을 둘러본다. 휴가철이 아닌 평일 오전의 해안가는 적적하다. 널찍한 모래사장 위에 듬성하게 자리한 파라솔 서너 개. 간간이 맨몸으로 볕을 쬐기 위해 누운 사람들도 보인다. 비치베드의 일정한 간격은 일부러 성기게 장식을 달아놓은 직물처럼 그럴싸하다. b는 모래사장이라는 프레임의 전체적인 구성과 조화를 맡고 있는 사람이 노인이리라 생각한다. 노인이 선정한 파라솔의 위치는 무척 탁월하다.

두 대의 비치베드가 바다와 수직으로 나란히 깔린다. 멀리서 한껏 신이 난 얼굴로 아들이 뛰어온다.

유어 썬?

노인이 아들을 보며 묻는다. b가 그렇다고 답한다.

아이 해브 썬즈 투. 원 리브즈 인 삿뽀로.

아들이 파라솔 안으로 뛰어 들어온다.

어나더 워즈 데드.

노인의 말에 아들은 왓? 하고 b를 쳐다본다. b는 별다르게 반응할 필요를 못 느낀다. 갸웃하던 아들은 둘의 대화가 끝난 것 같다고 판단했는지 땡큐, 땡큐 쏘 머치, 하며 주머니 속을 뒤져 동전 몇 개를 꺼낸다. 노인이 손사래를 친다. 그러자 아들이 벌떡 일어나 노인의 팔을 부여잡고는 동전을 건넨다. 극구 사양하는 노인과 끈질기게 팁을 주려는 아들의 실랑이가 맥없이 이어진다. b는 가만히 노인을 쳐다보고만 있다.

뭘 또 저렇게까지.

끝까지 팁을 받지 않고 가 버린 노인을 보며 아들은 고개를 절레절레 흔든다.

그러는 너는.

베드에 누워 발바닥에 묻은 모래를 터는 아들에게 b가 말한다.

당연한 걸 마다하니까 그러죠. 사람 민망하게.

네가 당연한 거면 모두가 다 당연해야 되냐?

b의 말에 아들의 눈썹이 들썩거린다.

또 시비시네. 어지간히 좀 거세요.

네가 우습게 놀잖아.

이 얼굴이 어디가 웃기다고 맨날 우습대.

지랄.

아들이 상체를 일으킨다. 그러고는 b를 빤히 쳐다본다.

욕도 하시던 양반이 해야 간이 맞지.

빈정거리는 아들을 뚫어지게 쳐다보던 b는 말없이 고개만 돌린다.

끝까지 가지도 못할 거면서.

아들은 가방을 열어 챙겨 온 물품들을 하나씩 꺼낸다. 선글라스와 챙이 넓은 모자, 블루투스 이어폰과 아이패드, 래시가드와 스노클링 수경, 대여소에서 빌린 오리발. 분주하게 바다에 들어갈 준비하는 아들을 두고 b는 시선을 정면으로 옮긴다. 바다와 하늘의 구분이 힘든 날씨다. 너무 맑아서 눈이 따끔하게 시려 온다. 다른 건 몰라도 바다에 가면 반드시 필요할 거라며 선글라스를 하나씩 장만하자던 아들의 말이 맞기는 한 것 같다.

*

장맛비가 발목까지 잠기던 날이었다. 차가 지나갈 때마다 빗물을 된통 끼얹는 바람에 여기저기서 행인들의 된소리가 들쭉날쭉했다. 지하도로 안쪽까지 빗물이 들어찼다. b는 백화점으로 가는 내내 아들에게 불평했다. 날을 골라도 하필. 불편한 심기를 드러내는 b의 핀잔은 백화점 정문을 들어선 지 한참이 지나고도 멎지 않았다.

어, 원래 여기쯤 있어야 되는데.

아들이 허둥지둥하며 사위를 두리번거렸다. 가뜩이나 저기압이던 b의 눈에 어리숙한 아들의 모습은 더없이 형편없었다. 브랜드별로 촘촘하게 구획된 명품관은 매장 전면에 선글라스와 가죽 백, 구두 등의 상품들이 진열되어 있었다. b는 버젓이 보이는 선글라스를 눈앞에 두고 이렇게까지 헤맬 일인가 싶었다.

그냥 여기서 사.

b가 T 브랜드 매장 앞에 서서 말했다. 아들이 억척스럽게 되받아쳤다.

세일하는 데서 사는 게 훨씬 싸요. 수십만 원 차이가 난다니까요.

뒷목부터 흐르는 땀으로 아들의 셔츠는 흠뻑 젖었다. b는 이 모든 상황에 감당하기 버거울 정도로 화가 치밀었다. b는 짜증을 잘 내는 타입의 사람은 아니었지만, 남성에게도 갱년기 증상이 찾아온다며 이전처럼 감정을 잘 다스리지 못할 수도 있다는 의사의 진단을 받고 난 다음부터는 어쩐지 불쑥 화가 치미는 듯한 증상을 잦게 느꼈는데, 그건 나이가 들었기 때문에 참지 못하게 된 것이 아니라, 이 나이가 되어서도 굳이 참아야 되나, 하는 자문을 하게 되면서부터였다. 그렇게 발현된 울분이나 짜증은 어떤 증상이라기보다는 차라리 다짐에 가까웠다. 아무리 사소한 것이라도 이제 더는 참지 않겠다는 다짐.

아버지, 여기요. 여기.

복도 끝에서 아들이 b를 불렀다. 화장실로 가는 길목에 놓인 간이 매대 앞, 조명도 닿지 않아 아들의 형체는 윤곽만 가늠할 수 있을 뿐이었다. b는 크게 숨을 내쉬고는 아들에게로 향했다. 숨을 고르는 건 b의 오래된 습관이었다. 숨을 서너 번 내보내고 되마시고 나면 대체로 차분한 상태가 되었다. 그게 어떻게 돼? 하고 묻는 사람들에게 b는 어떻게 이게 안 돼? 하고 반문했다. 이렇게 쉽고 간편한 방법이 있는데, 어째서 그렇게 하질 않지? b는 특히 자신과 불붙어 싸우고 있는 상대를 늘 그런 방식으로 짓눌렀다. 차분하게 굴면 상대는 더 화를 내곤 했다. 그 횟수가 가장 많았던 상대는 역시나 아내였다.

약간 거리를 두고 멀찍이 서야만 얼굴 전체가 잡히는 조그만 거울 앞에서 아들은 선글라스를 하나씩 쓰다가 벗고,

또 쓰고 벗었다. 화장실을 가려는 사람들이 거울과 아들 사이를 가로질렀다. 사람들이 거울을 가리고 서 있거나 굼뜨게 움직이더라도 아들은 군말 없이 그들을 비껴 자신의 모습을 확인했다. 아들은 점원에게 자꾸 뭐가 더 나은지를 물어봤다. 처음에는 무척 적극적으로 응대하던 점원은 나중에 가서는 웬만한 선글라스는 다 잘 어울리는 얼굴형이니 너무 고민하지 말라며 대충 둘러댔다. 그럼에도 아들은 쉽사리 결정하지 못했다.

아들은 간간이 b에게도 말을 걸었다. 괜찮은 거 있음 골라 보세요. b는 미동도 없이 한자리에 우두커니 서서 아들을 보았다. 아들이 하는 모든 꼬락서니가 마음에 들지 않았다. 일부러 저러는 건가 싶었다. 차액이 뭐라고 쓸데없는 시간 낭비에 진을 빼는지 도무지 아들의 행동이 이해가 되질 않았다.

그거야 제가 사 드리려니까 그랬죠.

피팅을 하기 위해 또 다른 층으로 이동하는 승강기 안에서 아들이 말했다.

누가 사든 간에.

제가 사는 게 맞죠. 여행도 제가 모시고 가는 건데.

그러자 옆에 있던 중년의 여자 점원이 끼어들었다.

아드님이 든든하시네요. 우리 아들은 언제 크려나.

아들이 반색을 하며 물었다.

아드님이 몇 살인데요?

이제 고 삼. 노느라 정신 팔려서 수능도 놓고 가망 없어요.

공부 못한다고 효도도 못하나? 기술 있어야 먹고살지. 뭐든 하나만 파라고 하세요. 남자는 뚝심만 있으면 다 돼, 다.

어휴, 요즘 같은 세상에 뚝심만 있다고 되나 뭐.

요즘 같은 세상일수록 필요하다니까? 그걸 안 가르쳐 놔서 애들이 픽픽 몸을 못 가누는 거예요. 그냥 오냐오냐 받아 주느냐고.

묵묵히 듣고 있던 b가 입을 뗐다.

그러는 넌 요즘 애들 아니냐? 세상 다 산 사람처럼.

때마침 승강기 문이 열렸다. 눈치를 보던 중년의 여자 점원이 먼저 튀어나와 그들을 인도했다. 나란히 걸어가던 아들이 그의 어깨 쪽으로 몸을 비스듬히 숙이며 말했다.

정기 검진 좀 받으세요. 내장에 독이라도 퍼졌는지 갈수록 고약해지셔.

아들이 보폭을 넓혀 빠르게 걸었다. 망할 새끼. 그는 아들의 넉살을 좀체 받아들일 수가 없었다.

아들은 작년 겨울에 가까스로 박사 학위를 받았다. 논문 심사를 미룰 수 있을 때까지 미뤘다가 받아 낸 학위였다. 〈기술시대의 행위의 윤리성에 대한 실천적 소고: 한나 아렌트를 중심으로〉. 논문에는 한나 아렌트의 구절이 잦게 인용됐다. 어느 것 그리고 어느 누구도 자신들을 주시하는 관찰자를 전제하지 않고는 이 세계는 존재할 수 없다. 달리 표현하면, 어느 것이 나타나는 한, 그것은 단일한 형태로 존재할 수 없다. 모든 것은 누군가에 의해서 인지되기 마련이다……. 그의 책 『정신의 삶 1』에 나오는 문장이었다. 잘만 진행하면 꽤나 근사한 작업이 될 거라 자신하던 연구 주제는 지나치게 감상적이라는 평가와 함께 전형적인 용두사미로 그 빛을 바랬다. 물론 논문의 질보다 학위를 받는 것이 더 중요했다. 그렇게 된 데에는 시간도 한몫했다. 학업이 종료되기까지 걸린 기간, 총 16년. 그사이 아들은 군대에 다녀왔고, 몇 년간 학과 조교를 했으며, 지도교수 딸의 과외 선생 역할을 맡기도 했다. 아들의 마지막 졸업식에서 학사모를 넘겨 받은 b는 그간 묵혀 두었던 암담함을 떨쳐 낸 듯 안심한 얼굴을 띠었다. 1년 반 전의 일이다.

아들은 반년 전부터 아는 형의 제안으로 웹드라마 조명팀에 합류했다. 발전차를 운전하고 조명 기기를 나르고 두 팔이 끊어지도록 벌을 서듯 반사판을 치켜들며 일과를 보냈다. 아들은 밤낮없이 열심히 일했다. 지각 한번 한 적이 없었고, 촬영 중에 잠시 쉴 틈이 있어도 공식적인 휴식 시간이 아니면 제자리를 지켰다. 무엇보다 체력 안배가 중요했기 때문에 촬영 전날에는 술자리에 가지 않았고, 스태프들과 술을 마시더라도 흐트러지는 모습을 보이지 않았다. 아들의 성실한 태도를 좋게 본 베테랑 조명 감독은 차기 작품도 함께하자고 제안했다.

b는 아들을 생각하면 부아가 치밀었다. 제대로 살지 못하고 있으면서 삶을 즐기고 있다는 듯 웃고 능치고, 매사 긍정적인 톤으로 사람들을 대하는 아들이 괘씸했다. 죽상을 하고 있어도 모자랄 판에 여행은 무슨. 그깟 차액이 얼마나 된다고. 지금 그게 대수냐고 따져 묻고 싶었다. 뒤통수를 후려치면서 호되게 꾸짖고 싶었다. 정신 차리라고. 사는 게 우습냐고. 기껏 공부시켜 놨더니, 쯧쯧. 그럴 때면 아들은 공부로 밥 벌어먹고 살 작정이었으면 시작도 하지 않았을 거라 답하며 웃었다. 그런데 아버지, 제대로 사는 게 뭔데요? b는 아들의 웃음이 마치 자신에게 되묻는 것만 같아서 기분이 더 나빠졌다.

아들은 가죽 케이스 두 개를 양손에 하나씩 들고 서 있었다. 상설 매대에서 구매한 제품이므로 브랜드 로고가 박힌 봉투는 따로 제공하지 않는다고 점원은 말했다. 안 받아도 괜찮다, 낭비할 게 뭐 있냐, 아직도 그런 걸로 과시욕을 드러내는 아둔한 사람들이 있느냐고 아들은 답했다. 굳이 하지 않아도 될 말을 필요 이상으로 하는 사람. 아들은 언제부터 그런 부류의 사람이 되어 버린 걸까.

대학에 입학했을 때만 해도 아들은 어릴 때 모습 그대로였다. 차분하고 조용했다. 흐트러짐 없이 단정했다. 또래 남자애들이 온몸에 흙탕물이 튀는지도 모르고 비를 맞으며 공을 찰 때, 아들은 책상에 올려 둔 자습서와 공책의 모서리가 정확하게 포개어지도록 각을 맞추며 쉬는 시간을 보냈다. 방은 늘 깔끔했고, 사춘기 남자애치고 시큼한 땀 냄새도 잘 나지 않았다. 아내는 그런 아들이 너무 소극적인 것 같다고 염려했다. 사회에 나가면 때로 어깃장도 좀 부리고, 너스레도 떨면서 자신이 원하는 방향으로 사람들을 홀릴 수 있어야 한다고. 남자라면 그래야 한다고. 아내는 그런 식의 말을 많이 했다. 남자가 그 정도도 못 해 줘? 남자가 돼서 그것도 못 참아? 남자인데, 남자가 돼 가지고, 남자니까. 아내의 화살촉처럼 뾰족한 힐난은 가끔 아들에게도 향하지만 종내에는 그에게로 가서 박혔다.

어쩜 그렇게 네 아버지마냥 샌님처럼 구니. 쑥맥은 트럭으로 갖다 바쳐도 싫다더라. 남자는 박력이야. 배알도 키워야 하고. 다리도 쫙악 벌리고 앉아라, 어깨도 딱 펴고. 늠름하게 말이다.

아들의 제대를 축하하는 자리였다. 아내는 허심탄회하게 한마디만, 하고는 와인잔을 빙글빙글 돌려 대며 지난하게 말을 이었다. 원심력으로 출렁이던 와인이 이따금 잔 밖으로 흘러내렸다. 하얀 테이블보는 어느새 아내가 쏟은 와인으로 보랗게 번졌다. 점점이 붉게 물든 테이블보는 어딘가에 세게 부딪히거나 제대로 타격을 입어 생긴 멍자국 같았다. 아들은 점성이 짙어진 아내의 목소리를 묵묵히 듣고만 있었다. b는 룸으로 예약하길 잘했다고 생각했다. 그것 말고는 딱히 아무런 감정도 느끼지 않았다. 아내는 맨 정신일 때나 술에 취했을 때나 늘 b를 비난하곤 했으니까.

살아오면서 b가 택한 무수한 결정들은 언제나 비난의 소재가 되었다. 회색 재킷에 청바지를 입은 날에는 경박해 보이고 싶냐고 타박했고, 감색 정장에 쥐색 타이를 맨 날에는 원래도 칙칙한 양반이 옷이라도 화사하게 입지 그러냐고 비아냥거렸다. 아내의 감정이 언제부터 그렇게 뒤틀리게 된 건지 가늠하기에는 세월이 무척 빠르게 흘렀다. 그럼에도 발바닥에 박힌 유리 조각처럼 분명하게 벌어진 사건들이 존재했다. 그러나 그들은 더 이상 그 조각을 부러 들추거나 끄집어내지 않는다. 아내의 요구로 아들은 그녀와 함께 산다. 세 식구가 함께 살던 집에서 b는 단출하게 퇴장했다.

아들은 현장으로 바로 가야 한다면서 자신의 선글라스마저 그에게 맡겼다. b는 아들이 '현장', '대기', '지방', '숙소' 따위의 단어를 스스럼없이 남발하는 게 싫었다. 현장 같은 소리 하고 있네. 바삐 뛰어가는 아들의 뒷모습을 보며 b는 중얼거렸다.

지하주차장 출구 앞, b는 한쪽 겨드랑이에 아들이 건네준 가죽 케이스들을 끼운 채 장우산을 펼치려고 얼마간 끙끙거렸다. 반동을 쓰며 두 손에 힘을 강하게 주었더니 가까스로 우산이 펴졌다. 그 바람에 가죽 케이스들이 바닥으로 떨어졌다. 케이스 두 개가 잘못 던진 윷처럼 반대 방향으로 데굴데굴 굴렀다. 끼익, 하고 자동차 바퀴가 지면에 쓸리는 소리가 들렸다. 주차장을 빠져나오려는 차 한 대가 연신 경적을 울렸다. 뒤에서 높고 째진 목소리가 들렸다. 차 나가야 되는 거 안 보여요? 뭐 하는 거야, 진짜. b는 여자가 탄 차량 쪽으로 뒤를 돌아보았다. 헤드라이트 불빛이 강해서 여자의 얼굴이 보이지 않았다. b는 장우산을 접어 야구 배트를 잡듯 한 손에 들었다. 그러고는 운전석 쪽으로 저벅저벅 걸어갔다. 이 아저씨 왜 이래? 여자는 다급하게 열어 두었던 창문을 올렸다. 창문이 다 닫히기도 전에

b의 얼굴이 바짝 붙었다. b가 고개를 숙였다. 여자와 눈이 마주쳤다.

하이빔이나 꺼, 이 썅년아. 운전도 못하는 게.

*

아들이 장비를 들고 바다로 나간다. 바닷물이 밀려 들어오는 근처까지 가서야 오리발을 신는다. 스노클링용 수경까지 착용을 마친 아들이 물을 가르며 들어간다. 아들의 등허리가 물속으로 고꾸라진다. 뒤이어 물보라가 잔잔하게 번진다. 작은 막대기가 수면 위를 둥둥 떠다니며 호흡한다. b는 멀찌감치 나아간 아들을 본다. 강렬한 햇빛이 바다에 직선으로 내리꽂힌다. 투명하게 넘실거리는 바닷물을 보며 b는 빛의 세기를 가늠한다. 숙소에 시계를 두고 와서 정확한 시간을 모르지만 파라솔의 그림자를 보며 대충 정오쯤 되었을 거라 추측한다.

b 역시 바다에 간다는 것에 들떠 있었다. 실로 오랜만에 마주하게 된 바다였다. 공항에서 숙소로 향하는 모노레일을 타고 차창 너머 본 일몰의 풍경. 타국어가 적힌 옥외형 간판. 파스텔톤으로 발광하는 네온사인. 매직아워가 그려내는 색색의 스펙트럼. 항구 근처 카페에서 시럽을 넣은

드립 커피를 티스푼으로 휘휘 저으며 출항을 기다리던 그때, b는 숙소에 시계를 두고 오길 잘했다고 생각한다.

캐주얼하고 느슨한 상태. b는 가벼운 기분이고 싶을 땐 손목시계를 차지 않는다. b가 지닌 외출복의 카테고리는 협소하고 옷의 질감이나 채도 또한 비슷하다. 기분을 드러내는 최소한의 표현은 손목시계나 벨트의 착용 여부로 알 수 있었다. 물론 b는 상대가 누구든 약속이 있을 때면 대체로 말끔하고 정돈된 차림을 하는 편이었다. 공식적인 일정이 아니더라도, 환갑을 넘긴 b가 버클 없는 트레이닝복에 슬리퍼를 신고 사람들을 대하는 일은 드물었다. 중학교 동창 모임과 같은 사적인 자리에서도 b와 그의 친구들은 넥타이를 아주 약간 풀어헤치는 정도로 관계의 친밀감을 드러냈다. 술기운에 양말을 벗고 발가락 사이를 조몰락거리는 경우도 더러 있었지만, 조금이라도 흐트러지는 모습이 보인다 싶으면 서로의 잔에 술 대신 물을 채워 주는 방식으로 품위를 챙겼다.

b는 꽤 오래전부터 동창 모임에 나가지 않는다. 분기마다 동창회에서는 참석을 요하는 문자 메시지를 보낸다. 2년에 한 번씩 모임의 요직이 바뀔 때마다 새롭게 선출된 회장과 회계를 맡고 있는 실장에게서 전화가 온다. [몹시 섭

섭하네], [숨어서 뭐 하는데], [그리운 사람아, 얼굴을 보여다오]. 통화가 불발에 그치면 얼마 안 있어 취기로 범벅이 된 문자 메시지가 하나둘 도착한다.

가장 막역한 사이인 표 교수는 b가 사는 동네까지 찾아와 무작정 기다리는 식이다. 한번은 반나절이 넘게 표 교수의 연락을 모른 척하고 있었는데, 불현듯 b는 자신을 기다리는 표 교수를 방치하고 있는 것인지, 실은 집 밖에도 나가지 않고 꽁꽁 숨어 있는 자신을 되레 방치하고 있는 건 아닌지 뜻 모를 불안을 느꼈다. 그런 까닭에 쫓기듯 주섬주섬 옷을 챙겨 입고 카페에 도착했다. 아직도 있겠어, 하는 심정으로 카페 내부를 둘러보는데 표 교수가 보였다. 두 사람이 늘 앉던 자리에서 손바닥만 한 책을 들여다보고 있었다. 유리창 너머로 중천에 떠 있던 해가 서서히 저물어 가는 배경, 그 느리고 침착한 움직임 속에서 표 교수는 반나절 가까이 앉아 있었다. b가 맞은편에 앉자 표 교수는 무심한 표정으로 말했다.

기다리겠다고 했잖나. 이번에도 내가 이겼네.

명제 증명. 수십 년째 지속되는 그들만의 내기였다. 미래시제와 현재시제의 행위를 같게 하기. 예측한 가설을 마땅한 진리로, 본인의 의지를 자명한 현상으로 입증하기. 모든 가능성의 수에서 자신이 선택한 수가 참이도록 증명할 것.

원하는 대학에 가고, 원하는 여자와 결혼하고, 원하는 직함으로 불리면서, 원하는 평수의 집에서 원하는 가구와 소품에 둘러싸여 사는 것. 명칭이 다소 거창할 뿐, 그들의 내기란 건 다른 이들의 목표점과 크게 다를 바 없었다. 다만 실패의 기회비용을 최소화하려는 노력이었다. 내기에 진다고 해서 벌칙이 있는 것도, 이겼다고 해서 보상이 있는 것도 아니었다. 그저 서로의 승리를 도출하기 위한 일종의 동기 부여였다.

그럼에도 승률을 따지자면 표 교수 쪽이 월등하게 우세했다. 경제학자인 표 교수는 케인스의 불확실성에 관한 논의에 다소 회의적인 입장이었다. 불확실성이란 게 주어진 상황에서 최선의 믿음을 형성할 수 없는 경우를 뜻하는 것이라면 표 교수에게 확률이 닿지 못하는 곳, 측정할 수 없는 미지 같은 건 없어 보였다. 표 교수에게는 언제나 확고한 믿음이 있었다. 꺾여 본 적이 없었기에 가능한 믿음이었다. 물론 모든 일이 원하는 대로 순순히 이루어진 것은 아니었다. 표 교수에게도 크고 작은 실수와 오류가 찾아왔다. 그러나 표 교수는 오류가 발생했다 하더라도 크게 개의치 않았다. 오류는 오류에 불과할 뿐, 결점이나 패배라고 여기지 않았다. 매번 무릎이 꺾이는 쪽은 b였다.

표 교수를 생각하면 이상한 안도감과 함께 지독하게 나

뿐 기분이 동시에 찾아들었다. 지극히 개인에게만 타격을 입히는 대진이었으므로 표 교수의 승리가 곧 그의 패배를 뜻하는 건 아니었지만, 매번 실패했다는 느낌으로 시간을 버리는 b에게 표 교수는 가까운 지인으로 두기엔 너무 벅찬 사람이었다. 뜻대로 되지 않는다는 기분을 표 교수는 결코 모를 것이다. 안다고 하더라도 끝내 뜻대로 되게 할 것이고, 으레 그렇게 만들었다. 서른도 아니고 환갑을 넘긴 그들에게 주어진 자신감이라는 체급의 격차는 천지 차이였고, 무엇보다도 b가 그것을 뼈저리게 느끼고 있었다. 그럴 때면 표 교수는 날씨를 예로 들며 그에게 설명하곤 했다.

외출하기 전에 창밖을 보는데 먹구름이 잔뜩 꼈다면 자네는 우산을 들고 나가겠지. 비가 올 수도 있고 오지 않을 수도 있어. 그건 확률이지. 한데 비가 오지 않았다고 해서 자네는 잘못된 선택을 한 건가? 반대로 우산을 들고 나가지 않았는데 비가 온다면? 편의점에 들러 우산을 사면 되겠지. 너무 쉽고 간단하게 말한다고 생각하겠지만 사실 모든 선택이라는 게 그래. 문제는 내가 잘못된 선택을 한 게 아닐까? 하고 뒤를 돌아보는 것에서부터 시작되지. 확률로 접근하면 실패라는 수가 필연적으로 따라붙을 수밖에 없어. 이건 결정을 번복하는 게 아니라, 그 결정에 대한 또 다른 결정을 하는 거야. 내가 내린 명제를 끝까지 비호하는 사람이 나 자신이면 되는 거지. 실패 같은 건 기분이야, 결론이 아니고.

실패 같은 건 기분이라고, 기분.

b가 중얼거린다.

등을 곧추세우고 일어나 담배를 입에 문다. 숙소에서 제공한 라이터를 꺼내어 불을 붙인다. 전 객실이 금연이라던 호텔 어메니티로 라이터를 구비해 놓은 게 의아했지만, 그냥 그 정도다. b가 담배 한 모금을 깊게 빨아들이고는 천천히 연기를 내뿜는다. b의 주변으로 연기가 자욱하게 퍼진다. 너무 밝다. b가 아주 작게 중얼거린다. 하늘과 바다는 채도만 미약하게 다를 뿐 동일한 색감으로 경계를 흩트리고 있다. 너머가 없는 무한한 바깥. 측정 불가능한 미지. b는 생각한다. 주의. 이 선을 넘지 마시오. 잘못 발을 디뎠다가는 낭떠러지로 추락할 수 있습니다. 일격이 아닌 방어를 위한 최후의 저지선. 이곳은 그런 게 없다. 너무 밝은 나머지 숨을 데가 없다. 햇볕의 방목 아래 놓여 있는 모든 생물과 사물들이 발가벗겨진 듯 제 외피를 전부 드러내고 있다. 감출 새도 없이. 담배를 빨아들이는 b의 호흡이 급격하게 가빠진다. 평소에 피우던 담배가 아니라 그런지 텁텁하고 독하게 느껴진다. 심장이 거세게 뛰면서 일어나면 곧장 휘청거릴 것만 같은 어지러운 느낌이 드는 건 단순히 담배 탓이다. 아니라면 너무 밝아서. 이 해변이 거짓말처럼 근사해서. 그래서 그런 거다. 그냥 그 정도다.

모래사장에 담배를 지져 끈 b가 이내 숨을 몰아쉰다. 숨이 막힐 때는 숨을 쉬어야 한다. b는 물에 빠진 사람이 호흡에 집착하듯 연거푸 담배에 불을 붙인다. 정화가 될 겨를도 없이 뿌연 연기가 이어진다. b가 다리를 떤다. 초조한 사람처럼. 어디선가 높고 째진 목소리들이 서로 엉킨 채 들려온다. b는 주변을 살핀다. b의 오른편에 비치타월을 깔고 누워 등짝을 드러내고 있는 두 여자가 보인다. 오일을 바른 등허리가 벌겋게 물들어 있다. 두 여자의 시선 또한 b를 향해 있다. 선글라스를 쓰고 있어 어떤 표정인지 확실히는 알 수 없지만 찌푸린 미간과 날카로운 목소리를 보아 심기가 불편한 듯싶다. b는 뚫어져라 두 여자를 응시한다. 한 여자가 등 뒤로 손을 가져가 끌러놓았던 비키니 끈을 묶는다. 상체를 일으키고 앉아 대놓고 b를 쳐다본다. 짜증 섞인 목소리가 b를 향해 박힌다. 누워 있던 나머지 한 명이 자리에서 일어나 모래사장 입구 쪽으로 걸어간다. 끝까지 b를 주시하면서. 혐오가 가득한 낯빛으로. 무슨 일이지. 뭔가 이상하게 돌아가고 있다고 생각하는 찰나, 맨몸에 라이프 가드 조끼만 걸친 건장한 사내가 파라솔 안으로 얼굴을 들이민다. 아버지! 때마침 오리발도 채 벗지 않고 갈지자로 뛰어오는 아들이 b를 향해 소리친다. b는 암담한 얼굴로 사내의 조끼에 영문으로 새긴 라이프 가드 철자만 볼 뿐이다.

*

표 교수의 이론에 따르면 수의 가능성을 점치는 것보다, 그 수가 확실해지도록 밀어붙이는 것이 승리를 이끌어내는 방법이었다. 학내 최연소 정교수 임용, 구애를 시도한 여자와의 결혼, 점찍은 재개발 지역마다 성공적인 부동산 투자, 자녀의 명문대 입학과 낙하산 취업. 여기까지는 능력 있는 남자가 운까지 따르면 수월하게 얻을 수 있는 것들이고, 그를 비롯한 지인들의 비슷한 궤적이었다. 그러나 표 교수는 그에 그치지 않았다. 다주택 중과세를 면하기 위해 명의 신탁이 가능한 새로운 여자를 만났고, 이혼을 하지 않고도 새로운 여자와 새로운 살림을 차렸으며, 일부다처제의 법적인 보호가 없으므로 새로운 여자에게 양해를 구했고, 그래서 아이가 생기는 족족 지우는 조건을 내걸었다. 불화의 가능성은 돈으로 메웠다. 표 교수에게 좋지 못한 수라든가, 불확실한 미래 따위는 없어 보였다.

내기에서 번번이 실패하는 건 b였다. 아내와 교제를 시작하고 얼마 안 되어 해외 파견 연구직 제의가 들어왔다. 5년만 버티면 전임은 따 놓은 당상이라고, 다들 그렇게 돌다 온다고, 실적 채우는 겸 바깥공기 쐬고 온다고 생각하라는 학장의 말을 듣고도 b는 계속 주저했다. b는 가급적이면 빨리 아내와 결혼하고 싶었다. 아내가 동의한다면 식을 올리고 함께 나가고 싶었다. 그러나 말이 안 통하는 게 답답하고 무서워 해외여행은 꿈에서라도 싫다던 아내의 질겁하는 표정이 계속 밟혔다. 아내가 기다려 줄 수 있을까. 5년이라니 너무 길었다. 그때는 그게 정말 길어 보였다.

자네가 정말 잘못 셈한 게 뭔지 아나? 두 패가 따로 논다고 생각한 거였네.

어디서부터 잘못된 걸까. b가 절망스러운 표정을 짓고 있으면 표 교수는 늘 그렇게 말했다. 표 교수가 언급한 두 패 중 한 패는 아내였다. b가 파견 연구직을 포기하고 아내와 결혼을 하면서부터 꼬이기 시작한 거라고. 정말 그랬다. b는 번번이 임용 심사에서 떨어졌다. 믿고 있던 부교수 채용마저 누락되자 아내는 낙담을 넘어 분노했다. 해외 파견 근무를 마치고 돌아온 제자가 b의 경쟁자로 합류하게 되었고, 그 후로 b를 마주치면 사람들은 애매한 표정을 지었다. 이도 저도 아닌 애매한 사람. 이제는 정말 이렇다 할 가능성 같은 건 없어 보이는 사람. 아내는 본격적으로 b를 긁어 대기 시작했다. 교수 사회라고 뭐 별거 있어? 내가 이 정도 깜냥이란 걸 보여 줘야 될 거 아냐. 현미경 오래 붙잡는다고 그게 보여? 학생이니? 아직도 칭찬받고 싶어? 능력을 인정받고 싶으면 걔네가 인정할 만한 짓을 하라고.

교수직을 포기한 동기들은 일찌감치 기업 연구소에 취직해 소장을 다네 마네 하고 있었다. 생생정보통, 생방송 오늘 아침, 기분 좋은 날 같은 교양 프로그램에서 간간이 그들을 볼 수 있었다. 그들은 무기질이 다량 함유된 음식과 마그네슘이 부족하면 생기는 질병 등을 나열하며 시청자들에게 건강이라는 종교의 무한 숭배를 요구했다. 아내는 그들이 읊어 대는 정보를 메모했고, 다음 날 아침이면 그 성분이 함유된 재료로 만든 음식을 차려 주었다. 아들, 이게 올해 슈퍼 푸드로 선정됐대. 많이 먹어. 무슨 일이 있어도 아침 식사는 온 가족이 함께해야 한다는 아내의 원칙 탓에 그는 위장약을 달고 살았다.

b가 L사 산하 식품연구소의 소장직으로 가게 된 것은 표 교수 덕이었다. 막역지우가 낙동강 오리알이 되는 꼴은 결코 볼 수 없다며 표 교수는 내기를 걸었다. b는 탐탁잖았지만 받아들였다. 표 교수는 자신이 건 내기는 어떻게든 되

게 만들었으니까. 표 교수는 b가 소장직을 받아들일 거라는 확신 또한 있었다. b는 아내의 불편한 심기를 감당하는 것이 점점 힘에 부쳤으니까.

내기 이후 모든 것은 순조롭게 진행되었다. 표 교수는 회장과의 자리를 마련했고, b가 굳이 첨언을 하지 않아도 매끄럽게 소장직을 맡을 수 있도록 했다. 연구소에 입사한 첫날, 자산 컨설팅이라는 명목으로 자신을 만나 주기만 한다면 소장 같은 건 열 개라도 더 쥐여줄 수 있다고 껄껄거리는 회장과 그에 화답하며 잔을 들던 표 교수의 모습이 자꾸 아른거렸다. 누구의 능력으로 이뤄 낸 자리인가. 어쨌거나 표 교수는 내기에 성공했고, 아내의 멸시는 잠시 사그라들었다. 그럼 된 거지, 뭐. b는 그런 태도로 출퇴근을 했다. 위장약은 계속 먹어야 했다. 그 일이 생기기 전까지는 그런 식으로 외면할 수 있었다.

뉴스 화면에 그의 얼굴이 비치던 날에도 아내는 보통 때와 같이 소금 간을 적게 한 비름나물 무침과 데친 브로콜리, 오미자를 우린 물로 지은 잡곡밥을 식탁 위에 내었다. 아내가 말하기를 국이나 찌개와 같은 국물 종류는 염분을 과다 섭취하게 만드는 좋지 않은 식습관이었다. 세 식구가 둘러앉아 소극적으로 젓가락을 움직였다. 밥알을 씹을 때마다 오미자 특유의 시큼한 맛이 혀를 자극했다. 아내가 오미자 얘기를 꺼내지 않았다면 밥이 쉰 것 같다고 말할 참이었다. 그러나 b를 비롯해 아들은 모두 군말 없이 먹는 데에만 집중했다.

TV에서는 조미료 파동에 관한 기획 뉴스가 보도되고 있었다. L사에서 '천연'이라는 카피를 내세워 새롭게 론칭한 조미료 제품에 화학첨가물 성분이 들어 있다는 뉴스였다. 제품을 구매한 소비자들의 인터뷰를 필두로 이제 막 이유식을 먹이기 시작했다는 아기 엄마의 걱정, 앞다투어 고급화 전략을 내세우는 기업들에 대한 마케팅 연구소장의 코멘트가, 식약처의 미비한 조사와 대응 방식을 나무라는 시민단체와 늑장 부리며 마땅한 대책을 마련하지 못하는 정부 기관의 무능함을 공격하는 야당 의원의 목소리가 줄줄이 이어졌다. 제법 진지하고 강경한 말투의 기자가 'L사의 식품연구소 연구소장 김 모 씨'라고 읊으며 b를 소환했다.

이윽고 화면에 하얀 가운을 입고 서 있는 b가 보였다.

어, 아버지네?

아들이 데친 브로콜리를 우지끈 씹으며 말했다. b가 들고 있던 젓가락을 식탁 위에 내려놓았다. 조용해진 실내에는 b의 웅얼거리는 목소리만 나직이 퍼졌다.

'대량 생산과 유통 과정상 화학첨가물은 필연적으로……

화학조미료와 천연조미료를 구분하는 데 있어서 소비자들의 선입견이…… 인체에 유해한 성분이라고 단언할 수는 없다고 판단해…….'

b의 얼굴 하단으로 말줄임표를 덧댄 자막이 입혀졌다. 말줄임표 때문인지는 몰라도 b의 모습은 실수를 인정하지 않고 애써 책임을 회피하려는 자의 전형적인 변명처럼 느껴졌다. b의 입장이 객관적으로 합당한 논리라고 할지라도 그의 어눌한 표정과 목소리 톤, 완성되지 못하고 끊기는 문장들을 보고 있자면 기꺼이 신뢰하려던 마음도 단박에 사라질 듯싶었다. 그의 목소리가 이어지는 동안 패스트푸드, 라면, 콜라 따위의 이미지들이 교차적으로 배열되었고, '책임'과 '각성'이란 단어를 힘주어 말하는 기자의 마지막 멘트로 보도는 끝이 났다.

보도라는 게 의혹을 제기하고 이슈를 부풀리는 방식으로 이루어진다는 것쯤은 b도 알고 있었다. 그러나 막상 의혹의 대상이 되려니까 왜 보수 진영의 정치인들이 한쪽으로 치우친 언론이라느니, 편협하고 자극적인 보도라느니, 여러분 이거 다 거짓말인 거 아시죠? 하며 자신의 결백을 토로하는지 알 것만 같았다. 일단은 식탁에 함께 둘러앉은 가족들부터 설득해야 했다. b가 숨을 고르며 입을 떼려는데 아내가 먼저 TV를 끄며 말을 뱉었다.

아들, 매가리가 없으면 저렇게 돼. 백날 떳떳했고 잘했어도 폼새가 우스우면 저 꼴이 난다고. 정치인 개떡들이 왜 뻔뻔하게 노는데.

근데 아버지가 잘못한 거야? 아버지 말이 맞을 수도 있잖아.

맞고 안 맞고가 중요한 게 아니래도.

그럼 뭐가 중요한데?

지금 네가 본 거. 그게 전부야.

아들은 아리송한 표정이었다. 일곱 살짜리 애처럼 계속 질문할 기세였다.

당신이 지금 본 게 뭔데?

얼굴이 벌겋게 달아오른 b가 간신히 입을 열었다. 그러자 나머지 식구들 모두가 b를 쳐다보았다. 처음 있는 일이었다. 아내의 날선 목소리에 반문한 것은. 아내는 당황했는지 조금은 놀란 표정을 짓다가는 이내 평소의 싸늘한 얼굴로 말을 이었다.

우리 지금 같이 봤잖아. 온 식구가 앉아서 똑똑히 봤지. 당신이 얼마나 못나고 후지고 우스워졌는지. 저 지경이 될 때까지 어떻게 가만히 있었어? 제대로 우기질 못할 거면 얼른 치고 빠졌어야지. 저게 당신 책임이야? 회사가 시키는 대로 한 거면서.

그게 내 역할이야. 소임에 맞게 책임도 져야지.

그래서 처벌받는 것도 당신 몫이다? 왜 덤탱이를 못 써서 안달이야? 사람들은 당신 안중에도 없어. 대기업한테 돈 좀 뜯어 보겠다고 저러는 거지, 이러다가 잘못되면 당신만 꼬리 짤려.

처벌받을 일 없어. 허위 광고도 아니고, 검사도 준수하게 통과했어. 과학적으로 충분히 입증할 수 있고…….

당신 거기 연구하러 들어간 거 아냐, 돈 벌려고 간 거지.

……잘못된 뉴스야.

뉴스는 원래 저래, 당신은 망한 거고. 연구 그딴 거 할 요량이었으면 학교에나 더 부비적거렸어야지. 무릎이라도 꿇고 빌지 그랬어?

아내의 높고 째진 목소리. b는 더 이상 참을 수가 없었다. 가족의 질서를 해치는 조롱과 비난의 목소리. 저속하고 천박한 생떼라고 b는 생각했다. b는 그릇에 소담스럽게 담긴 비름나물을 손으로 집어 아내에게 던졌다. 브로콜리도 집어 던졌다. 케일과 아사이베리를 갈아 만들었다는 주스도 뿌렸다. 아내의 얼굴에 저염식의 반찬들이 정확하게 명중했다. 아내는 넋이 나간 듯 말을 잇지 못하고 눈만 껌뻑거렸다. 아들도 마찬가지였다. 적막을 깨부수고 있는 목소리는 온전히 b의 것이었다.

이게 진짜 나를 뭘로 보고! 이 썅년이 어디 감히!

던질 게 동이 나자 b는 식기들을 집어 던졌다. 식물 세밀화가 그려진 핸드메이드 도기 세트. 아들과 아내가 함께 10박 11일 유럽 여행을 다녀오면서 사 들고 온 그릇이었다. 그릇 파편들이 모래알처럼 공중으로 튀었다가 사방으로 흩어졌다. 그제야 아들이 b를 부여잡고 말리기 시작했다. 식탁 주변이 전부 깨진 그릇 조각들로 가득했다. 잘못 발을 디뎠다가는 심하게 생채기가 날 것이었다. 그들은 한동안 그렇게 앉아 있었다.

먼저 자리에서 일어나 바닥을 정리한 것은 안타깝게도 b가 아니라 아내였다.

*

파라솔 안으로 들어온 가드는 모래사장에 버려진 꽁초를 주워 b에게 내보인다. 흡연 구역이 따로 있으니 모래사장에서는 피우지 말라고 경고한다. 아들이 쏘리, 베리 쏘리를 연발하며 머리를 숙인다. 가드의 옆에서 팔짱을 끼고 선 여자가 b에게 말한다. 돈 기브 미 댓 룩, 오케이? 아들이 흠칫 놀라 b를 본다. b는 눈을 감은 채 묵묵부답이다. 가드가 한 번 더 경고한다. 아들이 대신 알겠다고, 그렇게 하겠다고 응답하며 무마한다. b의 반응을 살피던 가드는 여자를 다독이며 빠져나간다. 기분이 영 풀리지 않는지 두 여자는 b의 시선에서 멀찍이 떨어진 쪽으로 자리를 옮긴다. 머리칼이 흠뻑 젖은 아들이 한숨을 쉬며 b를 쳐다본다. b의 눈꺼풀이 계속 감겨 있다.

진짜 가지가지 하신다.

…….

둘러봐요, 여기 담배 피우는 사람 있나.

…….

노인네들 대놓고 쳐다보는 거, 그거 고쳐야 돼. 엄청 소름 끼친다니까.

그만해라.

구두라도 좀 벗고 계시든가요. 여기까지 와서 왜 그러고 있어요.

입 다물라고.

암튼 여기 말고 입구 쪽으로 나가서 태우세요. 아셨죠?

가방에서 수중 카메라를 챙긴 아들이 다시 바다로 향한다. 지랄하고 있네. 아들의 손에 들린 카메라를 쳐다보던 b가 중얼거린다. 담배를 피우고 싶지만 참기로 한다. 피워서 안 될 것도 없지만 굳이 야단스럽게 굴고 싶지도 않다. 그러다가는 생각한다. 표 교수라면 어떻게든 비치베드에 누워서 담배를 피울 수 있게끔 만들지 않았을까. 그럴 것이다. 제 아무리 배려와 규칙을 중요하게 여기는 곳이라 해도. 어쩌면 애초에 다른 곳으로 휴양지를 정했겠지. 내 편의가 먼저일 수 있는 장소. 돈 몇 푼이면 원칙 같은 건 아무래도 좋은 곳으로. 망할 아들놈이 경비를 다 댔으니 망정이지 여길 내가 다시 오나 봐라.

그때 b의 앞으로 노인의 정강이가 스친다. b가 오른쪽으로 시선을 비틀어 노인을 본다. 멀리서도 검게 탄 노인의 몸이 홀로 튄다. 노인은 손님들이 두고 간 것들을 치운다. 비치베드를 들어 모래를 털고 가지런히 접는다. 이윽고 파라솔을 수거하기 위해 모래를 판다. 꽂혀 있던 파라솔이 서서히 한쪽으로 기운다. 모래가 어느 정도 헐거워지자 노인은 두 발로 기둥을 지탱하며 파라솔을 뽑아낸다. 제 키보다 한 뼘이 훌쩍 넘는 파라솔을 우산 접듯 간단하게 어깨에 인다.

b는 방금 전에 자신에게 소리를 지르던 두 여자를 떠올린다. 개 같은 년들. 어디 시끄럽게. 노인이 다시 b의 앞을 지나친다. 해변 입구를 향해 걷는 노인을 보며 b의 시선도 천천히 움직인다. b의 손가락이 모래에 닿는다. 푸석한 모래 알갱이가 b의 손끝을 따라 공중으로 흩날린다. b가 신

고 있던 구두를 벗는다. 감청색 양말도 벗는다. 발가락 사이가 허옇다. b가 발을 모래 안으로 깊숙이 집어넣는다. 발목까지 모래를 덮는다. b는 다시 정면을 본다. 하늘과 수평선의 구분이 힘든 화창한 날씨다. 노인은 어느덧 b의 시야에서 사라졌다.

노인은 언제부터 이 해변에서 파라솔을 옮겼을까. b는 추측한다. 아들이 죽고 나서부터? 죽음의 사인은. 아들은 왜 아버지보다 먼저 죽은 것일까. 나머지 한 놈은 왜 하필 삿뽀로에서 사는 거지? 해변과 설산의 극명한 거리. 그렇다면 아내는. 은퇴하고 이곳으로 온 걸지도 모르지, 혈혈단신으로. 그런데 이 나이에 혈혈단신이라는 표현이 알맞긴 한가. 이 나이에 외롭다는 기분을 느껴도 되는 건가. 외로운 건 결론이지, 기분이 아니라. b가 눈을 감으며 중얼거린다.

외로운 건 결론이지, 기분이 아니라고.

지금 b가 확신할 수 있는 건 그것뿐이다.

녹색극장

녹색극장

『이 사랑은 처음이라서』(다산책방, 2020) 수록작

"그러나 어떤 결론에 도달하든 간에
그림 전체의 동시성은 변하지 않는 것이어서,
뒤바꾸거나 결론을 다시 내릴 수 있다."

— 존 버거 지음, 최민 옮김, 『다른 방식으로 보기』, 열화당, 2012년, 33쪽.

17

열일곱 살 생일. 열일곱 가지의 선물을 받았다.

첫 번째로 받게 된 것은 100송이 장미 한 다발이었다. 너무 커서 두 손으로 들기도 힘들 만큼 큰 장미 다발을 한 아름 안고, 나는 두 번째 선물의 리본을 풀었다. 상자 안에는 색색깔의 CD 케이스가 들어 있었다. 세어 보니 열일곱 장이었다. 우리가 함께 들었던 노래들이 들어 있다고 했다.

밤새 공CD에 음악을 굽느라고 한숨도 자지 못한 얼굴로 나를 빤히 들여다보는 너. CD마다 선곡한 플레이리스트가 적혀 있었다. 그중에서도 가장 좋은 건 이거,라며 내어 준 보라색 CD에는 내가 가장 좋아하는 노래들이 들어 있었다. 토이, 김현철, 윤상…… 그리고 이소라. 이어폰을 한 쪽씩 꽂고 한강변을 달리는 버스 안에서 듣던 음악들이 고스란히 한 장의 CD 안에 압축되어 있었다.

오늘 널 멀리하며 혼자 있는 날 믿어 줘.*

녹색극장은 1830년에 니콜라이 1세에 의해 건축되었지만, 실제로 극장과 같은 형태를 띠게 된 것은 100년이 지난 1933년도쯤이었다. 처음에는 그리스의 노천극장과 같은 반원 형태였으나 점차 현대적인 건축물로 바뀌면서 원목 대신 합판을 사용했고, 무대의 가장자리에는 스피커가 장착된 라디오 타워가 들어섰다. 1989년에는 건물에 지붕이 생겼고, 난방과 엔지니어링 통신이 순서대로 정비되었다. 1998년에는 정부 산하 기관으로 변경되어 많은 지역 축제와 공연들이 이루어졌고, 2002년 모스크바 정부는 음

* '처음 느낌 그대로', 이소라(1995) 김광진 작곡, 이소라 작사.

악 및 드라마 극장으로 분류, 현재까지 여러 가수와 배우가 등장하는 대형 극장 플랫폼이 되었다.

관중석에서는 모스크바강을 내다볼 수 있다. 먼발치에 강이 흐르고, 관객들은 무대 위에서 반짝이는 배우를 지켜본다.

녹색극장이 신촌이 아닌, 모스크바에도 있다는 사실을 알게 된 것은 신촌역 3번 출구 앞에 있던 맥도날드가 폐점되었다는 소식을 듣고 나서다. 1998년 개점한 맥도날드는 약 20년간 운영되었다가 2018년에 폐점한다. 폐점의 이유는 한국에서의 맥도날드라는 브랜드 가치 하락이 주요한 원인이기도 하지만, 본사 측에서는 단지 10년, 20년 단위의 계약이 끝난 것일 뿐이라고 일축했다.

31

나는 맥도날드가 없어지기 전, 그러니까 2017년에 마지막으로 신촌역 앞에 있는 맥도날드에서 너를 만났다. 우리는 새로 생긴 키오스크 앞에 서서 몇 분간 쩔쩔매며 햄버거를 골랐다. 너는 그날 애플파이를 먹다가 급체를 하는 바람에 모텔에서 쓰러졌다. 쓰러지면서 욕실 변기 옆의 플라스틱 휴지통을 부쉈고, 나는 그 소리에 잠에서 깼다.

우리는 신촌의 모텔을 자주 찾았다. 거리상 나의 집과 너의 집의 중간이었으며, 우리가 함께 보내던 홍대 인근 지역이기도 했다. 신촌에는 모텔이 많다. 왜 그렇게 많은지는 모르겠지만, 정말 많다. 우리는 몇 번의 수고 끝에 그중 합리적인 가격에 환풍이 잘되는 모텔을 찾아냈다. 어떤 곳은 주말이면 호텔을 웃도는 가격을 부르기도 했고, 어차피 침대에만 있을 건데 욕조가 너무 큰 곳도 있었고, 어떤 곳은 두 명이 있기엔 너무 좁아서 숨만 쉬어도 호흡이 가빠지기도 했다. 우리는 가급적 좋은 모텔을 찾기 위해 여러 모텔을 옮겨 다녔다. 시도 때도 없이 모텔에 갔다는 방증이기도 했다. 헤어지고 나서도 서로를 찾는 일이 더 많아졌다는 게 조금 아이러니했지만, 그냥 아직은 내 몸이 다른 사람을 만나는 걸 겁낸다고 여기며 넘기곤 했다. 그건 몸의 생각이지, 나의 선택은 아니었다고. 충동적인 결심과 그로 인한 만남은 때로 내게 허망함을 안겨 주었으나 그렇다고 해서 울적해지지는 않았다. 너와 내가 어쨌든 만날 수 있었으니까. 연락만 하면 바로 집 밖으로 나오는 네가 있었고, 문자만 보내도 신촌을 향해 택시를 잡던 내가 있었으니까.

없다가 있는 자리. 있다가 없는 자리.

18

마른침을 삼키던 건 우리가 헤어지던 날이었다. 우리는 921번을 타고 신촌으로 향했다. 일산에서 출발해 능곡고등학교를 거쳐 강변북로를 따라 합정 홀트아동복지회관을 지나서 도착지인 신촌 현대백화점 앞에서 내렸다. 정거장에서 횡단보도를 건너 맥도날드를 지나쳤다. 일식 돈까스집이던 무사시를 지나쳤다. 우리가 갈 곳은 정해져 있었다. 우리는 캐러멜 팝콘과 두 사람이 마실 수 있는 양이 담긴 엑스라지 콜라를 샀다. 녹색극장,이라는 이름이 새겨진 티켓 두 장을 들고 영화관 내부로 들어갔다. 당시 유행하던 신파 멜로 영화를 주로 봤다. 2000년대 초반에는 그런 영화가 붐이었다. 시간이 뒤틀리거나 만남이 어긋나는 내용의 영화였다. 우리보다는 대여섯 살이 많은 주인공들의 대학생 시절이 나오는 장면에서는 손을 꼭 붙잡고 우리도 저렇게 될 수 있을까 속삭이기도 했다. 영화를 다 보고 나와서 이대 쪽으로 걸었다. 신촌 기차역 근처에 있던 민들레영토에 들렀다. 우리는 꼭 연인석에 앉았다. 연인석에는 하나의 기다란 소파 앞에 직사각형의 테이블이 놓여 있었고, 앞 소파의 뒷면이 한 좌석마다 가림막처럼 놓여 있었다. 우리는 핫코코아를 마시며 손을 녹였다. 오늘 본 영화는 그저 그랬어. 넌 그래 놓고 펑펑 울었니. 그런 말들이 오갔다. 조도가 무척 낮았던 연인석의 한쪽 벽에는 흑백 영화 이미지가 움직이고 있었다.

헤어지자.

네가 말했다. 나는 너의 말을 기다리고 있었다. 나는 바들바들 떨면서도 너의 소매를 붙잡고 있었다. 왜 끝내? 왜 네 맘대로 끝내. 그건 아니잖아. 나는 납득되지 않는다는 명목으로 너를 괴롭혔다. 너는 우울해 보였다. 그랬을 것이다. 우리는 그때 다섯 번인가 여섯 번쯤 헤어지고 만나기를 반복했고, 너는 지칠 대로 지친 상태였다. 그래 보였다. 내가 잘할게. 나는 여지없이 또 허물어질 약속을 했다. 그건 우리가 더 이상 꺼내서는 안 되는 말이야. 그만 말해. 너는 단호했다. 그날만큼은. 그렇다면 우리는 왜 극장에 가서 영화를 보려고 했던 걸까. 너는 마지막 데이트라고 생각하고 나왔다고 했다. 마지막 데이트에 영화를 보고 민들레영토에 가서 함께 손을 붙잡고 한참을 앉아 있다 나왔는데, 그걸 다 계획했던 거라니. 심지어 버스를 탈 때에도 우린 이어폰을 나눠 끼고 이소라의 노래를 함께 들었다. CD플레이어는 네 것이었고, CD는 네가 선물해 준 나의 것이었다. 나는 울었고 너는 우느라 주저앉은 내 등허리를 토닥이며 조만간 달라질 거야,라고 자장가처럼 그 문장을 반복해서 말했다. 꼭 달라져야 해? 나는 콧물을 훌쩍이며 물었고, 너는 응,이라고 답했다. 결심이 묻어나는 대답이었다.

그러나 헤어지는 건 그렇게 쉬운 일은 아니었다.

너는 다시 나의 집으로 왔다. 복도식 아파트였다. 너는 늘 그랬던 것처럼 바깥에서 창문을 열고, 가로로 줄이 그어진 쇠창살과 쇠창살 사이에 네 입술을 걸치고는 내게 말을 걸었다. 자고 있던 나는 네가 몇 번이나 내 이름을 부르고 있다는 감각을 알아차릴 듯 말 듯하며, 혹시 꿈에서 네가 나온 건 아닌지, 헤어진 네가 괜히 등장해 내 하루는 또 길겠구나 싶어서, 그래서 울음이 터져 나올 것만 같은데, 그럼에도 이 꿈은 버텨야 된다고, 헤어지고 나서는 한 번도 꿈에 나타나지 않은 너였기에 꽉꽉 붙들고 싶어서, 잠에서 깨지 않으려 꾹꾹 참았다. 이게 꿈이 아니기를. 자고 있는 내 모습이 우습게 보여도 오늘만큼은 현실이기를 바라면서. 얼마 지나지 않아 따스해진 공기가 점점 피부에 닿는 기분이 들어 문득 눈을 떴다. 닫혀 있던 창문은 그대로였다. 네가 열어 놓았을 때 들던 차가운 기운은 금세 사라졌다. 너는 오지 않았던 걸까. 이 모든 게 다 꿈이었으려나. 참고 있던 울음이 터져 나왔다. 좋은 것을 빼앗긴 아이처럼 울었다. 울면 상황이 되돌려질까. 다시는 오지 않으려나. 나는 혼잣말로 네게 묻고 또 물었다.

그 작은 방, 너와 내가 누우면 꽉 차는 침대에 누워서 우리는 애니메이션을 보거나 포카칩을 씹어 먹기도, 허벅지 안쪽을 핥거나 서로의 손톱을 만지면서 하릴없이 시간을 녹여 낼 만한 사소한 사건들을 만들곤 했다. 네가 떠난 후, 그 방을 찾은 사람들은 더러 있었으나, 너처럼 오랜 시간을 점유했던 자는 없었다. 첫사랑이었고, 모든 것의 처음이 너였다. 그곳에 있을 때는 그 처음이 영영 깨지지 않을 것만 같았다. 모든 사랑이 그러하고, 모든 헤어짐이 그래 왔지만 특히나 너는.

나는 사랑을 배반한다, 언제나.

헤어진다는 건 잠시 눈앞에서 보이지 않는 것뿐이라고, 너는 내게 말해 주었다. 보이지 않는다는 것. 그게 참혹하게 힘든 거라고, 아침에 일어나고 잠에 들 때까지 매 순간을 막연한 기대와 끔찍한 절망 속에서 휘청거리는 거라고, 너는 말해 주지 않았다. 다만 보이지 않을 뿐이라고. 나는 그 보이지 않음의 시간을 견뎌 내기 위해 시간과 다투었고, 그 다툼의 상처는 나를 살아 있게 하거나 때로는 죽고 싶어 하게끔 만들었다. 헤어짐의 시간이 끝이 나면. 더는 헤어지는 중,이 아니라, 헤어지기로 한 시점에 과거형의 마침표가 찍히게 되면. 그래서 더 이상 우리를 우리라고 부르지 않게 된다면. 그땐 다시 볼 수 있을지도 모른다고 나는 스스로를 달랬다. 거짓이라는 걸 알면서도 그렇게 믿어 버렸다. 네가 없다는 걸 자각하게 될 때마다 자꾸만 입이 마르고 썼다. 그럴 때면 침을 꾹 삼켰다. 그리고 속삭였다. 잠시 보이지 않는 것뿐이야. 그 잠시가 영원이 되고 말리라는 당연한 결론은 잠시 미뤄 두었다. 그래야만 얼마간의 내가 살았다. 살 수 있었다.

27

아현동 웨딩타운 쪽에 있던 네 집에 가기 위해서는 신촌을 거쳐야만 했다. 아트레온,이라고 적힌 건물의 표면을 보며 나는 나도 모르게 네 손을 꽉 잡았다. 잡지 않으면 금방이라도 내가 어디론가 흩날릴 것만 같았다. 나의 육체가 전부 먼지로 변해서 풀풀 흩어져 버리는 상상. 내 옆에 네가 있지 않고, 다른 누군가가 있다면 나는 그렇게 세계에서 사라져 버리고 말 것만 같다는 느낌이 들었고, 그래서 네 손을 꽉 붙들었다. 너는 그런 나를 안심이라도 시키려는 듯 엄지손가락에 힘을 주어 내 손이 자신의 옆에 있음을, 나의 옆에는 언제나 네가 있다는 걸 알려 주듯 내 손등을 쓰다듬었다. 여기가 원래 녹색극장이었다는 걸 알아? 나는 물었고 너는 당시 외국에 있어서 잘 모른다고 했다. 어디선가 한 번쯤 들어 봤던 것 같은 대답. 갑작스러운 기시감에 현기증이 일었다. 내가 밟고 서 있는 땅이 정말로 딱딱하긴 한 걸까. 나는 대뜸 걸음을 멈추고 캔버스를 신은 내 발을 콩콩콩, 하며 제자리에서 뛰어올랐다. 너는 내가 무슨 짓을 하는 건지 잘 모르겠다는 표정이었다. 나에 대해 궁금한 게 생기면 네 이마는 얕고 작은 주름을 만들었다. 그러면 평소보다 눈이 조금은 더 커 보였다. 뭐 하는 거야? 너는 물었고 나는 그저 웃었다. 나는 안전했다. 네 옆에 있음으로 더 그러했다.

너는 내 수영장 같아. 나는 그 수영장 안에서 진을 치고 노는 중이고.

너에게 말했다. 사랑 고백이었다. 너는 픽 웃으며 그럼 내가 안전 요원이냐고 말했다. 그랬다. 너는 한 시절, 내게 안전을 쥐여 주던 사람이었다. 너의 집에서 최대한 가까운 곳으로 나의 첫 자취집을 택한 이유이기도 했다. 대흥동에서 택시를 타면 5분 거리에 네 집이 보였다. 너의 집도, 그리고 나의 집도 파란색 철문을 통과해야 들어갈 수 있었다. 나는 우리의 만남이 그 파란 철문과도 같다고 여겼다. 녹이 슬어 제대로 닫히지 않을 때도 있지만, 한번 닫히면 자동으로 굳게 잠겨 버리는 파란색 철문. 우리는 각자의 집을, 또 서로의 집을 마구 넘나들면서 여름을 보냈다. 에어컨도 없는 네 집의 싱글 매트리스. 그것은 우리가 타고 있던 보트였고, 해가 길어도 볕이 들지 않는 네 방은 잔잔하고 고요한 바다였다. 우리는 해가 지고 달이 뜰 때까지도 일어나지 않고 매트리스 안에서만 시간을 보내기도 했다. 그해 여름을 우리는 그렇게 보냈다. 볕이 들지 않는 방 모서리에는 곰팡이가 쑥쑥 자라나고 있었고, 우리는 음습한 분위기에 취해 위스키를 마시면서 한나절을 보냈다. 네가 동네 어귀에서 집어 온 각종 집기에서는 사람의 냄새가 났다. 한동안 애정하던 물건을 아무렇게나 버리고 만 사람의 마음. 그런 것들이 하나둘 모여 네 집의 향을 대신하고 있었다. 그것은 축축하고 축축한 냄새였다. 합판으로 만들어진 테이블이 울상을 짓고 있는 것처럼 보이기도 했다. 누군가가 버린 매트리스를 오랫동안 쓰고 있던 네게 나는 새 매트리스를 사 주었다. 그날 너는 새 매트리스의 첫 손님으로 나를 택했다. 네 옆자리는 언제나 나일 것만 같았다. 그러리라 결심하며 사 들인 매트리스였지만, 무더운 한 계절에만 가능했던 결속이었다.

31

신촌 CGV가 있는 높은 건물을 올려다보며 언덕길을 오르던 내가 물었다. 이곳이 녹색극장일 때, 와 본 적 있어? 너는 당시 유학생이었기 때문에 2000년대 초반 신촌 근방을 돌아다닌 적이 거의 없다고 했다. 그리고 다시 너는 내게 물었다. 너는? 나는 답했다. 녹색극장이 없어지기 직전 무렵에 많이 오곤 했다고. 너는 누구와 자주 왔느냐고 물었고, 나는 그때 사귀던 애인과 왔다고 했다. 그건 당연한 거겠지. 네가 말했다. 쓸쓸한 대화는 아니었지만 덧붙여 말할 것도 없었다. 다시 천천히 오르막으로 눈길을 돌렸다. 우리가 가야 할 목적지가 눈에 보였다. 두 번만 더 도장을 찍으면 한 번이 무료인 쿠폰이 내 카드지갑에 꽂혀 있었다. 두 번만 더 오면 공짜야. 내가 말했고 너는 웃었다. 두 번이나 남았어? 그렇게 다녔는데 아직도 남았네. 나는 우리의 대화가 우습다고 느껴졌다. 볼품없다고. 이런 대화를 하면서 팔짱을 끼고 있는 건 왜일까. 지나가던 연인들이 하하하 웃으며 내 곁을 스쳤다. 우리도 저 사람들처럼 보일 수 있을까. 나는 문득 그런 생각을 하면서 너의 옆모습을 지켜보았다. 너는 무심한 표정으로 묵묵히 걷고 있었다. 하나 둘 하나 둘.

사귈 때와 다름없는 얼굴이었다. 다만 이 걸음의 목적이 섹스로 수렴한다는 것 빼고는. 우리는 영락없는 연인의 모습으로 나란히 걷는다. 이것은 무엇일까. 그리고 이것이 무엇인지에 대한 생각을 계속하는 건 왜일까. 이런 생각을 지속하는 건 과연 좋은 일일까. 아니지. 아니겠지. 나는 속으로 침을 삼켰다. 말을 삼키듯 침을.

28

헤어지자.

추운 겨울이 되었고 너는 말했다. 길바닥의 아스팔트처럼 방바닥이 냉랭했다. 나는 네가 아끼는 걸 부수고 싶다고 말했다. 다 깨 버리거나 부서뜨리고 싶다고. 그러나 너의 집에는 네가 아끼는 물건이 아무것도 없었다. 큰돈을 들여 산 것도 없고, 다 누군가에게 받아 오거나 주워 온 물건들뿐이었다. 약간의 울적함으로 포위되어 있던 그 물건들이 나를 방해할 거라고는 생각해 본 적이 없었다. 그나마 네가 매일 쓰고 있는 물건으로 시선이 갔다. 호롱불처럼 생긴 작은 위스키 잔이 보였다. 나는 잔을 들어 합판 테이블에 내려쳤다. 유리가 깨지는 소리가 났다. 나는 다쳤다. 잘게 부서진 유리 조각이 내 손가락 사이를 벗어나지 못한 채 검붉은 액체에 뒤덮였다. 핏방울이 방바닥에 떨어졌다. 나는 시

원했다. 기분이 좋아졌다. 한 번도 느껴 본 적 없는 감정이었다. 내가 얼마간 감상적인 태도로 내 앞에 펼쳐진 아수라장을 관찰하고 있는 동안, 너는 내 등 뒤로 다가와 나의 목을 졸랐다. 미친년이 이게 어디서. 한 번도 느껴 본 적 없는 또 다른 감정이 내 등 뒤에서부터 나의 목을 졸라 왔다. 웩, 웩, 하는 소리와 함께 우리의 바다는 급격하게 요동을 치기 시작했고, 나는 어떻게든 살기 위해 네 손아귀에서 빠져나오려고 안간힘을 썼다. 손에서는 계속 피가 흘러나왔다.

며칠간 아무것도 먹지 않은 내 정신은 점점 흐려졌다. 술을 마시기도 너무 많이 마셨다. 이러다가 정말 정신을 잃고 쓰러지면 어떡하지. 그렇게 죽어 버리면 어떡하지. 고작 손이 찢어진 걸로 이런 나쁜 상상을 하면 안 되는데. 네 손아귀 힘은 점점 더 고약해지기만 했고, 나는 두 손으로 네 손목을 붙잡으며 떼어 놓으려고 애를 썼다. 실랑이가 계속되던 어느 한 시점, 너는 내 손을 뿌리치더니 내 따귀를 때렸다. 정신 좀 차려 제발! 뺨은 곧장 부풀어 올랐다. 나는 더 이상 싸움을 지속할 힘이 없어 종이 인형처럼 풀썩, 그 자리에 그대로 쓰러졌다. 네가 핸드폰을 들고 어디론가 전화를 걸었다. 얼마 안 있어 119 대원들이 나를 들쳐 업고 응급실로 데려갔다.

29

나는 네게 끌려가는 와중에도 그 추운 겨울날을 떠올렸다. 모두들 내게 왜 정신 차리라고 말하는지 알 수 없었다. 너 역시 그랬다. 곧고 정확하게 하지 못한 리스트컷. 핏물이 스며든 붕대가 내 손목에 친친 감겨 있었다. 네가 엉성하게 매어 준 붕대였다. 너 같은 년은 정신 좀 차려 봐야 해. 너는 모텔에서 뒤따라 나온 내 머리채를 붙들고 아트레온 극장까지 저벅저벅 걸었다. 나는 아스팔트 언덕에 등이 쓸린 채 어디론가 끌려갔다. 새벽 다섯 시 반, 인적은 드물었다. 24시간 동안 여는 맥도날드 앞에 가서야 안에 있던 사람들이 전면 창 너머로 우리를 구경했다. 무슨 일이라도 난 것처럼. 진짜 무슨 대단한 일이 일어나기라도 한 것처럼. 나는 어느 정도 체념한 상태였다. 뭐 때문에 이렇게까지 화가 난 걸까. 왜 나는 언제나 이런 장면을 만드는 걸까. 이해가 되지 않았지만 분명 내 탓도 있을 거라는 생각에 잠자코 네가 이끄는 대로 움직였다. 발뒤꿈치가 아스팔트에 닿아 조금씩 까졌다.

죽고 싶다는 말을 한 죄. 죽어 버리겠다고 엄포를 놓은 죄. 너는 내게 벌을 받아야 한다고 했다. 함부로 그런 얘길 해 버리고야 마는 내가 너무 밉다고 했다. 하지만 나는 진심이었고 그것은 엄포나 배짱이 아니었다. 그러나 내가 아무리 변명을 한다 해도 그건 변명으로밖에 들리지 않을 것이었고, 네 죽어 버린 친구를 떠올리게 했다는 사실은 변하지 않았다. 자살이 그렇게 쉬운 줄 알아? 한번 죽어 봐. 진짜로 죽어 보라고. 너의 말은 진심이었을까. 네 신발이 내 머리에 닿았을 때, 어쩜 아무렇지도 않게 새벽길을 걷는 사람들 틈에서 네가 날 밟고 있을 때, 나는 그렇게 밟히고 있으면서도 아무런 대응을 하지 못했다. 그저 커다란 창에 비친 내 몸을 멀거니 바라보는 수밖에. 내 팔목에는 그날의 흔적이 고스란히 흉터로 남아 있다.

18

그대 영혼은 선택된 풍경.*

나는 복도 난간에 고개를 내밀고 서서 멈춰 있는 겨울의 동네를 바라보았다. 불가역한 과거의 어떤 날들을 떠올렸다. 이를테면 복도 계단을 반 층 올라가선 아무도 움직이지 않는 어둠 속에 우리 둘만 있었던 것을. 엘리베이터를

* 폴 베를렌느의 시.

타기 위해 누군가가 걸어오면 곧장 다음 계단으로 올라가거나 내려감으로써 우리를 숨겼던 것을. 서로에게 쉿, 하며 움직이지 말라는 당부를 눈짓으로 했던 것. 미약한 빛을 뿜으며 등이 켜지고, 엘리베이터를 탄 사람이 버튼을 누르는 소리가 들리고, 천천히 문이 닫히는 것을 가만히 지켜보던 것을. 그런 것들.

방학이 끝나고 학교에 모인 아이들이 운동장에 일렬로 서서 아침 조회를 받으며 웅성이는 소리가 들렸다. 나는 조회가 다 끝나면 학교에 가려고 조금 더 누워 있었다. 집에서 학교까지는 10분이 채 안 되는 거리. 나는 오늘 너를 볼 수 있을까. 그런 기대로 조금은 들떠 있었다. 아직은 봄기운이 느껴지지 않는 3월의 어느 날. 동복 재킷을 입고 그 위에 너와 맞춰 입었던 바람막이를 꺼내 입었다. 학교에 이 바람막이를 입고 다니는 애들은 우리 학년 중에 너와 나밖에 없었고, 우리가 커플이라는 걸 모두가 알고 있었다. 쟤네 저거 맞춰 입은 거래. 나는 수군대는 소리를 들으면서도 마냥 기분이 좋기만 했다. 너와 함께인 걸 매 순간 증명할 수 있어서.

수업이 시작되기 직전, 담임의 눈을 피해 몰래 교실 안으로 들어갔다. 맞은편 반에는 네가 있을 것이다. 괜히 서성이며 앉지 않고 일어나 있었다. 어쩌다가 책상에서 일어나거나 책상을 향해 걷는 네 모습을 볼 수 있을까 싶어서. 혹은 그런 네가 의식적으로 나를 찾으려는 눈길을 느낄 수 있을까 하는 마음에. 그러나 야자를 할 때까지도 너는 내 눈에 보이지 않았다. 나는 부러 네 반으로 갔다. 별로 친하지도 않은 친구를 보러 가는 척하며. 친구는 네가 오늘 학교에 오지 않았다고 전했다. 그렇구나. 나는 쓸쓸하게 돌아섰다. 너는 왜 학교에 나오지 않았을까. 나는 야자 시간 내내 네 걱정을 했다. 혹시 어딘가 아픈 건지, 갑작스럽게 이사를 간 건 아닌지. 그럴 리 없지만 그럴 수도 있다는 생각을 하며.

야자가 끝나고 터벅터벅 집으로 돌아가는 길. 아파트 입구에 비를 맞으며 서 있는 너를 발견했다. 왜 여기에 있어. 학교는 왜 안 왔어. 그러나 나는 말하지 못하고 다만 우산을 꼭 붙잡고 있을 뿐이었다. 너는 다가와 나를 네 몸 쪽으로 끌어당겼다. 그러고는 혼신의 힘을 다해 나를 껴안았다. 가슴이 짓무르는 듯한 기분이 들었다. 숨이 막혔지만 그대로 있었다. 네게선 술 냄새가 났다.

혼자 녹색극장에 갔어.

네가 말했다. 나는 우리의 녹색극장이 이제는 혼자만의 것이 되었다는 걸 깨달았다. 언제고 같이 갈 줄 알았던 장소가 각자의 장소로 바뀔 수도 있다는 것을.

혼자 버스를 타고 가려니까 어색하더라. 그런데 재미있었어. 영화를 혼자 본 건 처음이었는데 나름대로 괜찮았어.

네 입이 열리고 닫힐 때마다 역한 술 냄새가 뒤따라 풍겼다. 비가 오고 있어서 더 진하게 느껴졌다.

네가 없으니까 팝콘도 남고 콜라도 남았어.

그러게 왜 혼자 봤어.

그러게.

그러게.

우리는 서로의 말끝을 따라 하는 습관이 있었다. 그랬구나,로 끝이 나면 그다음 사람이 바로 그랬구나,라고 답하는. 헤어져,라고 말하면 헤어져,라고 답할 수밖에 없는. 말의 반복은 메아리처럼 들렸다. 끝을 헤아릴 수 없이 계속되는 에코처럼, 헤어지자는 말도 내 마음속에서 영원히 울렸다가 그치기를 반복했다.

러시아에도 녹색극장이 있는 거 알아?

시차가 있는 질문이 공허한 빗줄기를 가르며 등장한다. 그러나 그 순간에 나는 러시아에 녹색극장이 있다는 사실을 알지 못한다. 우리가 자주 가던 맥도날드도 이제 없어질 거래. 그러나 나는 말하지 못한다. 맥도날드가 없어진다는 게 말이 되니? 난 도저히 납득이 안 가. 만일 그 사실을 알고 있었다면 나는 주저리주저리 말하겠지. 말도 안 된다고. 그럴 리가 없다고. 그러나 그것은 충분히 있을 수 있는 일이고, 나는 그 미래가 너무도 빨리 왔다고 생각한다.

너는 그날 밤 나의 집에서 잤다. 다음 날 우리는 같이 등교하지 않았다. 너는 후문으로, 나는 정문으로 방향을 틀었다. 아파트 단지의 작은 출구로 나오기 직전, 우리는 다시 또 볼 것처럼 가볍게 헤어졌다. 잘 가. 그래. 수업 잘 듣고. 너도. 짧은 인사 후에 우리는 다음 방학이 오고, 그다음 방학이 오고, 그다음 방학이, 그러다가는 수능 시험을 치르고, 짧은 방학 이후 졸업식이 올 때까지 서로에게 말을 걸지 않았다. 사실 연락하려면 연락할 수 있었으나, 둘 중 누구도 먼저 서로를 찾지 않았기에 그냥 그렇게 끝이 나 버렸다. 끝은 그렇게 쉬운 것이었다. 서로의 말을 반복하느라 영영 대화의 결말이 없었던 날들은 모두 지난 일에 불과했고, 나는 이듬해 네가 새로운 애인과 동창회에 나타났다고 들었다.

34

광화문 커피스트, 이대 후문 커피빈, 무대륙, 신촌 무사시, 비하인드, 수카라, 백마역 공원 일대, 교보문고 광화문점, 지하철 5호선, 크로우 이대점, 921번 광역 버스, 연남동 향미, 망원동 일산비빔국수, 경기도 피프틴, 호수공원, CGV 목동점, 마포만두 대흥역점, 상수 앤트러사이트, 밤가시마을, 무인양품 메세나폴리스점, KFC 마두점, ……
그리고 녹색극장.

1991년에 개관한 녹색극장은 단관이 아닌, 3개 관을 오픈해 멀티플렉스 시장이 생기기도 전부터 획기적인 시도를 했다는 평을 들었다. 후에 4개 관이 더 생기면서 총 7개 관으로 운영되었다. 2001년에는 한국영화전용관을 만들어 스크린쿼터제의 부목 역할을 했다. 녹색극장의 건너편에 있던 신영극장이 아트레온이라는 이름으로 바뀌기 전까지, 녹색극장은 신촌의 가장 활발한 복합 상영관이었다. 14년간의 운영을 마친 녹색극장은 은평구 연신내로 거처를 옮겼고, 얼마 지나지 않아 메가박스가 녹색극장의 자리를 꿰찼다. 녹색극장은 현재 아트레온 CGV 신촌점과 메가박스 은평점으로 이름이 바뀌었다.

녹색극장이 사라진 자리. 신촌역 3번 출구 앞 맥도날드가 사라진 자리. 건물에 간판이 내려갔다가 새로운 이름을 달고 다시 붙고, 외관이 바뀌는 것을 목도할 때마다 나는 너를 떠올린다. 기나긴 여름밤, 폭우가 쏟아지는 장맛비를 맞으면서도 신나게 극장으로 뛰어가던 그날을. 나른함이 우리의 방문을 닫게 하고 창문만 열게 하는 그런 날에 아주 지독한 섹스를 끝마치고 얼마간 낮잠에 들었다가, 배고프지 않아? 하며 지갑만 달랑 들고 맥도날드로 향하던 그날을. 네 집에서 5분 거리에 있는 식당에 들어가 냉동 삼겹살을 구워 먹으며 챔피언스리그 중계를 보던 날을. 마시던 위스키가 떨어져 급하게 와인을 사러 나가며 서로의 엉덩이에 손을 포개고 킥킥 웃었던 그날을. 그날들을. 나는 떠올린다.

러시아에도 녹색극장이 있대. 만일 그날들로 돌아간다면 나는 이 말을 꼭 하고 말 것이다. 지은 지 100년이 지나도 버젓이 그 자리를 차지하고 있는 극장이 있다고. 헤어짐도 부서진 것도 없이 멀쩡하게 그대로, 무언가가 녹슬지 않고 꿋꿋하게 버티고 있다는 것을, 그때의 내가 알고 있다면 어땠을까. 지금의 내가 그때로 돌아가 우리는 헤어지기로 했고, 모두가 나와 헤어짐을 겪어야 한다는 걸 알고 있었더라면. 영원하지 않는 것들을 상상한다. 그리고 영원한 것을 상상한다.

나는 언제나 배반한다, 장소를.*

* 위 이야기는 전부 실화이며, 이 글에 등장하는 너는 다수의 인물로 이루어져 있다. 공간은 같고 시간은 서로 다르다. 우리는 어떤 장소를 탐닉할 때, 나와 함께한 상대가 바뀔 수도 있다는 가능성을 염두에 두고 그 장소를 사랑해야 할 것이다. 오늘 함께한 자와 영원한 추억을 만들 만한 곳은 없다. 어제의 내가 오늘의 너와 함께 내일의 장소로 이동하는 것. 세계는 그러한 장소들로 이루어져 있으며, 나보다 장소가 더 먼저 죽어 버리는 경우도 허다하다. 그럼에도 오늘 너와의 만남을 기억할 만한 장소로 나를 데려가 준다면…… 나는 언제나 환영이다. 그리고 탑처럼 그 위에 누군가와의 기억을 또 쌓을 것이다. 기억은 지워지는 게 아니라, 쌓여가는 것.

문은 조금 열어 둬

문은 조금 열어 둬

『한남동 이야기』(월간 윤종신, 2019) 수록작

8년 만에 아들이 집으로 돌아왔을 때, 파란 철문을 직접 열어 주었던 건 아버지인 황이었다. 평일 한낮이었고 막 노곤하게 잠이 몰려오던 참이었다. 초인종 소리와 함께 문밖을 비추는 흑백 화면이 켜졌다. 얼마간 화면을 지켜보던 황은 거울을 들여다보는 것 같은 착각이 들었다. 30년 전 자신의 얼굴이 저랬던 것 같다고 황은 생각했다. 황은 화면에서 시선을 거두고 집 안을 둘러보았다. 함께 늙어 버린 가죽 소파와 이가 나간 화분, 모서리가 반들반들하게 마모된 탁자. 아들이 태어나고 지금껏 한 번의 이사 없이 묵묵하게 한남동 주택가를 지켜 온 파란 철문 집. 눈꺼풀을 끔벅거리고 다시 보아도 변함없는 그 장소였다.

화면에 비친 남자의 턱 주변에는 미처 깎지 못한 수염이 거뭇하게 감싸고 있었다. 황은 자연스럽게 자신의 얼굴을 더듬었다. 그러나 황의 턱은 매끈하기만 했다. 그제야 황은 화면 속에 있는 사람이 자신이 아니라, 자신과 꼭 닮은 아들이란 걸 깨달았다.

황은 지난 8년간 아들의 미래를 상상했다. 어엿한 어른의 얼굴을 지니게 됐을 아들을. 8년 전 아들이 두고 나간 자필 편지를 천 번도 넘게 읽고 또 읽었다. 편지를 다시 꺼내어 읽을 때마다 황은 아들을 비올라 교습 대신 글씨 교정 학원에 보내지 않은 걸 후회했다. 황은 잦게 후회하는 성격이었고 그건 사는 내내 아내를 지겹게 했다. 땅값이 오른 아랫동네로 이사를 가지 않은 걸 후회했고, 먼저 은퇴한 동료의 경비원 제의를 단박에 거절했던 것을, 아들을 잃고 상심에 젖은 아내가 산악회를 들겠다고 할 때 구태여 말리지 않은 것을 후회했다.

살면서 치른 크고 작은 결정들은 번번이 황을 주눅 들고 서글프게 만들었다. 늙더니 청승만 짙어졌다고 아내는 타박했다. 너도 늙더니 핀잔만 심해진다고, 말주변이 없어 부끄러움에 늘 두 볼이 붉던 네가 어떻게 이렇게 됐냐고, 황은 차마 하지 못한 말들을 그러모아 한숨으로 내뱉었다. 그 때문인지 집 안 공기는 언제나 눅눅했고, 아무리 광을 내며 집 안을 쓸고 닦아도 쿰쿰한 기운이 가시질 않았다.

후회투성이인 삶이었지만 그럼에도 황은 아들을 낳은

것만큼은 한 번도 후회하지 않았다(자의적인 결정이라기보다는 필연적인 결과였지만). 황과 아내에게는 갓 태어난 아들을 온종일 쳐다보는 것만으로 충만했던 시기가 있었다. 4.2킬로그램의 우량아로 태어난 아들은 짱구처럼 튀어나온 이마나, 깊숙이 팬 보조개가 황의 특징을 그대로 빼다 박은 것처럼 닮아 있었다. 아들의 얼굴은 경이로웠다. 황은 자신의 새끼손가락을 꽉 움켜쥐는 아들을 보면서 이렇게 조그마한 게 사람일 수가 있나, 하고 생각했다. 이 조그마한 게 커서 언젠가는 내 몸집을 따라잡고 어깨를 맞부딪치는 날이 올까. 그게 과연 가능한 일인가.

결혼하고 6년 만에 생긴 자식이었으므로 아들은 더없이 귀했다. 세계를 판별하는 문자를 음절대로 또박또박 발음하고, 뛰다가 멈칫 서서는 다시 황에게로 달려와 와락 안기던 아들을 보면서 황은 그때껏 느껴 본 적 없던 감정을 마주했다. 그건 찬란함이었다. 황은 미래에 이보다 더 눈부시고 빛나는 순간이 또 찾아올 거라는 오만 따위는 부리지 않았다. 아들의 앞에서면 모든 것이 그저 겸허해졌다. 그런 아들이었다.

8년 만에 본 아들의 팔목은 육십 대인 자신보다 더 가늘었다. 때꾼한 얼굴 표면에는 가뭄처럼 주름이 번져 있었다. 아들은 땅바닥에 고갤 처박고는 말이 없었다. 짝도 안 맞는 슬리퍼를 신은 채 마당을 뛰쳐나온 황 역시 그대로 얼어붙었다. 그들은 파란 철문을 사이에 두고 얼마간 서 있었다.

아들은 아팠다. 아파서 되돌아왔다. 실패를 해서 아프게 된 건지 병약해진 틈을 타 모든 걸 실패했다고 여기게 된 건지는 모르겠지만, 아들의 입에서는 실패라는 단어가 꽤나 자주 흘러나왔다. 곧 죽어도 음악을 할 거라고 핏대를 세우고 반항하던 아들은 이제 색 바랜 이불보 속에 누워 시간이 빠르게 지나가기만을 기다리고 있었다.

항암 치료를 위해 입원하던 날, 병원 이름이 새겨진 환자복으로 아들의 옷을 갈아입히면서 황은 처음으로 울었다. 이게 다 무슨 일이냐고. 가능한 일이긴 하냐고. 지난 8년간 아들의 생일 주기가 되면 황과 아내는 눈에 띄게 말수가 줄었다. 어쩔 땐 부부가 함께 식사를 하는 것마저 힘들었다. 갑자기 사라진 아들에 대한 걱정과 배신감은 애써 평온하려는 마음을 자꾸 흩트려 놓곤 했다. 아내가 맥을 못 추릴 만큼 울기도 했다. 그때마다 황은 가까스로 참아냈다.

간병인 의자에 앉아 잠든 아들을 바라보면서는 그동안 어떻게 참았나 싶게 시도 때도 없이 눈물이 비어져 나왔다. 가장 찬란하게 빛났을 아들의 이십 대. 그 시간들은 고

이 접혀 있었다. 황은 감히 물어볼 수가 없었다. 아들은 실패라고 단언했지만, 누구보다 최선을 다해 전력투구했을 그 시간들을.

그 시간들이 끝내 봉인된 채로, 아들은 죽었다.

마당을 가꾸는 일도 노부부에게는 힘에 부쳤고, 더 이상 아들을 기다릴 필요도 없어졌으므로 아내는 인근 아파트를 알아보러 다녔다. 황은 아내가 하자는 대로 했다. 아내는 평일이건 주말이건 전국으로 산악회 모임을 다녔다. 사흘 이상 집에 들어오지 않는 날도 많았다. 황은 오래된 집에서 홀로 정물처럼 종일 앉거나 누워 있었다. 피곤할 일이 없었기 때문에 잠도 자주 깼다.

여느 때와 같이 오래된 가죽 소파에 비스듬히 앉아 있던 평일 한낮이었다. 초인종 소리와 함께 흑백 화면이 켜졌다. 모르는 얼굴 둘이 집 앞을 서성였다.

누구십니까. 황이 말했다. 그러자 화면 속 둘이 머뭇거렸다. 전도하러 다니는 사람들처럼은 안 보였으므로 황은 다시 물었다. 앳된 얼굴의 여자 하나가 저기… 하며 말끝을 흐렸다. 황은 마당을 가로질러 직접 철문을 열었다. 대학 신입생처럼 보이는 남녀가 황에게 대뜸 인사를 하며 말했다. 주변을 다 둘러봤는데 파란 철문 집은 여기밖에 없더라고요.

그들은 '희귀 음악 감상회'라는 소모임의 회원들이라고 했다. 세상에 이런 노래도 있었나 싶은 곡들을 수집해 함께 듣는 모임이었다. 그들은 음감회에서 처음 아들의 음반을 듣고 팬이 되었다고 말했다. 아들의 음반에는 총 세 곡이 들어 있는데, 그중 〈한남동 파란 철문〉이라는 노래가 있다고 했다. 혹시나 해서 와 봤는데, 진짜 있네요. 대박 신기. 그들은 4년 전에 싱글 앨범 한 장을 발매하고 사라진 아들의 안부를 물었다. 그러고는 힘들겠지만 계속해 달라고, 아들에게 꼭 전해 달라며 덧붙였다. 그래도 듣는 사람이 있으니까요.

그들이 사라지고 한참이 지나도록 황은 파란 철문을 닫지 못했다. 아들의 이름을 새긴 명패라도 만들어야 할까. 황은 아내에게 당분간 이사는 하지 않는 게 좋겠다고 말하리라 생각했다. 그런데 이 말을 어떻게 전해야 하지. 황은 아주 약간의 틈을 두고 문을 열어 두었다. 일단은 그렇게 해야 할 것만 같았다.

미주와 근화의 이란성 쌍둥이 썰

미주와 근화의 이란성 쌍둥이 썰

『TOYBOX VOL.3』 2019년 12월호

길이를 길게 할수록 좋아. 요즘에 십 분 단위는 사람들이 잘 안 봐. 너무 짧다고 뭐라 한다니까. 그렇다고 한 시간을 넘겨서도 안 되지. 맥스가 오십 분이야. 그 정도면 사람들이 자면서도 보고 지하철에서도 보고 밥 먹을 때도 본다. 세상에는 한 시간 안에 해결해야 하는 일들이 수두룩하잖아? 러닝 타임이 한 시간만 넘어도 지겨워하는 시대야. 조만간 육십 분짜리 영화가 대중화되는 세상이 될 거야. 이제 얼마 남지 않았어.

근화는 이선혜 PD의 말을 타자로 옮겨 적었다. 너는 그걸 또 뭐 하러 적니. 이선혜는 쉽게 짜증을 내는 편이었는데 대체로 근화를 향한 것이었다. 물론 근화도 이선혜가 짜증이 났지만 티를 낼 수는 없는 입장이었으므로, 말없이 타자기만 쳐다볼 뿐이었다. 이선혜는 잡소리인 양 깔깔 웃으며 떠들다가도 근데 너 내가 말한 거 다 기억은 하지? 라고 묻곤 했다. 근화가 당황하며 아니요 그건 그냥 하신 말씀이라고 생각해서요,라고 작게 중얼거리면 이선혜는 야 그냥 하는 말이 어디가 있어, 하며 버럭 성질을 냈다. 그래서 근화는 이선혜와 있으면 언제나 랩톱을 열고 그가 하는 말을 모두 받아 적었다. 랩톱이 없는 경우엔 녹취를 하거나 메모 앱을 열어 기록해 두었다. 모조리 전부 다.

이선혜는 근화가 이건 적어 둘 만한 거고 이건 그냥 농담이고 이건 뒷담화 이건 그냥 개소리겠지 하며 알아서 분류해 주기를 바랐다. 그러나 근화는 뚝심 있게 선배의 말을 한 토씨도 놓치지 않고 모조리 받아 적었고, 그런 근화가 좀 미련하다는 생각을 하면서도 무얼 남기고 무얼 버려야 하는지 아직도 감이 없는 게 이제는 미운 것도 아니고 안타깝지도 않고……. 그냥 먹통 같아서 말을 않게 되었다. 저 먹통이 진짜 골치라니까. 이선혜는 지인들과 통화를 하며 근화를 먹통이라고 칭했다. 먹통이 자신을 먹통이라고 부르는 걸 알아도 뭐 어쩌겠느냐는 듯이. 그 먹통은 통화를 하고 있는 이선혜의 바로 옆자리에서 랩톱 화면을 노려보며 키보드를 치는 경우가 많았다.

집으로 돌아온 근화는 여느 때처럼 헛헛하기만 했다. 그래서 치킨을 시켰다. 닭봉 부분을 살점 하나 남기지 않고 매끄럽게 발라 먹었다. 근화는 스트레스성 폭식으로 인해 사상 최대 몸무게를 찍었다. 몇 달간 근화가 할 수 있는 일이라고는 먹는 것밖에 없었다. 마지막 연애가 벌써 4년 전. 4년 동안 성욕도 점점 무뎌졌다. 외롭다고 느껴질 때마다 자위를 하기는 했다. 하고 나면 꼭 울음이 났다. 아무도 날 사랑해 주지 않아. 그런 마음으로 이소라의 노래를 틀고 울었다. 자위를 하고 난 다음 실연당한 듯 우는 게 습관이 되어 버린 것은 좀 이상한 정서이긴 했지만 별수 없었다. 눈물이 났으니까. 어떻게 참아 볼래도 그저 서러웠으니까. 뭐가 그렇게 억울하고 서러운 건지 오열과 통곡을 오가며 울어대는 이유를 실은 근화 자신도 알 수 없었다. 어느덧 삼십 대 중반. 이선혜 망할 년 밑에서 임시직 노예로 살고 있는 자신이 끔찍이도 싫었다.

근화는 종편 방송국의 외주 콘텐츠 회사 소속 구성 작가 및 편집자로 일한 지 일 년도 안 된 신참이었다. 그간 다양한 일을 했지만 미래는커녕 수익도 보장되지 않는 일들이 대부분이었다. 그나마 오래 근속했던 출판사에서는 자비로 자서전을 출간하려는 사람들의 글을 윤문하며 한 세월을 날려 보냈다. 남녘땅에 숨어 있는 재야의 고수들은 왜 이리도 많은지. 그들은 수백씩 되는 거금을 들고 찾아와

초고 문서와 계약서를 맞바꾸었다. 그들이 쓴 글은 형편없었다. 그렇지만 어쨌거나 그들은 고객님들이었고, 맞춤 서비스를 지향하는 회사의 방침에 따라 모든 걸 수용해야 했다. 한번은 지리산에서 수련을 하는 백 도사(자신을 백 도사라고 칭했다)의 자서전을 맡았다. 산자락 밑에서 일어나는 사사로운 일에는 결코 관심을 갖지 않는다던 백 도사는 자신을 신격화하는 묘사나 삼류 명언집에나 포함될 썩은 멘트를 메모장에 일일이 적어 와서는 에피소드마다 사족을 덧붙이며 근화의 진을 빼 놓았다. 아 이건 진짜 아니지 않나요. 잿빛이 된 근화가 푸념을 늘어놓으면 대표로부터 돌아오는 말이라고는 그게 네 월급이다,였다. 그래. 이 말 같지도 않은 글줄이 내 밥이 되고 월세가 된단 말이지. 근화는 그렇게 자신을 다독였다.

근화는 사는 동안 너무 많이 참았다. 근화만 그러고 사는 건 아니었지만 그럼에도 때마다 아주 조금의 성취감이라도 있었다면 좋았을 터. 그러나 근화에게는 그것이 없었다. 보람도 없는 일을 꾸역꾸역 하면서 근화는 소명이니 목적이니 하는 건 바라지도 않았고, 하루를 버티는 것조차 힘에 부쳤다. 그런 근화에게 유일한 취미가 있다면 자극적인 걸 섭취하는 일이었다. 근화는 소셜 미디어가 보여 줄 수 있는 모든 것을 보았다. 인스타그램 속 몸매가 잘빠진 여자들의 광고 사진에 좋아요를 눌렀고, 페이스북에서 덜떨어진 논평이나 하는 사람들의 길고 장황한 글에도 좋아요를 눌렀으며, 트위터 타임라인을 도배하는 우스운 짤에도 깔깔거리며 좋아요를 눌렀다. 가장 많이 보는 플랫폼은 유튜브였다. 그는 일이 없는 날엔 종일 유튜브를 보곤 했다.

유튜브에는 없는 게 없었다. 전문가의 검수도 없이 뇌피셜로 떠들어 대는데 그게 그렇게 재밌었다. 브이로그는 또 어떠한가. 일개 일반인의 2박 3일 제주 여행기가 뭐가 그렇게 재밌다고 킥킥거리며 보게 되는지. 근화는 핸드폰의 화면이 바뀌는 찰나마다 잦게 한숨을 쉬곤 했지만 멈출 수가 없었다. 그건 중독에 가까웠다.

〈미주의 러블리 해피 데이〉.

근화가 요즘 가장 많이 보는 채널이었다. 러블리와 해피를 접속사 없이 연달아 쓸 수 있나. 채널 이름을 보고는 잠깐 그런 생각이 들었으나 금방 잊어버렸다. 미주는 미모로 승부하는 여캠 유튜버들과는 달리, 감각적인 영상미가 장기인 일상 브이로거였다. 근화보다는 좀 더 몸집이 컸고 식도락을 즐겼으며 체형에 맞게 자신을 예쁘게 꾸밀 줄 알았다.

'ep12. 오늘만이 인생의 전부는 아니니까.'

'ep27. 울고 난 후 새삼 피어나는 것들.'

'ep32. 바디 파지티브는 곧 소울 파지티브.'

파스텔 색감의 썸네일과 영상 내내 흐르는 빌 에반스 풍(이지만 누가 작곡했는지는 별로 중요하지 않은) 재즈 음악은 별 볼 일 없는 근화의 일상마저 느낌 있게 만들어 주는 것 같았다. 근화는 미주의 센스가 좋았다. 무엇보다 자신과 그리 다르지 않은 체형임에도 긍정적이고 자신 있는 태도가 부러웠다. 미주의 영상 제목에는 늘 온점이 찍혀 있었는데 근화는 그게 꼭 어떤 다짐처럼 느껴져서 좋았다. 물론 카메라 앵글 밖 미주의 모습을 다 알 순 없었지만 적어도 편집된 영상 속 미주는 근화가 딱 되고 싶은 그런 근사한 사람이었다.

오늘은 바질을 심었어요. 틸란드시아로 텅 빈 벽을 꾸몄어요. 신전 떡볶이와 허니콤보 치킨을 시켜 먹었어요. 우울할 땐 큼지막한 파츠가 박힌 네일을 해요. 오랜만에 초등학교 동창을 만나 성수동 핫플레이스에 갔어요. 익선동에 새로 생긴 IPA 맥줏집을 갔어요.

미주는 1일 1업로드를 하는 부지런한 유튜버였다. 간혹 늦게 올라온 적은 있어도 하루를 건너뛰는 일은 없었다. 자정께에 올라오는 영상은 아주 작고 사소한 일상의 티끌이더라도 일단은 올리고 보는 것 같았다. '점심 식사를 마치고 나서 단추가 터졌어요.'라는 2분 23초 길이의 영상은 그야말로 치마 단추가 뜯어진 썰을 푸는 내용이었다. 다급한 와중에도 영상을 찍어야겠다는 일념으로 핸드폰 카메라를 켜고 녹화 버튼을 누른 듯싶었다. 그 짧은 영상은 미주가 올린 영상들 가운데 가장 많은 조회 수를 기록했다. 사람들은 댓글로 소감을 남겼다. 언니 진짜 웃겨욬ㅋㅋㅋ. 아니 얼마나 먹으면 단추가 터집니까. 주작 아냐? 설마~ 영상은 급격한 속도로 다른 플랫폼으로 전달되었고, 미주는 커뮤니티마다 '업무 중에 단추 터진 여자.avi'라는 파일의 주인공으로 소개되었다.

그렇게까지 웃긴가. 근화는 그 영상을 보며 찜찜함을 감출 수 없었다. 이는 미주에게만 생기는 특별한 일이 아니기에 더 그러했다.

미주는 그 뒤로 더 이상 영상을 업로드하지 않았다.

언니 영상을 보고 웃은 저를 용서하세요. 언니가 얼마나 큰 상심에 빠졌을지 가늠도 안 돼요. 웃기려고 올리신 줄 알고 같이 웃어 버렸지 뭐예요.

아니 막말로 본인도 웃겨서 올린 거 아닌가? 근데 왜 갑자기 잠수 탐? 노 이해.

미주가 웹상에서 사라진 며칠간, 그러니까 1년도 아니고 몇 개월도 아니고 단 사나흘 동안 댓글에는 온갖 추측과 격려와 비아냥이 난무했다. 신기한 것은 미주가 그렇게 많은 구독자를 보유하고 있는 유튜버가 아니란 점이었다. 이제 막 일만 명을 넘어 Q&A 영상을 찍겠다고 공지한 지 얼마 안 된 시점이었다. 일만 명. 많으면 많고 적다면 적은 숫자. 일만 명을 줄지어 세워 놓으면 그건 어마어마한 숫자가 될 것이다. 그러나 집회 한 번에 10만 명은 족히 모이는 광화문 광장에 그들을 세워 두면 그다지 많다고 느껴지지 않을 것이다. 월드컵 경기장의 수용 인원에도 한참 못 미친다. 허나 한 사람의 하루를 보기 위해 일만 명의 사람들이 구독을 눌렀다면…… 그건 대단한 일이라고 근화는 생각했다.

미주는 왜 영상을 올리지 않는 걸까.

근화는 미주가 없는 나흘을 유난히도 힘들게 보냈다. 미주의 영상을 보지 못했기 때문이라고 여기는 건 근화 스스로도 심한 비약이라고 느꼈다. 그렇지만 사실이 그랬다. 그 사나흘 동안 근화는 미주의 모든 영상을 다 보았다. 'ep1. 비가 내리는 수요일.'이라는 제목의 영상에서 미주는 아무도 없는 사무실에 홀로 앉아 빗소리를 들으며 조곤조곤 독백을 이어 나갔다.

소소하게 불행하고 또 그만큼 소소하게 행복하고 싶어

요. 그런 마음으로 살아가고 있고요. 때때로 사는 게 지치고 힘들 때마다 제 브이로그를 보시면서 위로를 받으시길 바라요. 지금 이 영상을 보고 계신 여러분들이 잠시나마 힐링하실 수 있는 시간으로 가닿기를.

처음 만든 영상치고 퀄리티가 나쁘지 않았다. 예쁜 폰트를 입힌 자막이며 빗소리와 어울리는 배경음 선별까지. 무엇보다 미주의 목소리는 근화를 차분하게 만들었다. 소소한 불행. 근화는 자신의 불행도 과연 소소할 수 있을까 생각했다. 소소하다고 말할 수 있는 불행이라면 사실은 불행 근처에도 가지 않은 거 아닌가. 그럼에도 어쩐지 마음에 드는 표현이었다. 소소한 불행이라면 몇 번이고 찾아와도 담대하게 받아들일 수 있지 않을까. 근화는 그 영상을 스무 번도 넘게 더 돌려 보았다.

미주가 영상을 올리지 않은 지 일주일이 지났다. 이선혜가 신박한 아이디어 좀 낼 수 없냐며 히스테리의 절정을 보인 시기와 정확히 맞물렸다. 그즈음 팀은 유튜브 채널을 새로 론칭하기 위해 바쁘게 돌아가고 있었다. 매일 아이디어 회의를 하며 채널의 정체성부터 시작해 카테고리별로 들어갈 꼭지들을 정리했다. 회의실을 점령한 팀원들은 때때로 회색 카펫이 깔린 회의실 바닥에 드러누워 잠시 눈을 붙이기도 했다. 그럴 때마다 자신만의 사무실이 있는 이선혜가 날선 목소리로 그들을 깨웠다. 야 여기가 너네 안방이니. 아무 데서나 퍼질러 누우면 어쩌자는 거야. 근화는 자신보다 세 살이나 어린 이선혜가 아무렇지 않게 반말을 하는 것이 신경 쓰였다. 다른 팀원들의 나이가 이십 대 초중반이라는 게 근화를 더 비참하게 만들었지만 그래도 뭉뚱그려서 '야', 너네'라고 말하는 건 좀 아니지 않나. '언니'라는 호칭을 바라는 건 아니지만 적어도 근화 '씨'라고 해 줘야 되는 거 아닌가. 그러나 막상 근화는 이선혜에게 따지지 못했다. 근화의 일상에는 이선혜의 하대와 같은 일들이 비일비재했으며 이를 매번 따지기엔 근화의 맷집이 그리 강하지 못했다. 늘 그래 왔던 것처럼 근화는 이번에도 그냥 꾹 참고 말았다.

적어도 꼭지 열 개는 나올 만한 걸로 찾아서 내 책상에 갖다 놔.

이선혜는 그렇게 말하고는 회의실을 나갔다.

퇴근한 거야? 씨발 뭐야 지 혼자.

이선혜의 사무실 불이 꺼진 것을 확인한 팀원들은 그제야 숨통이 트인 것마냥 불평을 토해 냈다. 아니 언니 아무리 그래도 이건 아니지 않아요? 지는 아무것도 안 하면서 맨날 우리만 쪼고. 팀원 중 두 번째로 나이 많은 작가가 근화의 어깨를 슬쩍 치면서 말했다. 근화는 랩톱 화면만 맥없이 바라보았다. 맞장구를 기대한 작가는 슬쩍 근화의 눈치를 살피더니 다시 고개를 돌려 다른 팀원에게 이선혜를 씹기 시작했다.

근화는 모든 게 다 귀찮기만 했다. 집에 가서 맘스터치 닭강정이나 먹고 싶었다. 맘스터치 닭강정은 아주 맛있으니까. 맘스터치 닭강정이 맛있다고 알려 준 건 당연하게도 미주였다.

미주는 정말 맛나게도 먹었다. 먹방하는 유튜버들의 영상을 모조리 섭렵했지만 그중에서도 미주의 먹방은 단연 끝내줬다. 예쁘게 정돈된 방 안에서 보정을 한 듯 색감마저 맛깔나는 음식을 소담스레 차려 두고 천천히 음미하는 미주. 근화는 조용히 이어폰을 귀에 꽂고 미주의 맘스터치 먹방을 재생했다. ASMR 버전도 아닌데 육즙이 씹히는 소리가 유난히도 잘 들렸다. 근화가 영상에 심취해 있는데 팀원들이 하나둘 일어나기 시작했다.

다들 어디 가?

집에 가려고요.

오늘 마감이라고 했잖아.

죽까라 그래요. 보름 동안 하루도 못 쉬었어요. 이게 말이나 돼요?

그래도 그냥 이렇게 가 버리면…….

존나 깨지겠죠 뭐. 짤리든가. 그래서 단체 행동이 무서운 거예요. 작가는 뭐 쉽게 구하나? 우리는 입이 없나요. 이선혜 년이랑 일하면 이 꼴 난다고 조금만 떠들어도 다 퍼질 텐데. 언니도 오늘 하루 쉬어요 그냥. 붙들고 있어도 답 안 나오잖아.

두 번째로 나이가 많은 작가가 쿠데타를 일으킨 듯했다. 다른 팀원들도 결연한 표정으로 당장이라도 튀어 나갈 기세였다.

얼른 짐 싸요. 이건 무조건 단체로 강행해야 하는 문제야.

근화는 펼쳐 놓았던 짐들을 가방에 넣었다. 그러면서도 이래도 되나 싶어 머뭇거렸다.

빨리해요. 어차피 방송국 애들 우리 신경도 안 써요.

팀원들은 빠르게 회의실 밖으로 빠져나왔다. 둘째 작가의 말대로 방송국 직원들은 그들이 빠져나가든 말든 아랑곳하지 않았다.

다른 팀원들은 낮맥을 하러 가겠다고 치킨집을 찾아 나섰으나 근화는 끼지 않았다. 서로 할 말도 없고 이선혜 욕만 죽어라 할 건데 뭐 하러 거길 따라가나 싶었다. 게다가 팀원의 반 이상이 아이돌 팬이어서 아마도 그 얘기만 주구

장창 할 것이었다. 근화는 상상만으로도 지겨웠다.

이제 무얼 하지.

공원 벤치에 앉은 근화는 핸드폰만 들여다보고 있었다. 미처 다 보지 못한 맘스터치 영상을 다시 틀었다. 햇볕에 반사되어 핸드폰 속 미주의 얼굴이 잘 보이지 않았으나 대신 소리에 더 집중할 수 있었다. 안 드셔 보신 분들은 꼭 드셔 보세요. 제가 보장하는 맛이에요. 여기에 제 특제 소스를 찍어 먹으면 더 맛있어요. 특제 소스 만드는 영상은 오른쪽 상단을 누르시면 보실 수 있어요. 요리하는 걸 좋아하긴 해도 막상 하기가 너무 귀찮아요. 혼자 사시는 분들은 아실 거예요.

당연히 알지. 근화는 혼잣말을 내뱉었다.

저희 동네 맘스터치가 진짜 맛있어요. 왜 체인점도 동네에 따라서 맛이 다 다르잖아요. 저희 동네는 정말 최고예요. 여러분 사리동 오시면 꼭 맘스터치 사리사거리점 가 보세요. 꼭이요.

그래서 근화는 사리동에 가기로 했다. 맘스터치 닭강정을 먹으러.

근화는 구글맵을 켜고 맘스터치 사리사거리점을 검색했다. 사리사거리점으로 향하는 파란색의 굵고 선명한 선이

지도에 표시되었다. 근화는 화면 속 파란색 선을 따라 걸으며 주변을 두리번거렸다. 버스 정류장에서 내려 사리사거리점까지 가는 길목마다 미주가 갔던 장소가 눈에 띄었다. 근화는 핸드폰을 주머니에 집어넣고 동네를 천천히 걸어 보기로 했다.

미주는 동네를 많이 벗어나지 않는 브이로거였다. 오래된 역사를 자랑하는 맛집이 있는 동네임을 자랑처럼 언급하곤 했다. 실제로 세월이 묻어나는 노포 식당이 곳곳에 숨어 있었다. 근화는 신기했다. 한 번도 와 본 적 없는 동네를 돌아다니는데 너무나 익숙한 건물 외관과 입간판 때문에 마치 VR 게임 속 배경을 걷고 있는 기분이었다. 영상에서 늘 보던 장소를 거닐고 있다는 것이 그저 신기할 뿐이었다.

근화는 미주의 영상에서 보던 한식 뷔페 앞에 멈춰 섰다. 미주가 주말이면 아침 식사를 해결하는 식당이었다. 마침 점심시간이었고 사람들이 줄지어 뷔페 안으로 들어갔다. 근화는 자연스럽게 그들을 뒤따랐다.

미주가 올린 영상들 가운데 한식 뷔페에서 밥을 먹는 영상은 총 열세 개였다. 근화는 뷔페가 나온 영상을 하나씩 재생했다. 어떤 날은 고구마줄기무침과 무나물에 미역국을 먹었고, 어떤 날은 카레라이스와 짜장밥을 반반씩 섞어 먹었다. 다행히 식당에는 고구마줄기무침과 무나물과 카레라이스와 짜장밥이 전부 있었다. 근화는 미주가 먹는 방식대로 음식을 먹었다. 짜장밥에 고춧가루를 뿌려 먹으라고 해서 그렇게 했고, 잡채에 숙주나물을 섞어 먹으면 맛있다고 해서 그렇게 먹었다. 미주는 특이하게 어금니보다는 앞니로 음식을 오물오물 씹어 먹는 버릇이 있었다. 근화는 보통 오른쪽 어금니로 음식을 씹는 편이었으나 미주처럼 앞니로 음식을 씹어 보았다. 부정교합이라 그런지 제대로 씹히지가 않았다. 결국엔 다시 오른쪽 어금니를 사용해 음식을 씹었는데 그럼에도 음식을 입 안에 넣을 땐 굳이 앞니를 사용해 보았다. 안 될 걸 알면서도 따라 했다.

밥을 다 먹고 나오니 새삼 이선혜에게 연락이 오지 않을까 걱정이 되었다. 이선혜를 제외한 팀원들의 단톡방에는 프라이드치킨이랑 생맥주를 찍은 사진과 함께 언니 이래도 안 오실 거예요? 라고 묻는 메시지가 와 있었다. 근화는 답장을 하지 않았다. 치킨은 언제든 먹을 수 있는 것이고 사실 혼자 먹어야 가장 맛있으니까.

근화는 미주가 자주 간다던 카페를 찾기 위해 길을 나섰다. 좁다란 골목의 보도블록이 군데군데 깨져 있었다. 페인트가 벗겨진 철문들이 즐비했고 예전에 유행했던 빨간 벽

돌로 지은 빌라들이 보였다. 미주도 이런 곳에 살고 있을까. 근화는 자신의 원룸을 떠올렸다. 예쁘게 꾸며진 미주의 방과는 비할 수도 없는 초라한 원룸. 모서리마다 틸란드시아 대신 곰팡이가 피어 있었고, 습도가 높은 탓에 수건에서는 좋지 않은 냄새가 났다. 해가 잘 들지 않는 방이었다. 차도 쪽으로 난 작은 창문이 원룸의 유일한 창이었는데 그마저도 문을 열어 놓고 잠이 들면 바깥에서 누군가가 자신을 쳐다본다는 느낌에 곧장 창문을 걸어 잠그곤 했다.

선셋무드. 마들렌이 맛있다던 카페였다. 근화는 두근대는 마음으로 문을 열었다. 카페는 한적했다. 안쪽 테이블에 대학생처럼 보이는 여자가 노트와 색연필을 테이블 가득 꺼내 놓고는 무언가를 그리고 있었다. 근화는 여자의 옆 테이블에 앉았다. 주문은 카운터에서 해 주셔야 하는데요. 포스 기계 앞에 서서 핸드폰을 보고 있던 알바생이 껌을 질겅질겅 씹으며 말했다. 근화는 지갑을 들고 일어나 알바생에게로 갔다. 플랫 화이트와 마들렌을 시켰다. 진동벨 울리시면 가지러 나오면 되세요. 이상하게 높임말을 쓰는 알바생은 머신 그라인더의 손잡이를 잡으며 약간 크다 싶을 정도로 한숨을 쉬었다. 근화는 괜히 미안해졌다가 이윽고 내가 왜 미안해야 되나 싶으면서 기분이 좀 나빠졌다.

본격적으로 마들렌을 즐기려 했으나 핸드폰 배터리가 얼

마 남지 않았다. 충전기를 회의실에 놓고 온 모양이었다. 초조해진 근화는 핸드폰을 절전 모드로 바꾸고 테이블 위에 올려 두었다. 그러고는 카페 밖 풍경을 바라보며 마들렌을 한 입 베어 물었다. 기름기가 많고 퍽퍽하기만 했다. 미주가 분명 이 동네에서 가장 맛있는 마들렌이라고 했건만. 사실 아까 뷔페 음식도 그렇게까지 맛있지는 않았던 것 같다고 근화는 생각했다. 뭐 입맛은 사람마다 다르니까. 근화는 애써 마들렌을 씹어 삼켰다. 해도 해도 너무 맛이 없었다.

카페 문을 열고 손님이 한 명 들어왔다. 근화는 달리 할 것도 없어 랩톱을 꺼내고 아이디어를 짜내는 중이었다. 수십 개의 아이디어가 날아갔다. 그중엔 꽤 괜찮은 것도 있었다. 하지만 몽땅 다 별로라고 말하던 이선혜의 차가운 표정이 아직도 선연했다.

저기요.

손님이 근화를 향해 물었다.

네?

저, 혹시 미주 님 아니세요?

손님은 근화를 보며 물었다. 미주? 설마 내가 아는 그… 유튜버 미주? 근화는 고개를 들어 손님을 쳐다보았다. 손님은 확신에 찬 표정을 지었다.

미주 님, 맞으시죠?

손님이 한 번 더 물었다. 근화는 이 상황을 어떻게 해야 할지 난감하기만 했다. 그냥 아니라고 하면 될 텐데. 손님은 다짜고짜 마들렌을 근화에게 쥐여 주었다.

미주 님인 거 같아서 부랴부랴 마들렌 샀어요. 여기 마들렌 좋아하시잖아요. 별거 아니니까 사양 말고 받아 주세요.

근화는 얼떨결에 손님이 준 마들렌을 받았다. 그러자 손님은 더는 방해하지 않겠다며 서둘러 위층으로 올라갔다.

무슨 일이 일어난 거지.

순식간에 벌어진 일이었다. 옆 테이블에서 스케치를 하고 있던 여자가 고개를 내밀고 근화를 빤히 쳐다보았다.

이상한 일이다. 왜 나를 미주라고 착각한 걸까. 나는 미주가 아닌데 말이다. 물론 사람은 자신이 믿고 싶은 대로 무언가를 믿어 버리려는 경향이 있지. 아마도 그 손님은 미주의 영상을 꼬박꼬박 챙겨 보는 구독자일 가능성이 높다. 혹시나 미주가 있을지도 모를 거란 기대를 하며 카페를 왔겠지. 그러고는 미주처럼 생긴 사람을 보고는 옳다구나 저 사람은 미주임이 분명하다 싶어 반갑게 인사를 건넸을 것이다. 이런 일은 자주 일어나지 않으나 때때로 일어날 수도 있는 일이다. 세상에는 이보다 더 희한한 일도 일어나니까. 그러므로 이건 기실 별것도 아닌 일이라고 근화는 생각했다. 그럼에도 께름칙하긴 했다. 마들렌을 받아 버렸다는 것. 미주의 것을 빼앗은 거긴 하니까. 머리가 아파 왔다. 그때였다. 옆 테이블의 여자가 근화에게 말을 걸었다.

혹시 미주 님이세요?

……네?

여자는 테이블에서 일어나 근화의 맞은편에 앉았다.

아, 내가 이렇다니까. 옆에 사람을 두고도 못 찾아요. 진짜 미주 님 맞네.

아니…….

근화는 뭔가 상황을 수습해 보려고 하다가는 그렇게 되면 위층으로 올라간 손님에게도 사실을 말해야 한다는 생각에 일단은 가만히 있기로 했다. 에어컨 바람 덕에 실내가 제법 서늘했음에도 등줄기에 땀이 흐르는 것이 느껴졌다. 근화는 대충 둘러대고 얼른 자리를 빠져나가야겠다고 생각했다.

저 찐팬이에요, 미주 님.

근화의 얼굴을 뚫어져라 보던 여자가 말했다.

미주 님 여기 근처 살고 있다는 건 알았는데, 막상 진짜로 보게 되니까 너무 신기하네요. 가끔 미주 님 영상 보고 이 동네 궁금해서 들러요. 왜 미주 님 가시는 한식 뷔페 있죠? 거기도 들렀다가 와요. 제 코스예요. 키킥. 이렇게 말씀드리면 좀 스토커 같고 그러려나요? 근데 진짜로 요즘 이게 제 낙이에요. 미주 님 영상 보고 미주 님이 가셨던 곳 따라 가 보고 하는 거. 다른 이유는 없어요. 미주 님 만나려고 일부러 매일같이 오고 그러지는 않으니까 걱정 마세요. 불편하시면 이제 다시는 안 올 거예요. 그런데 여기서 이렇게 미주 님을 만나니까 진짜 신기한 거 있죠. 설마 했던 일이 정말로 일어나니까 와 나도 진짜 열심히 살긴 살았다 싶고요. 뭐 이런 일 갖고 열심히 살았네 마네 하는 거 좀 우습게 느껴지시겠지만… 솔직히 저 요즘 많이 힘들었거든요. 근데 미주 님 영상 보고 힘내고 그랬답니다. 진짜로요.

여자는 정말 말이 많았다. 근화는 만일 미주를 실제로 만나게 된다 하더라도 미주알고주알 떠드는 짓은 하지 않으리라 다짐했다. 그러면서도 어떻게 자신을 미주로 볼 수 있는지, 한 명이라면 그냥 잘못 봤나 보다 하고 넘어갈 수 있겠는데 두 명이나 그럴 수가 있는 건가 싶어 어이가 없었다. 이목구비는 물론이고 목소리 톤도 판이하게 다른데. 내가 입고 있는 꼴을 보라고. 이 몰골이 미주일 수가 있나. 미주는 이런 핵쭈구리 같은 애티튜드가 아니라고. 근화는 지금 자신이 가상 세계에 있는 것만 같은 기분이 들었다. 꿈인가 싶어 눈을 자꾸 껌뻑거리게 되는 그런 이상하고 해괴하기까지 한 세계.

미주 님. 오늘은 출근 안 하셨어요?

혼미한 와중에 맞은편에 앉은 여자가 물었다.

아… 뭐 좀…….

하긴… 요즘 그 말도 안 되는 영상 때문에 너무 힘드셨죠? 사람들 정말 나빠. 진짜 나빠. 어쩜 그래요. 미주 님 너무 상심 마세요. 구독자분들도 제 맘과 같을 거예요. 그런 걸로 주눅 들 분이 아니실 거라 믿고 있어요.

가, 감사합니다…….

힘내세요. 꼭이요. 미주 님 응원하고 있는 사람들이 많다는 것만 기억해 주세요.

여자는 양손으로 근화의 손을 더듬고 흔들고 다시 꾹 잡기를 반복했다. 분명 미주를 향한 위로의 손길이었음에도 근화는 따뜻함을 느낄 수 있었다. 이런 끈끈한 마음이 전달될 수 있다는 것에 놀랐다. 살면서 이런 마음을 받아 본 적이 있었나. 반대로 이런 마음을 줘 본 적은 있었나.

또다시 미주가 부러워졌다.

6개월이 지나도록 미주는 영상을 올리지 않았다. 하루가 멀다 하고 커뮤니티에 댓글을 달던 사람들도 이제는 포기했는지 예전처럼 글이 쌓이지는 않았다. 근화는 미주가 걱정되었다. 미주는 더 이상 유튜브를 하지 않기로 한 걸까. 화면 밖에서의 현생이 더 귀해진 걸까. 근화는 쉬는 날마다 사리동에 찾아갔다. 사리동은 작은 골목들이 모여 있는 구시가지의 작은 동네였고, 번화가가 아니었으므로 유동 인구도 많지 않았다. 그러니 어쩌면 우연히 미주를 마주칠 수도 있었다.

그러는 동안 근화를 알아보는 사람들도 점점 늘었다. 정확히 말하면 근화가 아닌 미주를 알아보는 거였지만. 사람들은 친절했다. 근처에 있는 빵집인데 깜빠뉴가 정말 맛있어요. 목욕탕 다녀오는 길이라 드릴 게 없는데 커피우유라도. 처음 보는 사람들의 상냥함은 산뜻하면서도 묵직했다. 일반인한테도 이 정도인데 연예인이라면 더 심하겠구나. 그래서 연예인들이 건방진 건가. 근화는 자신이 구성하는 프로그램에 게스트로 나오는 아이돌을 떠올렸다. 그들은 늘 피로해 보였다. 팬들이 준비한 도시락도 거의 먹지 않고 버리기 일쑤였다. 그렇게 버려진 도시락이 너무 많아서 팀원들이 몇 개씩 집에 챙겨 가기도 했다. 고마움이라는 감정에 익숙해지면 함부로 무뎌질 수도 있는 걸까. 설마. 미주는 그렇지 않겠지. 언제나 상냥하고 예의 바르게 팬들을 대할 것이다. 그래서 근화도 그렇게 했다. 근화를 미주라고 알아보는 사람들의 호의를 무시하지 않았고 그들이 원하는 대로 반응해 주고 말을 섞었다. 언니 너무 멋져요. 힘내세요. 그들이 말하면 근화는 네 힘낼게요, 응원해 주셔서 감사해요,라고 답변했다. 그건 미주를 위해서이기도 했지만 근화 자신을 위한 것이기도 했다. 그런 응원은 무수히 받는다 한들 함부로 사라지지 않고 근화의 마음 깊은 곳에 차곡차곡 쌓였다. 근화는 더 이상 사랑이 추상에 가까운 감정이라고 여기지 않게 되었다. 직접 보고 만지고 들었으므로.

근화는 사람들이 왜 자신과 미주를 동일 인물로 보는지 영문을 알 수 없었지만, 그런 일들이 계속 겹치다 보니 과연 미주와 닮은 것 같기도 하다는 착각에 빠져들었다. 근화는 미주의 영상을 틀어 놓고 거울 앞에 서서 자신의 모습을 보았다. 영상 속 미주는 프릴이 달린 플라워 프린트 원피스를 입고 있었고, 근화는 반팔 티셔츠에 후드 재킷, 그리고 군청색 면바지를 입고 있었다. 미주의 가르마는 왼쪽, 근화의 가르마는 오른쪽이었다. 근화는 미주의 'ep53. Get ready with me.' 영상을 틀었다. 미주의 얼굴을 유심히 관찰했다. 미주는 일자 눈썹이었다. 근화는 눈썹 칼을 들고 다시 거울 앞에 앉았다. 그러고는 일자로 보이도록 눈썹 산 부분을 깎았다. 플라워 프린트 원피스만 취급하는 인터넷 쇼핑몰도 즐겨찾기를 해 두었다.

근화를 본 사람들은 간혹 미주의 유튜브 채널에 댓글을 남기기도 했다. 언니 실제로 봤는데 친언니처럼 너무 잘 대해 주셔서 감사했어요. 불쑥 말 걸었는데도 친절하게 답해 주시고… 별것 아닌 선물에도 감동하시던 표정… 아직도 잊히지가 않아요. 다음에 우연히 만나게 된다면 진짜로 좋은 선물 드리고 싶어요. 언니 사랑해요.

커뮤니티 댓글은 미주를 만난 사람들의 후기로 연이어 도배가 되었고, 사람들은 어딜 가면 미주를 만날 수 있느냐고 묻기까지 했다. 사리동의 터줏대감 미주를 영접하는 게 마치 커뮤니티의 팬 인증 절차처럼 보일 정도였다. 근화는 댓글 속 미주가 전부 다 자신을 뜻하고 있다는 것에 조금은 뜨끔했고 약간은 기분이 좋았다.

어느 날이었다. 회의실에 앉아 한숨을 푹푹 쉬는 팀원들 사이에서 오늘도 어떤 아이디어를 제출해야 까이지 않을까 속절없이 고민만 하고 있는데 갑자기 나이가 두 번째로 많은 작가가 야 이거 봐, 하며 팀원들을 불렀다. 과자를 먹고 있던 막내 작가와 의자에서 졸고 있던 다른 작가가 일어나 그 옆으로 갔다. 어머 대박. 웬일이니. 얘 왜 이래. 누군데 이래. 근화는 기획서를 쓰느라 정신이 없었다. 언니, 언니. 얘 알아요? 막내 작가가 근화를 불렀다. 왜 무슨 일인데. 근화는 모여 앉은 그들을 쳐다보지도 않고 대답했다. 미주? 이름도 미주가 뭐야 니주가리 씹빠빠도 아니고. 근화는 미주라는 이름이 들리자마자 자리를 박차고 일어났다. 그렇게 민첩한 모습은 처음 보았다는 듯 팀원들은 놀란 눈치였다. 근화는 재빠르게 팀원들 무리에 들어가 두 번째로 나이가 많은 작가의 핸드폰을 뺏었다. 영상 속 여자는 미주였다. 근화는 자신의 랩톱이 있는 테이블로 달려가 이어폰을 꽂고 미주의 채널에 들어갔다. '웃겨드리겠음'. 6개월 만에 업로드된 영상이었다. 근화는 영상을 클릭했다.

야 이 새끼들아.

미주는 전에 없던 표정으로 반말을 해 가며 카메라를 노려보고 있었다. 방 분위기도 예전과는 달랐다. 방 안을 은은하게 비추던 간접 조명등도 켜지 않아서 영상 전체가 어두웠다. 천장에 달린 백열등이 직각으로 내리쬐고 있었는데 그래서인지 미주의 얼굴이 거무튀튀하게 보였다. 딸기우유색 방 벽지도 그냥 일반 가정집 벽지로 바뀌었다. 이건 미주가 아닌데. 미주가 이럴 리가 없는데. 근화는 영상을 끄지 않고 계속 보았다.

니들이 원하는 뱃살 내가 다 보여 준다. 그게 그렇게 웃겼냐? 병신 같은 것들아. 뚱뚱한 여자가 펜슬 스커트 입고 다니니까 우습냐고. 니들은 한 번도 그런 적이 없어서 그게 그렇게 뒤지게 웃겼냐 씨발.

미주는 몸매가 완전히 드러나는 민소매 저지 티셔츠에 무릎 위가 드러나는 짧은 운동복을 입고 있었다. 영상에서 편안하다 못해 민망하기까지 한 옷차림을 보인 건 이번이 처음이었다. 미주가 민소매 셔츠를 훌렁 까면서 카메라 앞으로 다가왔다. 출렁이는 뱃살이 화면에 잡혔다. 니들이 원하는 게 이런 거지? 이게 우습냐? 웃겨?

근화는 미주가 왜 이러는지 도무지 이해가 되질 않았다. 그러던 찰나.

그리고 너.

미주는 고정되어 있던 카메라를 들었다. 미주의 얼굴이 클로즈업되어 화면을 가득 채웠다.

나 사칭하고 다니는 년 있는 거 내가 다 알고 있어. 나는 받아 본 적도 없는 선물을 니가 다 쳐 받고 있더라? 뷔페 사장님도 나보고 왜 저번주는 안 왔냐고 그러대? 나 거기 안 간 지 석 달도 넘었는데. 너 정체가 뭐냐. 뭔데 주제에 내 행세를 하고 다녀. 내가 뭐라고. 내가 뭐라고!

미주가 카메라를 향해 삿대질을 할 때마다 근화는 얼굴이 시뻘겋게 달아올랐다.

너 내가 두고 볼 거야. 한 번만 더 얼씬거려라. 진짜 확 찢어 죽여 줄 거니까.

팀원들은 영상을 보는 내내 낄낄거렸다. 얘 옛날에 단추

터진 영상 올렸던 애잖아요. 막내 작가가 영상을 검색하더니 팀원들에게 보여 줬다. 얘 맞네! 지가 터져 놓고 왜 남들한테 승질이야. 아니 누가 지를 따라 한다고 난리야. 지를 왜 따라 해. 착각도 극심하다. 누가 지를 따라 한다고! ㅋㅋㅋㅋㅋㅋㅋㅋㅋㅋㅋㅋ.

팀원들의 웃음소리가 점점 커질수록 근화는 어쩐지 자신을 향해 웃는 것만 같아 매우 언짢아졌다. 지난 6개월 동안 미주에게 무슨 일이 있었던 걸까. 미주는 왜 이렇게 된 걸까. 근화는 충격을 받았는지 한동안 멍하니 모니터 화면만 바라볼 뿐이었다.

미주의 영상은 엄청난 조회 수를 거듭하며 다른 플랫폼으로 번져 나갔다. 머저리 같은 기사를 잘 뽑는 매체에서도 '유튜버 사칭, 법적 문제로 번질 가능성'이라는 제목으로 영상을 실어 날랐다. 근화는 이 모든 게 비현실적으로 느껴졌다. 6개월 만에 나타난 미주도 그렇고, 한 번도 본 적 없던 영상의 톤도 모두 거짓 같았다.

안 되겠다. 작전 변경.

이선혜가 작전이라는 단어를 쓴다는 것은 지금까지 하고 있던 작업 모두를 스톱한다는 뜻이었다. 팀원들은 티를 내며 한숨을 쉬었다. 몇 주 전부터 빌드업하고 있던 꼭

지였고 이제 촬영만 하면 되는 콘텐츠였다. 모두들 화가 머리끝까지 났고 어떤 행동으로든 이선혜에게 드러내 보이고 싶어 안달이었다. 나이가 두 번째로 많은 작가는 시종 다리를 떨면서 타자의 백스페이스 버튼을 세게 눌러 댔고, 막내 작가는 벽에 머리를 쿵쿵 찧으며 이래도 나를 집에 안 보낼 테냐 하는 듯한 눈빛으로 이선혜를 째려보았다. 막내는 볼펜으로 근화의 옆구리를 쿡쿡 찔렀다. 뭐라도 하세요 좀! 말하지는 않았지만 막내의 정수리 위로 팝! 팝! 하고 속내가 들리는 것 같았다. 그때 이선혜가 비장한 목소리로 입을 뗐다.

사리동으로 출동이야.

사리동은 왜요? 나이가 두 번째로 많은 작가가 물었다.

미주, 섭외할 수 있나 알아봐.

이선혜는 단호하게 답했다. 인터넷에서 화제가 된 인물을 리스트업해서 인터뷰 영상을 만들자는 것이 이선혜의 요지였다. 첫 번째 인물은 다름 아닌 미주였다.

얼른 진행하자.

이선혜는 그렇게 말하고는 자리를 떴다. 팀원들은 짜증이 났지만 이선혜의 말대로 즉시 수행해야 했다. 막내 작가가 먼저 〈미주의 러블리 해피 데이〉 채널의 구독 버튼을 눌렀다. 그새 구독자가 일만 명이 늘었다.

1년하고도 8개월. 그간 미주가 영상을 업로드한 기간 동안 모았던 구독자 수의 앞자리가 하루 만에 바뀌었다. 단 한 개의 영상만으로.

근화는 새삼 서글펴졌다.

막내 작가의 차를 타고 사리동으로 향했다. 팀원들은 일단 섭외가 안 되더라도 미주의 동네에 가서 뭐라도 건지려는 심보였다. 조수석에 앉은 이선혜는 오늘 해야 할 일에 대해 일장 연설을 늘어놓았다. 미주를 잡아야 이 꼭지가 산다며. 앞으로 만나야 하는 일반인 리스트 업은 두 번째로 나이가 많은 작가가 진행했다. 누가 됐든 흥미를 끌 만한 사람이면 좋아. 방송물 안 먹어 본 사람들일수록 좋지. 그 사람도 우리도 윈윈 아니겠니. 근화는 이선혜의 입을 틀어막고 싶었다.

이 근방 같은데?

긴급회의가 끝날 때쯤 동네에 도착했다.

이제 어떻게 해야 되나요. 아직 섭외도 불통인데.

막내 작가가 말했다.

일단 돌아다녀 봐야지. 개 노포 킬러라며. 미주가 갈 법한 장소 위주로 컨택하자. 갔는데 딱 계셔 주시면 땡큐긴 한데.

근화는 미주의 단골집을 웬만하면 다 알고 있기는 했지만 팀원들에게 내색하진 않았다. 팀원들은 미주의 채널을 하나씩 살피면서 영상에 나온 장소들을 체크하기 시작했다. 저러다 한 세월인데. 근화는 생각했다. 그때 이선혜가 다급하게 근화의 손을 잡아끌었다.

저 카페부터 먼저 가 보자. 너희는 계속 서치하고 있어.

네.

근화는 이선혜를 따라 내렸다. 카페 선셋무드 앞이었다.

어, 오셨어요?

알바생은 근화를 보며 알은체를 했다.

너 여기 와 봤어?

이선혜가 물었다.

손님 찾으시는 분들이 꽤 있어서 안 그래도 언제 오시나 저희도 기다리고 있었어요. 오시면 이거 드리려고 계속 쌓아 놓고요.

마들렌이요?

이선혜가 대신 답했다.

이분, 유튜버시잖아요.

알바생은 덥석 근화의 손을 잡고 말했다.

힘내셔야 해요.

근화는 고개를 숙이기만 할 뿐 아무 대답도 할 수 없었다. 이선혜는 놀란 눈으로 근화를 쳐다보았다. 알바생은 근화에게 마들렌이 잔뜩 담긴 봉투를 내밀며 샐쭉이 웃어 보였다. 근화는 봉투를 받아 들고 멋쩍게 미소를 지었다.

이 상황 뭔지 나한테 말 좀 해 줄래?

테이블에 앉자마자 이선혜는 근화를 추궁했다.

내가 알기로 너는 이 동네에 안 사는데. 지금 이게 다 뭐야.

그게요…….

아니 뭐 올 수도 있긴 한데. 네가 왜 유튜버 소리를 듣고 다니냐는 거지 내 말은.

음료가 완성됐는지 진동벨이 울렸다. 근화가 벨을 들고 카운터로 가려는데 알바생이 손사래를 치며 직접 음료를 들고 나왔다.

오늘 올라온 영상 재밌게 잘 봤어요.

알바생은 음료를 한 잔씩 테이블에 내려놓으며 말했다.

미주 님, 파이팅입니다.

미주라는 이름까지 나왔으니 더는 얼버무릴 수도 없었다. 당장 이선혜에게 할 말을 떠올려야 했다. 어디서부터 말해야 되지. 미주가 영상 속에서 너,라고 지목한 사람이 바로 근화라는 것을. 그러나 실제로 사칭을 하지는 않았다고. 그냥 그네들이 원하는 반응을 해 주었을 뿐이라고. 어떻게 보면 사칭이라고 볼 수도 있겠지만 그건 어떻게 보느냐의 문제지, 보이는 게 다 사실일 수는 없지 않느냐고. 그걸 어떻게 설명해야 하지. 머리가 지끈거리며 아파 왔다. 근화를 잠자코 지켜보던 이선혜가 드디어 입을 열었다.

네가 미주냐?

네?

너, 미주냐고.

아니 그게.

아니 잠깐만. 진짜 미주같이 생기긴 했어. 헐 대박. 너 미주였어?

이선혜의 목소리 톤이 한껏 올라갔다. 아니라고, 미주는 다른 사람이라고 변명할 새도 없이 이선혜는 야 미주가 여기에 있네, 하더니 팀원들에게 전화를 걸었다.

이게 아닌데. 근화는 무작정 카페 밖으로 뛰쳐나왔다. 야 어디 가! 이선혜가 따라 나오는 걸 보자마자 근화는 뛰기 시작했다. 망했다 썅. 망했다는 말만 중얼거리며 뛰고 또 뛰었다. 어디서 튀어나왔는지 팀원들도 근화의 뒤를 쫓았다. 야 미주! 미주 거기서!

근화는 자신의 이름이 미주라도 된 양 사리동 곳곳을 뛰어다녔다. 이대로 도망친다 하더라도 어쩔 수 없이 내일 보게 될 테고, 심지어 막내 작가의 자동차에 가방을 놓고 왔지만 근화는 일단 달리고 봐야 했다. 근화,가 아닌 미주, 라고 부르며 뒤따라오는 팀원들을 피해 숨고만 싶었다.

더 이상 팀원들이 따라오지 않을 만큼 뛰고 나서야 근화는 숨을 돌리며 골목 안쪽으로 들어섰다. 처음 보는 골목이었다. 헉헉대며 연립 주택 앞 계단에 앉았다. 아니 아무리 그래도 그렇지 내가 어떻게 미주일 수가 있어. 1년이 다 돼 가도록 동고동락한 사인데. 사칭녀도 아니고 미주라니. 내 얼굴을 제대로 보긴 한 건가. 돌이켜 보니 팀원 가운데 근화의 이름을 제대로 불러 주는 사람은 아무도 없었다. 이선혜도, 나이가 두 번째로 많은 작가와 다른 작가들도. '야', '너', 아니면 '언니'가 전부였다. 나이가 두 번째로 많은 작가한테는 '○○ 언니'라고 잘도 말했으면서. 왜 나한테는 그냥 언니라고만 부른 걸까. 도무지 이해가 안 됐다. 조근화. 수십 개의 기획안과 프로그램 크레디트에 버젓이 올라간 이름이었는데. 그들은 나를 누구로 안 걸까. 도대체 조근화가 누구인 줄은 알고나 있었던 걸까.

저기 잠시만요.

그때였다. 계단에 퍼질러 누워 있던 근화 때문에 문을 열지 못하고 서성이는 사람이 있었다. 근화는 힘들게 몸을 일으키고는 문을 당겨 주었다.

감사합니다.

어디서 많이 듣던 목소리였다. 근화는 자연스레 여자에게로 시선을 옮겼다. 무채색 후드 티에 반바지 차림을 한 여자는 음식물 쓰레기봉투를 양손에 쥐고 있었다. 고개를 들어 자세히 얼굴을 보았다. 눈이 마주쳤다.

미주였다.

자, 잠시만요.

네?

여자는 고개를 돌려 근화를 바라보았다. 악취를 풍기는 누런 액체가 쓰레기봉투를 타고 계단으로 뚝뚝 떨어졌다.

저기요.

근화가 물었다.

저 혹시… 미주 님 아니세요?

여자는 턱 밑으로 흘러내린 마스크를 끌어 올렸다. 하지만 고무줄이 이미 늘어날 대로 늘어난 건지 마스크는 다시 아랫입술 아래로 흘러내렸다.

미주 님 맞으시죠?

분명 미주의 얼굴이 맞았다. 수없이 돌려 보던 영상 속 그 얼굴. 근화는 무슨 이런 우연이 다 있나 싶으면서도 우선 기쁜 게 먼저였다. 드디어 보게 되다니. 실제로 미주를 보게 되다니! 그러나 환희의 순간도 잠시였다. 여자는 몸을 틀어 계단을 내려가며 말했다.

그게 누군데요?

분명 미주가 맞는데. 근화는 답답했다.

미주 님 맞으시잖아요.

아닌데요. 잘못 보신 것 같습니다.

여자는 전봇대 아래 몰려 있는 쓰레기봉투 사이에 자신의 음식물 쓰레기봉투를 던져 두고는 두 손을 바지에 쓱쓱 문지른 뒤 마스크를 제대로 올려 썼다.

정말 미주 님 아니세요?

근화가 물었다. 여자는 계단을 올라 자신의 집 안으로 들어가려고 했다.

저 정말 팬인데… 지금까지 올라온 영상 다 봤어요. 정말 팬이에요.

여자가 근화의 말을 무시하며 문의 손잡이를 잡으려고 했다. 마음이 다급해진 근화는 입술을 꽉 깨물고 들릴 듯 말 듯한 목소리로 말했다.

그… 사칭… 저예요.

문을 열다가 말고 여자의 움직임이 멈췄다. 근화는 이때다 싶어 계속 말을 이었다.

죄송해요. 일부러 그런 건 아니었어요. 제가 미주 님이랑 많이 닮았나 봐요. 그래서 그런지 사람들이 오해를 하셔서 저한테 자꾸 미주 님 아니냐고 물어보고, 그런 사람들이 꽤 생겼어요. 근데 그때마다 제가 아니라고 거절하는 것도 너무 좀 그런 거예요. 그래서 그냥 아 그러시냐고 감사하다고 하고 말았죠. 그래 봤자 몇 명 만나지도 않았어요. 사실 커뮤니티에 쓰인 글이 전부 다 저를 지칭한 건 아닐 거예요. 얼마 안 된 분들이 알아봐 주신 것뿐이고…….

여자는 가만히 근화의 말을 듣고만 있었다.

죄송했습니다. 정말.

근화는 고개가 바닥에 닿을 것처럼 등을 숙였다. 여자는 잠자코 근화를 지켜보다가 마스크를 벗었다. 가로등 불빛이 두 사람의 얼굴을 환하게 비췄다. 두 사람은 얼마간 서로의 얼굴을 마주했다. 민낯인 미주의 얼굴은 영상과는 사뭇 달랐다. 어쩌면 근화의 얼굴이 미주랑 비슷한 것이 아니라, 미주의 민낯이 근화의 얼굴과 닮은 건지도 몰랐다. 여자 역시 근화의 얼굴을 뚫어져라 쳐다보았다. 그렇게 얼마나 있었을까. 여자가 입을 열었다.

저는 몰라요, 그런 여자.

그 말을 끝으로 여자는 집 안으로 들어갔다. 근화는 주택 앞에 적힌 주소를 외웠다. 그러고는 핸드폰을 꺼내어 이선혜에게 전화를 걸었다.

찾았어요, 미주.

미치가 미치(이)고 싶은

미치가 미치(이)고 싶은

2011년 서울신문 신춘문예 수상작

아저씨의 아내가 임신을 했다. 아이는 5개월짜리. 5개월 전에 아저씨의 정자가 아내의 질을 파고들어 거센 산성 반응에도 끝끝내 굴복하지 않고 수정란을 착상시켰다. 5개월 전이라면 아저씨와 내가 종로3가 나이스모텔 205호에서 새벽 내내 서로의 배꼽에 손을 넣었던 때다. 나와 만나기 전날이나 혹은 다음 날에 아저씨는 아내와 함께 잠자리에 들었고 기계적인 성교를 했을 것이다. 아저씨의 아내는 궁색한 가짜 신음 소리 내기에 바쁜 여자니까. 아저씨는 신음 소리에 민감하다. 신음 소리의 진위를 따지는 것에 편집증 환자처럼 집착한다. 그런 아저씨가 나를 좋아하는 까닭은 단 하나. 나는 가짜 신음 소리 따위 내지 않는다. 오로지 진심. 나는 진짜에게만 연다. 그것이 성대든 밑구멍이든 간에.

오늘 만나.

삐리릭. 교실 한구석에서 체육복을 베개 삼아 누워 있던 나는 문자를 확인하고 곧장 가방을 싼다. 든 것도 없는 가방을 메고 나는 교실 밖으로 향한다. 교문을 빠져나오는 도중에 아저씨에게 한 번 더 문자가 온다. 우리가 만나는 시간과 장소가 적힌, 매우 절약적인 문자.

럭셔리라운지모텔 507호. 9시.

아홉 시까지, 아홉 시간이나 남았다.

그날도 여지없이 바람이 불었다. 아저씨와 만나는 날은 어쩐지 모르게 세찬 바람이 분다. 한반도가 원래 이렇게 바람이 많이 부는 곳이었나? 아저씨는 이쑤시개로 이를 쑤시며 말했다. 그러게요. 치마 밑단이 바람에 너풀거렸다. 얘, 허벅지 다 보인다. 아저씨가 말했다. 알아요. 그냥 내버려 두는 거예요. 넌 참 미쳤구나. 그래서 이름이 미치인가 보구나.

아저씨와 헤어지고 집으로 돌아갔더니 장례를 다 마친 식구들이 둘러앉아 할아버지에 대한 추억을 하나둘씩 꺼내고 있었다. 넌 그새 또 어디 갔다 왔니. 그냥 잠깐. 나는 대충 둘러대고 방으로 들어갈 셈이었다. 그런데 할머니. 할머니가 안 보였다. 엄마, 할머니는? 하고 물어보려던 찰나,

내 방문 틈새로 할머니의 굽은 등이 보였다. 굽은 등은 서서히 몸을 웅크리며 일정한 리듬에 맞춰 떨었다. 할머니는 울고 있었다.

나는 다음 날도 아저씨를 만났다. 삼성동 명아장모텔 313호. 시간은 오후 아홉 시. 나는 근처 화장실에서 교복 와이셔츠를 벗고 보라색 민무늬 원피스를 입었다. 바람이 찼다. 나는 여덟 시 오십오 분에 모텔에 도착했다.

내가 313호의 문을 열었을 때는 이미 아저씨가 다 벗은 몸으로 누워 나를 기다리고 있었다. 하이. 아저씨가 인사했다. 방에서는 이상할 정도로 쾌적한 향내가 풍겼다. 오히려 첫 번째 갔던 곳이 적당히 촌스러우면서 마음이 편했다. 옷을 못 벗겠어요. 내가 말했다. 아저씨는 보라색 민무늬 원피스를 아래에서부터 위로 벗겨 냈다. 그러고는 내 몸 여기저기를 꾹꾹 누르듯이 만져 댔다. 기분이 썩 좋지는 않았지만 그냥 참았다. 나는 아저씨가 하라는 대로 몸을 열고 젖히고 오므리고 뒹굴었다. 두툼한 손가락처럼 두툼한 아저씨의 뱃살이 출렁거리며 내 피부에 닿았다. 남의 살을 맞대는 것이 기분 나빴다. 아저씨의 거죽에 파묻혀 질식할 것 같았다. 물론 아저씨가 그렇게 뚱뚱하지는 않지만 그냥 남의 살결, 살 틈으로 새 나오는 냄새 같은 것이 어쩐지 두려웠다.

한 차례 사정이 끝나고 난 뒤에 아저씨는 모로 누워 담배를 폈다. 그때까지 나는 아저씨의 얼굴을 제대로 쳐다보지 못했다. 얘, 너 이름이 뭐라고 했더라? 아저씨가 슬쩍 내게 말을 건넸다. 미치. 미치예요. 아아, 그래. 그래서 내가 너에게 미쳤다고 말을 했었지. 네에. 근데 전 미치진 않았어요. 그냥 미치일 뿐이에요. 음, 그래. 하지만 좀 특별한 이름이구나. 네에. 미카엘 같은 거랑 연관된 건 아니에요. 음, 그렇구나. 그렇다면 미치는 무슨 뜻이니? 미치는 그냥 미치인데요. 별 뜻은 없어요. 음, 그렇구나. 아저씨는 다시 담배에 불을 붙이고 대화를 끝내겠단 듯 자세를 고쳤다. 등 돌린 아저씨의 넓은 등짝이 우스워 보였다. 나는 아저씨의 담배를 빌려 등짝에 무어라 쓰고 싶었다. 등신이라고.

그때 아저씨 이름을 물어보면 좋았을걸. 아직도 나는 아저씨 이름을 모른다. 장씨, 김씨, 윤씨, 최씨. 개중에 하나겠지. 여하튼 내가 한 번쯤 들어 봤을 법한 성씨일 거다. 내가 알고 있는 것은 아저씨의 두툼한 손가락과 출렁이는 뱃살, 수염 자국이 난 얼굴 피부뿐이다. 정수리 근처가 조금 휑한 거나 금이빨로 된 어금니가 하나 있다는 것, 배꼽부터 무성한 털이 하반신 전체를 뒤덮고 있다는 것과 생각보다 발이 아담한 것, 그리고 오른쪽 팔뚝에 개에 물린 자국 같은 게 있다는 것까지. 아저씨의 흉터는 곧 아저씨의 이름이었다.

아저씨와는 일주일에 두어 번 정도 만났다. 만나는 장소는 서울 전역. 아저씨는 최대한 동선이 겹치지 않도록 고심하여 장소를 물색하는 것 같았다. 한 번도 같은 동네, 같은 모텔을 반복해서 간 적이 없었다. 생각보다 서울은 넓었다. 구석구석 늘어선 골목과 로터리가 답답할 정도로 복잡했다. 위로 세우고 벙커를 만들고, 한정된 공간의 쪽수를 넓히거나 한 칸짜리 공간을 좁히거나 하는 식으로 자꾸만 넓어져 가는 서울. 뚝딱뚝딱 공사가 끝나면 어디에선가 증축이 시작되고, 어딘가가 매끈해지면 다시 어딘가가 더럽혀졌다. 더럽혀진 부분을 메우는 동안 또 어딘가가 파괴되고 무너져 갔다.

할아버지는 폭설이 내리던 날, 보도블록에서 미끄러져 죽었다. 피 한 방울 흘리지 않은 채 병원으로 이송된 지 십칠 분 만에 사망 선고를 받았다. 가족들은 오래 살다 가셨으니 여한이 없으시리라 판단, 호상이라 여기며 잔칫집처럼 장례를 치렀다. 여기저기서 웃고 떠들고 화투 패를 돌리고 거나하게 취해 노래를 불러 대고. 이따금씩 곡소리가 들렸으나 것도 매우 형식적이었다. 하하호호 웃다가 누군가 곡소리 내면 얼마간 따라 울어 주고, 딸꾹질 멈추듯 뚝 그치면 다시 하하호호 하며 서로의 안부를 물었다. 처음

보는 광경에 놀란 내가 밖으로 빠져나와 교복 주머니에서 담배를 꺼낸 순간, 이미 담배를 문 채 밤하늘을 쳐다보고 있는 아버지가 보였다.

서울에서 보는 별은 참 폼이 안 나.

아빠는 소주가 담긴 종이컵을 조심스레 한 모금씩 마셨다. 아빠의 왼손에 끼워진 담배가 빨간 불씨를 태우며 양복바지를 위협했다. 그거 탈 거 같은데. 내가 말했지만 아빠는 듣지 못했다.

염병할 양반. 보도블록에서 고꾸라지기는.

아빠는 색색의 벽돌이 지그재그로 놓인 보도블록을 얼마간 쳐다보다가 가래침을 뱉었다. 카악, 퉤. 아직 녹지 않은 눈에 떨어진 가래침은 희부연 노란빛을 띠었다. 아빠는 다 태우지도 않은 담배와 함께 종이컵을 내던졌다. 소주가 바닥을 치고 튀었다. 아빠는 불쾌해진 얼굴을 하고 다시 식장 안으로 돌아가는 듯했다. 나는 담배에 불을 붙이고는 아저씨에게 문자를 넣었다.

아저씨 뭐 해요.

그러나 답장은 오질 않았다. 실은 한 번도 먼저 연락해 본 적이 없었다.

뭐 하냐고.

역시 묵묵부답. 차라리 보내지 말걸, 두 번씩이나 씹혔다. 쪽팔리게. 그런데 얼마 지나지 않아 문자가 도착했다.

미친이구나. 오늘 만날까?

미친이라니, 내가 분명 미치지 않았다고 했을 텐데. 미친 아저씨. 나는 눈에 젖은 운동화 끈을 고쳐 매고 곧장 아저씨가 있는 곳으로 향했다. 내가 병원 앞에서 택시를 잡으려고 서성이는 동안 아빠는 병원 건물 귀퉁이 어딘가에서 토를 했다. 아빠는 대충 토하는 것을 마치고는 보도블록에 그대로 고꾸라졌다. 얼굴 표면이 토사물 범벅이었다. 아빠의 긴 속눈썹에 연주황색으로 변한 실파가 붙어 있었다. 더럽게시리. 나는 다시 대로변으로 눈길을 돌렸다. 택시는 쉽게 잡히지 않았고 나는 얼마간 더 병원 앞에 서 있어야 했다. 한쪽 손을 흔들면서 무심코 하늘을 바라보았다. 아빠 말대로 별 몇 개가 우스운 크기로 떠 있었다. 저게 무슨 별이야. 그러는 사이에 택시가 잡혔다. 어디 가십니까? 하고 물어오는 택시 아저씨에게 별 보러요,라고 말할 뻔했다.

할아버지의 장례를 치르는 사흘 내내 나는 아저씨를 만났다. 만나서 하는 일이라곤 섹스가 전부였고, 섹스가 끝나고 치르는 비릿하고 울적한 냄새들을 소멸하는 일에 신경 쓰느라 내 가방 속에 구겨져 있을 교복 같은 건 생각하지 않았다.

*

아저씨의 아내가 임신했다는 말을 듣고 나는 손가락으로 시트 자락을 빙글빙글 말았다가 풀었다가를 반복하면서 어떻게 대꾸를 해야 될까 하는 생각보다는 어떻게 하면 아저씨에게서 아내 얘기를 그만 들을 수 있을까에 대해서 고민했다.

왜 애를 가졌어요?

내가 아저씨 배꼽에 손을 집어넣고 꼼지락거리며 물었다. 아저씨는 간지러웠는지 실실 웃으며 좌우로 몸을 배배 꼬았다. 내가 가진 건 아니고 아내가 가진 거지. 아저씨는 말했다. 그렇지만 아저씨 꺼가 필요하잖아요. 음, 그렇긴 하지만 뭐 그거랑 그거랑 같은 일로 봐서는 좀 그렇지. 그거랑 그거랑 원래 같은 거 아니에요? 그걸 해야지 그걸 할 수 있잖아요. 에이, 하지만 언제나 그걸 하려고 그거 하는 거 아니잖아. 아아, 하긴. 우리도 그거 하려고 그거 하는 거 아닌 것처럼요? 으응, 그래 맞아. 골치가 아픈 일이지, 그거는. 우리는 너무나 많은 그거를 사용했고, 나중에 가서는 굳이 그거를 사용하지 않아도 되는 부분에서까지 그거 타령을 했다. 그러다가 대화의 종반부에서는 그거가 무엇을 뜻하는지, 어디에서부터 그거를 그거로 불렀는지, 그거가 그거가 아닌 다른 그거인 건지 헷갈리기 시작했다. 부랴부랴 대화를 마치고 다시 등을 돌려 누웠을 때, 아저씨의 등과 내 등이 맞닿았다. 나는 차갑고 아저씨는 뜨겁다. 섹스를 하고 나면 아저씨가 차가워지고 내가 뜨거워진다. 척추를 나란히 두고 우리는 열과 냉을 반복적으로 옮겼다. 열탕과 냉탕에 번갈아 가 있는 기분이었다.

아저씨도 참 후졌다.

내가 말했다. 아저씨의 등줄기가 움찔했다.

글쎄 내가 만든 게 아니고 아내가 만든 거라니까.

아저씨가 발로 내 종아리를 간질였다. 굳은살이며 티눈이 박인 피부 표면이 까끌까끌했다.

어떻게 하면 애를 낳을 생각을 해요? 너무 구려. 너무 너무 구려. 지금 시대가 어떤 시대인데.

어떤 시대기는, 잘 먹고 잘 사는 시대지.

너무 구려. 태어나는 일 자체가 구린 시대예요, 지금 이 시대는.

미치. 너는 너무 어린데, 너무 많은 걸 봤어.

그러니까 지금 이러고 있잖아요. 씨발.

나는 울먹였다. 아저씨가 발로 장난치는 것을 멈추었다. 다시 몸이 차가워지는 것 같았다.

그 애 낳으면 나 꼭 보게 해 줘요.

음, 그래. 그럴 수 있다면 뭐, 그렇게 해 보지.

아저씨는 말을 이으며 침대를 빠져나갔다.

어디 가요?

똥 누러.

아저씬 왜 맨날 그렇게 똥을 싸요?

모르겠어. 난 너만 보면 똥이 마려워.

아내 앞에서는요?

집이든 회사든 똥 싸는 일이 고역인데, 난 너만 보면 똥구멍이 빠져 버릴 거 같아.

나는 킥킥대며 웃었다. 똥을 싸고 싶어 재빠르게 화장실로 가는 아저씨의 뒷모습이 우습기만 했다.

침대로 돌아온 아저씨와 뒹굴다 말고 문득 할머니 생각이 났다. 여든여덟의 할아버지와 함께 60년을 살아온 할머니. 할머니는 일흔일곱. 열한 살 연상의 남편을 마주 대하며 겪었을 무수한 고통을 유순한 고집과 무지한 강직함으로 이겨 낸 할머니. 할아버지와 할머니는 3년 전에 서울로 올라왔다. 평생 동안 밭을 일구고 소를 키우며 지냈던 고향을 저버린 것은 할머니의 류머티즘 관절염이 심해진 탓이었다. 밭을 안 일구면 되지 않냐, 그냥 일 안 하고 시골에 계속 계시면 안 되냐, 하고 심술을 툴툴 부린 내게 엄마는 꿀밤을 먹였다. 네가 시골에 가서 한 번도 살아 보질 못해 이러는구나. 시골에 산다는 것 자체가 일이다. 일을 안 하고 살 수 있다는 개념 자체가 없는 곳이야. 등불이 없는 동굴 같은 곳이라고.

그렇지만 친하지도 않은 어른들과 부대끼며 살 수도 없는 노릇이었다. 걱정 마. 따로 모실 거니까. 따로 사는 데엔 나보다 엄마 목소리가 더 컸다. 아빠는 미적지근하게 그러지 뭐, 하며 우리 집 근처에 값이 싼 아파트를 골라 전세 계약을 했다. 16평형 아파트는 지은 지 20년이 넘었다. 군데군데 갈라진 틈새며 월마다 꼬박꼬박 작동 점검을 하는 엘리베이터가 기괴하게 느껴졌다. 나는 그것 때문에라도 할머니 집에 잘 가지 않았다. 가끔 식용유나 세제 같은 걸 사 들고 가는 아빠에게 거기 귀신 나올 것처럼 음산해,라고 말하면 아빠는 내 콧잔등을 쿡 치면서 노인네들 잠자리 뒤숭숭하게 함부로 말 놀리지 말라고 대답했다. 그깟 귀신, 어차피 동년배들 아니겠어? 속으로 나는 생각했다.

할머니 집 전세 계약이 얼마 안 있어 끝날 참이었다. 재계약 여부에 대해 곰곰이 따지고 있던 엄마는 되레 계약 기간 전에 죽어 버린 할아버지를 조금은 다행이라고 생각하면서, 또 조금 원망하기도 했다. 엄마는 짐이 가득 들어찬 다용도실을 대충 비워 내고 할머니를 뉠 이부자리를 마련했다. 할머니는 풀지 않을 짐짝처럼 더욱 몸을 웅크리며 집으로 들어왔다.

때때로 자정에 가까운 시간, 내가 비릿한 정액 냄새를 풍기며 집으로 들어서면 건넌방에 있던 할머니가 문을 열고 나를 들여다봤다. 내가 왜요? 라는 기색으로 노려보면 이내 주춤거리는가 싶게 눈을 피하다가는 언제 왔는지 모르게 다시금 내 쪽을 살폈다. 내가 한 번 더 뭘 봐요? 라는 표정으로 찌릿, 눈빛을 쏴 주면 그제야 다 알겠다는 듯 체념한 얼굴로 방문을 닫았다. 기분 나빠. 내가 닫힌 방문 틈새로 들릴 만큼 크게 말했다. 그럼 방문 너머로 할머니가 쪼그라든 풍선처럼 한숨을 쉬는 것이 느껴졌다. 그럴 때마다 장례식장에서 보았던 별들 몇 개가 눈앞에 아른거렸다. 옹졸하게 쪼그라든 것이 언젠가는 점점 작게, 그보다 더 작게, 그래서 결코 보이지 않을 것처럼 아득해질 것만 같았던 별들. 마치 할머니의 쪼그라든 유방처럼.

너네 엄마니까 네가 알아서 해.

안방에서 언성 높이는 소리가 들렸다. 구질구질한 부부싸움이 또 시작됐다. 카악, 퉤. 아빠의 가래침 뱉는 소리가 들렸다. 이게 어디서 뱉어 진짜? 엄마가 이전보다 한 톤 높게 소릴 질렀다. 카악, 퉤. 카악, 퉤. 의식적으로 가래를 뱉다가 사레 걸린 아빠가 연신 밭은기침을 토했다. 조금 과장이다 싶게. 나는 방 밖으로 나가 볼까 하다가 귀찮아져서 그냥 침대에 누웠다. 모텔과는 다른 차원의 이불을 손끝으로 매만지다가 말고 할머니가 궁금해졌다. 엄마 아빠는 아무래도 버려진 짐짝처럼 놓인 할머니 따위는 신경 안 쓰는 것 같다. 미친 엄마 아빠. 나는 방문을 열고 건넌방에 있는 할머니를 살폈다. 방문이 미세하게 열려 있었다. 아마도 할머니가 직접 살짝 문을 열어 놓았을 터. 문과 문턱이 아귀가 딱 맞게 붙어 있지 않고 약간 틈을 벌리고 있었다. 그 미세한 틈처럼 할머니는 숨을 쉬고 있는지도 몰랐다. 사방이 막힌 곳에서, 끝없이 유입되는 물세례에 허덕이듯이.

네 할머니 서럽겠다. 짝이 없으니 얼마나 비참하겠어.

아저씨는요?

아저씨의 귓불을 빨면서 내가 물었다.

그건 여자에게만 국한된 일이야. 남자는 상대적으로 자유로워. 아예 머릿속에 그런 게 없어. 이 사람 없으면 죽겠다 싶은 그런 게.

결혼 왜 했어요?

내가 묻자 아저씨는 뜸을 들였다.

글쎄, 돈을 모아야 하니까. 그리고 꽤든 옆에 사람이 있어야 좋지 않겠어? 남자란 게 그래. 챙겨 주고 입혀 줄 사람이 꼭 필요하지.

좆나 후졌네, 남자들이란.

내가 말을 마치자 아저씨가 깔깔 웃었다. 뭐가 웃긴지는 모르겠지만 나는 기분이 나빴다. 미친 아저씨. 뭐 이런 게 다 있지? 나는 침대에서 일어났다. 에이, 좀 더 해주지 그래. 아저씨의 나직한 목소리를 뒤로하고 반투명한 유리 칸막이로 된 화장실로 들어가 온몸을 빡빡 문질러 대며 샤워를 했다. 아저씨가 따라 들어왔다. 에이, 미치. 섭섭하게 왜 그래. 아저씨가 내 팔뚝에 묻은 거품을 닦으면서 품에 안으려 했다. 나는 반사적으로 샤워기를 아저씨 방향으로 틀었다. 뜨거운 물줄기가 아저씨 살갗에 닿았다. 앗 뜨거워. 아저씨는 반사적으로 몸을 움직였다. 오늘은 안 할래요, 피곤해요. 저리 가요. 이제 만지지 마요. 아저씨는 몸에 묻은 물기를 털고 아쉬운 표정으로 나갔다. 내가 샤워를 마치고 나가자 침대에 걸터앉아 있던 아저씨가 담배에 불을 붙였다.

미치. 앞으로 삼 주 정도 못 봐.

나는 왜냐고 물어보려다 그냥 말았다.

아내랑 여행을 갈지도 모르겠어. 아무래도 애 낳기 전에 좀 돌아다녀야 될 것 같아서. 애가 나오면 피곤해지잖아.

나는 머리카락을 수건으로 매만지며 물기를 닦았다.

외국을 다녀올까 해. 연차랑 휴가 당겨쓰니까 삼 주 정도 여유가 생기더군.

나는 대충 로션을 찍어 바르고 옷을 챙겨 입었다. 가방 속에 든 교복을 입을까 하다가 그냥 관두었다.

아내가 더블린에 가고 싶다네. 난 애초에 더블린이 어디 박혀 있는 덴지도 몰랐다니까. 그냥 동남아 일대나 둘러보고 올 것이지, 무슨.

대충 스타킹까지 신었다. 주머니를 쑤셔 담배를 찾았다. 아저씨가 담배를 건넸지만 무시했다.

삼 주 뒤엔 웃으며 보자. 내가 널 좋아하는 건 명랑해서야.

…….

…….

삼 주 동안 똥 못 싸서 어떡해요?

그러게. 그걸 생각 못 했네.

아저씨는 정말 진지한 표정으로 고민했다. 그 모습에 어이가 없어 픽 웃었더니 아저씨가 갑자기 나를 들어 침대 중앙으로 눕혔다. 아직 화 안 풀렸거든요? 내가 말해도 묵묵부답. 아저씨가 좋아하는 보라색 원피스가 벗겨졌다, 부득이하게. 아저씨는 이전보다 더 맹렬하게 내 몸 이곳저곳을 들쑤셨다. 그때 처음으로, 진짜 신음 소리라는 게 뭔지 알 것 같았다. 다음 날 일어나 보니 엉덩이에 푸른 멍이 흉터처럼 들어 있었다. 언제고 지워질 것이 빤한 흉터가.

*

아저씨는 정말 3주 넘게 연락을 하지 않았다. 나는 오랜만에 학교엘 갔다. 책상에 엎드려 잘까 하다가 그냥 수업을 들었다. 의자에 등을 펴고 앉아 있었지만 역시 좀이 쑤셨다. 쉬는 시간이 끝나고 수업 종이 쳤다. 삼삼오오 모여 있던 애들이 자리로 가 책상을 정돈했다. 아직 선생이 오질 않았다. 틈을 타 가방을 몰래 들고 빠져나왔다. 이제 어디든 갈 곳을 찾아야 했다. 버스 정류장에 서 있는데 갑자기 누가 말을 걸었다. 쎄미였다.

나도 데려가.

미친년. 귀찮게시리.

우리는 시내로 나가는 버스를 탔다. 어디 갈 건데? 몰라. 뭐야, 시시하게. 그럼 나 따라와. 그러든지. 우리는 번화가 로터리에서 내렸다. 쎄미는 지하철역으로 나를 데려가더니 역사 안 물품 보관함에서 옷을 꺼냈다. 초록색 미니 원피스였다. 넌 갈아입을 거 없어? 나는 가방 안에 든 보라색 민무늬 원피스를 꺼내 보였다. 우리는 쌍방울자매처럼 원피스를 맞춰 입었다. 쎄미가 아이라이너와 립스틱을 주었다. 나는 어설프게 아이라인을 그리고 립스틱을 발랐다. 우리는 피시방으로 갔다. 모니터 한 대를 앞에 두고 나는 쎄미가 게임하는 걸 지켜보다가 졸았다. 얼마 안 있어 쎄미가 내 어깨를 툭툭 쳤다. 이제 나가자. 시계를 보니 일곱 시였다.

번화가 로터리는 반짝이고 있었다. 온갖 조명 세례에 비둘기들은 나뭇가지 위로 종적을 감췄다. 보도블록은 연이어 뱉은 껌들과 담배꽁초로 넘쳐났다. 쎄미는 로터리 외곽에 있는 건물로 나를 인도했다. 색이 누런 간판에 조명도 시원찮은 것이 딱 학생들이 숨어 술 마시기 좋은 곳이었다. 우리가 안으로 들어가자 짜리몽땅한 할머니가 의자에서 일어나지도 않고 손짓으로 인사를 했다. 쎄미가 샐쭉이 웃어 보이며 익숙하게 소주 두 병과 부대찌개를 시켰다. 할머니는 그제야 태연히 일어서 부엌으로 들어갔다. 나는 가방 안에 있던 담배를 올려놓고 주변을 살폈다. 태반이 고등학생들처럼 보였다. 잘하지도 못하는 술을 마시며 저들끼리 신나게 놀고 있었다. 쎄미는 재떨이를 제 앞에 가져다 놓고 그새 담배를 두 대나 폈다. 나도 라이터를 꺼내 담뱃불을 붙이려는데 어디선가 쎄미를 부르는 소리가 들렸다.

쎄미, 오랜만이다.

쎄미가 남자애 둘에게 알은체를 하며 나를 쳐다봤다. 옳다구나, 같이 놀자는 소리로군. 나는 담배에 불을 붙이고 어깨를 으쓱했다. 그러거나 말거나. 키가 큰 자식이 쎄미의 옆자리로 가 앉았다. 뒤이어 눈썹이 숯덩이처럼 진한 남자애가 내 옆자리에 비집고 들어왔다. 할머니가 전골냄비가 올라간 부르스타를 들고 와서는 퉁명스레 테이블에 내려놓았다. 쎄미와 그 옆에 앉은 꺽다리가 계속해서 술잔을 기울였다. 취하려고 작정을 한 것 같았다. 나는 수저를 가지런히 정리하는 숯덩이 눈썹에게 인사를 하고는 다시 담배를 폈다. 자박한 국물에 퐁당퐁당 빠져 있는 햄 조각과 두부, 콩나물과 양파. 찌개는 어쩐지 팔팔 끓여도 맛있을 것 같지 않았다. 앞에 두 사람이 기어이 취한 척을 하며 서로 부둥켜안을 때쯤 나는 수저를 들어 국물을 맛보았다. 그랬더니 옆의 숯덩이도 냄비에 제 수저를 꽂았다. 나는 맥주에 콜라와 소주를 조금씩 섞어 숯덩이에게 주었다. 숯덩이가 고마워하며 답례로 자신도 타 주겠다고 했다. 각자 서로가 타 준 폭탄주를 마셨다. 어쩐지 머리가 핑 도는 기분이었다. 쎄미와 꺽다리는 팔짱은 물론 어깨동무를 하고, 심지어는 서로에게 입술까지 드밀며 야단이었다. 소주를 일곱 병쯤 마셨던가. 꺽다리는 술자리 내내 쎄미의 손을 만지작거렸다. 그러면서 틈틈이 숯덩이에게 눈짓을 했다. 무언의 암시 같은. 이곳에 들어오기 전에 둘 사이에 약속이 있었던 듯싶다. 쎄미는 비에 젖은 이불처럼 꺽다리의 팔뚝에 안긴 채 실려 나갔다. 이윽고 숯덩이와 나만 남았다. 숯덩이가 머리를 긁적이며 쭈뼛거렸다.

우리도 일어나지 뭐.

벌써 가게?

그럼 더 있으려고? 시간 별로 없어. 밤은 못 새.

숯덩이가 영문을 모르겠다는 듯 눈을 끔벅였다. 유치한 반응.

어디로 갈 건지는 정했어?

아무 말도 하지 않는 숯덩이. 아, 이래서 어린애들은 귀찮다.

다 정한 거 알고 있거든. 모텔로 갈 거 아니야? 일 치르곤 만나 해장할 거 아니었어?

…….

그러곤 쎄미랑 나랑 누구 가슴이 더 컸는지 낄낄거리겠지, 뭐. 안 봐도 빤해.

…….

빨리 계산하고 나와.

너구리굴처럼 피어오르는 담배 연기 속을 헤집고 나와

건물 앞에서 숯덩이를 기다렸다. 숯덩이는 쭈뼛거리며 나왔지만 갈피를 못 잡고 안절부절이었다. 앞장서. 내가 말했다. 그래도 돼? 어, 원래 이러려고 했잖아. 내가 인상을 쓰자 숯덩이가 이내 내 손을 잡았다. 손은 잡지 마. 숯덩이가 걸음을 멈추었다. 그냥 말자. 숯덩이가 말했다. 우리는 눈에 보이는 가장 가까운 영화관에 들어갔다. 심야 시간대에 하는 할리우드 영화를 보다가 잠시 졸았다. 조는 내내 숯덩이가 내 손목을 만지작거렸다. 박력 없기는. 영화를 다 보고 나와 숯덩이가 팝콘봉지를 쓰레기통에 버릴 쯤에 나는 숯덩이의 팔목을 거세게 붙잡고는 그를 이끌었다. 어디 가려고? 심심한데 그냥 DVD방이나 가든지. 우리는 영화관에서 가장 가까운 DVD방으로 들어섰다. 프런트에서 계산을 하는 숯덩이 몰래 아저씨에게 문자를 보냈다. 그러나 숯덩이와 뒹굴고 난 뒤에도 아저씨에게선 답문이 없었다.

정말이지 짜증 나.

나는 검은 소파에 누워 말했다. 숯덩이가 휴지를 찾아 두리번거리다 말고 멈칫했다. 그러곤 내 쪽으로 눈을 흘긋거렸다. 에메랄드빛 바닷물이 출렁거리며 화면을 가득 채웠다. 나는 두 눈을 질끈 감았다. 러닝 타임이 긴 시리즈물을 선택한 것이 후회가 됐다. 숯덩이가 슬금슬금 내 옆에 드러누웠다.

너 이만 가 봐.

싫은데.

그럼 걍 닥치고 가만히 있든지.

어차피 나도 뺑이 치는 거야. 오전 아르바이트하러 가야 되거든.

학교는 안 다니니?

너야말로 학교 다니는 년이 이러고 다니냐?

등신. 너만큼 구린 애 아니거든, 나.

웃기고 있네.

됐다. 그만 말해, 입만 아파.

딱 봐도 사이즈 나와. 나는 뭐 누나들이랑 안 놀아 본 줄 아냐.

뭐라고? 나는 울컥 화가 났다. 대충 윗옷을 걸쳐 입고 DVD방을 나왔다. 숯덩이는 자는 건지 자는 척을 하는 건지 아무런 반응이 없었다.

새벽 다섯 시였다. 거리는 아직 깜깜했다. 추위 탓인지 사람은 별로 없었다. 드문드문 건물 앞 계단에 누워 토사물을 흘리며 잠을 자고 있는 사람들이 보였으나 거리는 한적했다. 나는 터벅터벅 지하철역 안으로 들어갔다. 지하철은 아직 운행을 하지 않았다. 나는 셔터에 기대고 앉아 핸드폰을 꺼냈다. 어쩐지 발가벗은 느낌이 들었다. 숯덩이는 내 몸 이곳저곳을 꾹꾹 눌러 주던 아저씨의 손길을 느낀 것일까. 내 몸에 남겨진 아저씨의 냄새를 맡은 것일까. 쪽팔리게, 정말 후지게 자꾸만 눈물이 비어져 나왔다.

아저씨를 만난 건 레코드 가게에서였다. 아담했지만 역사가 오래된 레코드 가게는 마니아들 사이에서는 꽤 유명했다. 섹션별로 잘 나눠진 음반들은 가게 주인의 손을 거쳐 가지런히 정리되었고 새로운 주인에게로 입양됐다. 주인은 내가 오면 리패키지 앨범이나 베스트 앨범, 내가 모르는 희귀 앨범을 꺼내 들려주곤 했다.

그곳에서 나는 아저씨를 보았다. 존 레넌의 사망 주기 30년을 맞아 아저씨는 비틀스의 앨범을 사러 왔다고 했다. 주인은 LP로 된 비틀스의 마지막 앨범을 꺼내 주었다. 아저씨는 보물 다루듯 LP를 매만졌다. 그거 복사본 같은데. 내가 다가가 이 말을 전하기 전까지는. 아저씨는 내 쪽을 살피며 무슨 상관이냐는 듯 쳐다보았다. 제가 아는데요. 이십 년 전에 들어온 건 정식판 거의 없어요. 다 해적판이지. 진퉁이라 쳐도 엄청 비쌀걸요? 그냥 작년에 나온 리마스터 앨범 사세요. 저 같으면 그거 안 사요. 내가 말을 마치자 아저씨는 피식 웃으며 LP를 들고 계산대로 향했다. 계산을 마친 아저씨는 앨범을 구경하고 있는 내게 다가와 말했다. 이

봐, 진통. 같이 나가지? 그리고 우리는 곧장 모텔로 향했다.

미치. 론리하츠클럽이란 밴드 아니?

비틀스 노래 제목이잖아요. 후추상사의 밴드. 물론 한국에 그 제목을 딴 인디밴드가 있단 건 알아요.

아니. 론리하츠클럽이란 밴드가 낸 책이 있어. 그 책에 수록된 단편들은 모두 비틀스의 노래 제목으로 이루어져 있지. 여자 주인공 이름도 역시 비틀스의 노래에서 따온 거야. 루시나 리타같이. 그런데 정말 신기한 건 이 밴드가 남아프리카 출신들이란 거야. 그래서 번역본을 구하긴 힘들어. 그 튼실한 내용의 책은 읽은 사람들마다 모두 엄지를 치켜든다고 해. 더 신기한 건 뭔 줄 아니? 소속된 밴드 팀원이 단 한 명이란 거야.

뭐야. 나머지는 다 세션이에요? 그 밴드는 공연 안 해요?

응. 그 밴드는 단 한 번도 공연을 한 적이 없어. 그 밴드의 업적이라곤 책 낸 게 끝이야.

그게 뭐가 밴드예요. 그냥 작가지.

그러게. 하지만 그 사람이 우기면 밴드겠지. 마치 네 이름이 미치가 아닌데도, 네가 줄곧 미치라고 우기는 것처럼 말이야.

*

아침 일곱 시가 다 돼서야 집에 도착했다. 현관문을 열고 몰래 방 안으로 들어가려는데 어쩐지 고요했다. 방문을 열고 둘러보니 집에 아무도 없었다. 꺼 놨던 핸드폰의 전원을 켜니 아니나 다를까 엄마의 문자가 잔뜩 와 있었다. [미친년. 집에 들어오기만 해.], [네 방에 있는 CD 다 갖다 버리기로 결단 내렸다.], [평생 네 멋대로 하다가 죽어. 여한 없이 그렇게 살아라. 부럽다.], [엄마아빠 오늘 등산 가니까 네가 할머니 밥 좀 챙겨 드려. 것까지 안 하면 넌 정말 죽는다.]

나는 할머니 방의 방문을 열어보았다. 할머니는 축 늘어진 미역처럼 장롱에 몸을 기대고 앉아 있었다. 기척도 못 느꼈는지 내 쪽은 쳐다보지도 않았다. 내가 큰 소리로 두어 차례 할머니를 부르자 그제야 어깨를 움찔하는 할머니. 저 왔어요. 밥 먹어야죠. 할머니는 나를 아래위로 훑어보았다. 아차. 원피스를 교복으로 갈아입는다는 걸 깜빡했다. 생각해 보니 허접한 실력으로 그린 아이라인도 엄청 번져 있을 것이었다. 밥 차릴게요. 좀만 기다려요, 하고 방문을 닫으려는데 할머니가 허공에 손짓하는 것이 보였다. 오라는 눈치인가 싶어 나는 대충 눈 밑에 번진 아이라인을 손으로 닦고 할머니 앞으로 다가갔다.

가까이서 보니 할머니의 주름이 징그러울 정도로 많았다. 내 어깨보다 한 뼘은 더 작아 보이는 할머니의 어깨는 금방이라도 부서질 것 같았다. 할머니는 아무런 말도 하지 않고 내 손을 잡았다. 할머니의 손은 사람의 피부라기엔 어색할 정도로 꺼끌꺼끌했다. 뭐 해드릴까요? 정적을 깨고자 몇 차례 물어도 할머니는 아무 말이 없었다. 몇 달 전 백내장 수술을 한 할머니의 눈동자는 부옇게 흐려 보였다. 나는 질문하는 걸 포기했다. 할머니는 조만간 부서질 박제 나비 같았다. 할머니의 눈가와 손, 입술에 자글자글한 주름이 생각보다 더 깊었다. 할아버지와 함께 계실 때도 이렇게 주름이 많았나. 이곳에 와 있는 것이 가뭄처럼 답답하고 숨 가쁠 할머니. 할머니는 아침마다 이렇게 장롱에 머릴 기대고 무슨 생각을 할까. 살아 있긴 한 걸까. 살아가고 있는 걸까, 살아지고 있는 것일까.

희정아.

할머니가 내 이름을 불렀다.

잘 지내야 된다. 단디 몸 챙기고. 매사 조심하고. 매사 감사하고. 알제.

어쩐 일인지 눈꺼풀이 시큰거리기 시작했다. 자리에서 일어났다. 내 방으로 돌아오니 눈물이 뚝뚝 떨어졌다. 도

대체 왜 우는 걸까? 이해가 안 됐으나 눈물은 더 솟구쳤다. 접을 수 있다면 잠깐 시간을 접어 놓고 싶다. 정말 구리고 후지다. 나는 집 전화기로 아저씨에게 전화를 걸었다. 누가 받아도 상관없다. 어떻게든 끝을 내야 한다. 아저씨의 아내가 받는다면 나는 다 폭로할 것이다. 아저씨와 나는 비틀스를 공유한 사이라고요. 론리하츠클럽이란 밴드 아세요? 남아프리카에 있는 원맨 밴드를 아시냐고요. 그런 것도 모르면서 임신은 왜 해요? 그렇게 안정적인 게 좋으면 차라리 소파랑 결혼을 하셨어야지. 아저씨는 그런 남자가 아니라고요. 신호가 계속 가는 동안 나는 쉴 새 없이 중얼거렸다. 아저씨가 받는다면 이제 아저씨와는 정말 끝이라고 말해야지. 아저씨의 똥배를 참아 주는 것도 한계가 있어요,라고. 아저씨도 똑같아. 부인 앞에선 똥도 못 눈다면서 여행은 왜 같이 가요? 왜 나한텐 아저씨 이름도 안 알려 줘요? 치사하게 산다. 치사 빤쓰다, 정말…… 그리고 달칵. 수화기 너머 누군가가 전화를 받았다.

네, 한창길입니다.

아저씨 목소리다. 한창길이라는 이름은 어색하지만 이건 분명 아저씨의 목소리다. 내가 수없이 핥았던 목에서 나는 그 소리 맞는다. 허나 나는 한창길이란 이름을 모른다. 그런 이름일랑 들어 본 적도 없다.

말씀하세요, 누구시죠?

그러니까. 저는. 저는요, 아저씨. 저예요, 미치…….

그러나 나는 대답할 수가 없었다. 전화를 끊었다. 아마 얼마 안 있어 아저씨에게 연락이 올 것이다. 내게 만날 시간과 장소를 문자로 보낼 것이다. 하지만 나는 아저씨의 번호를 지웠다. 아뿔싸. 이렇게 깔끔할 수가. 잠을 자는 동안 모든 걸 지워야지. 아저씨의 배꼽이 따뜻했다는 것 정도만 남겨 두고. 다른 건 다 열여덟이라는 전투의 군사 기밀이라 생각하고 블랙박스에 가두어 사장시켜야지. 나는 보라색 원피스를 입은 그대로 침대에 누웠다. 이윽고 집 전화가 요란스레 울리기 시작했다, 한참 동안이나. 짜증나게.

● 트릭

트릭

『바디 픽션』(제철소, 2017) 수록작

엄지를 매만지는 건 도의 오랜 습관이었다. 어떤 생각에 깊숙이 골몰할 때, 또는 아무 생각도 하지 않을 때, 잠결에, 자다 깬 직후에, 대화를 나누는 도중에, 아무하고도 대화를 나누지 않을 때도 도의 검지는 엄지 표면에 닿아 있었다. 다른 사람들이 다리를 떨거나 손톱 거스러미를 뜯고 정수리를 긁거나 발목을 돌리듯이 도는 엄지를 만졌다.

엄지를 만지는 게 자신의 버릇이라고 처음 자각한 것은 아홉 살 때의 일이었다. 밭일을 나간 조부를 기다리며 그는 툇마루에 앉아 있었다. 장대비가 쏟아지는 탓에 황급히 마당에 널어놓은 고추를 거둬들이는 조모와 어머니가 보였다. 어머니가 창고에 고추 더미를 옮겨 놓는 동안 도는 검지로 엄지를 비비고 있었다. 그러다가는 손바닥을 열고 엄지손가락의 표면을 들여다봤다. 엄지에는 길고 가느다란 선들이 빙글빙글 타원형으로 새겨져 있었다. 그건 엄지뿐 아니라 손가락 전부에 드리워져 있었다. 지문이었다. 누구도 그것이 지문이라고 가르쳐 주지 않았으므로 도는 그때 처음 지문의 존재를 알았다. 지문은 밑동이 굵은 나무를 베면 드러나는 나이테처럼 보였다. 지문이 지문이고, 나이테가 나이테라는 걸 몰랐던 어린 그는 생각했다. 나무한테 있는 주름이 나에게도 있네. 도는 그 얇고 가느다란 주름들을 만질 때마다 느껴지는 촉감이 좋았다.

그런 그의 주름이 사라졌다. 피부가 얇아져서일까, 아니면 닳아 버린 걸까. 아무리 만져 봐도 도통 지문의 촉감이 느껴지지 않았다. 돋보기를 끼고 본다 한들 그의 시력으로는 세밀하고 촘촘한 선들이 보일 리 없었다. 도는 빨간 인주를 엄지에 묻혀 지장을 찍었다. 선명하진 않지만 군데군데 등고선처럼 보이는 지문이 찍혀 나왔다. 버릇도 기억을 잃는구나. 도는 생각했다.

얼굴에 쌓여 가는 주름만큼 천천히 지문을 잃어 가던 도는 극심한 우울에 빠졌다. 빠졌다는 건 그의 표현이었다. 우울이란 눈에 보이지 않는 식인 식물 같아서 사는 내내 삶을 위협하고 정상적인 사고와 행위를 방해한다고, 극도로 조심하지 않으면 금세 아귀를 벌리고 찾아와 육신을 야금야금 삼켜 버린다고 도는 생각했다. 그의 말에 의하면 우울은 마치 북유럽 신화 속에 등장하는 무척이나 위협적이고 공포스러운 마귀와도 같았다. 넋을 빼놓는다는 점에서 마귀의 달콤한 속삭임과 비슷하지. 그래서 무서운 거야. 한번 빠지면 헤어날 수가 없거든.

도에게는 그런 증세로 고통스럽게 살다 간 친구들이 있었다. 때가 돼서 죽은 사람도 있었지만 아직 죽기에는 너무 아쉬운데, 싶은 사람들이 더 많았다. 그들의 죽음 끝에는, 아니 삶의 끝에는 우울이 거대한 뿌리를 내린 채 그들을 옭아매고 있었다. 죽은 이들의 장례식을 다녀올 때마다 도는 살아생전 그들의 납득하기 힘든 방만한 일상과 기행에 가까운 모습들을 기억해 냈다. 그리고 그것들을 담담하게 주워 담았다. 그는 숙련된 태도로 감정을 다스렸다. 언젠가부터 그는 어떤 이의 죽음에도 흥분하거나 경직되지 않았다. 다만 차분해질 필요가 있었다. 그의 직업은 찬란한 시절을 함께 보낸 친구들의 마지막을 정리해 주는 일이었다.

처음은 일본 유학 시절 가깝게 지냈던 H였다. 서른이 가까운 나이에 요절한 그는 우키요에와 민화의 특성을 조합한 특유의 유머러스하면서도 서글픈 정서를 잘 드러낸 회화로 미술계에서 각광을 받았다. 이른 죽음은 곧 그를 천재로 만들었다. 그가 죽고 몇 해가 지나자, 그의 작품에 대한 세간의 평가와 주목 역시 두드러졌다. 때마다 그를 기리는 유고전과 특별 기획전이 열렸고 미술에 별 관심이 없는 대중도 아, 그 사람,이라 할 정도로 H는 유명해졌다. 도는 그와 함께 보냈던 유학 생활을 떠올렸다. 스물여섯 살의 그는 같은 클래스의 여학생을 짝사랑했고 때때로 생활비가 없어 울적해했다. 간혹 작품의 모티프에 대해 고심했고 종종 어떤 선택들을 후회했다. 어렸고 심약했고 두려워했다. 도가 기억하는 H는 그랬다.

친구의 이름 앞에 '천재 요절 화가'라는 수식이 붙은 지 얼마 되지 않아 출판사로부터 의뢰가 왔다. H의 학부 시절 전공 교수였던 B가 그의 전기를 내고 싶다는 거였다. B의 부름에 모 대학 학장실을 찾아간 도는 출판사 관계자와 그가 하는 대화를 유심히 들었다. 시대는 매번 새로운 인물을 요구합니다. 영웅 아니면 기인이 필요한 법이죠. 출판사의 편집장이라는 사람은 H의 생애를 책이라는 물성으로 남겼을 때 발생하는 문화 예술적 가치, '요절'이라는 코드가 끌어낼 책의 상업적 효과 등을 떠들었고, 내내 엄숙한 표정을 짓던 B는 어떤 말이 끝날 때쯤에는 수긍한다는 식으로 고개를 끄덕였다.

가족들과는 얘기가 다 됐어. 잠자코 듣고 있던 B가 이내 입을 뗐다. 자네가 동경에서 함께 동고동락했다지? 글 쓰는 사람이니까 갈무리하는 건 무리 없을 거야. 도록에 살 붙이는 정도로 생각하면 돼. 작품에 대한 평론은 따로 받아 둘 테니 끼워 맞추면 될 거고. 신문사에서 주관한 문예 공모전에 짧은 수필이 당선된 지 얼마 되지 않은 때였다. 도는 주저했다. 아무래도 이건 좀 아닌 것 같다,고 답하려는데 편집장이 원고료의 액수를 꺼내며 말을 가로챘다. 도에게는 가늠하기도 벅찰 정도의 큰 금액이었다. 도는 주저했다. 이번에는 다른 선택에 대한 주저였다. 능수능란하고 유려한 말솜씨의 편집장은 결정을 밀어붙이는 데 한몫했고, 국내에서 가장 명성이 높은 미대의 학과장으로 재직 중이던 B는 어쩐지 듬직해 보였다. 적어도 삼십 대 초반이었던 당시의 도에게는 그래 보였다. 도는 엄지에 묻은 인주를 대충 면바지에 닦아 내고는 학장실을 빠져나왔다.

도는 지폐가 가득한 현금 봉투를 재킷 안주머니에 깊숙이 집어넣었다. 퇴근하는 사람들로 빽빽한 버스 안에서 도는 H를 떠올렸다. 그는 스스로 목숨을 끊었다. 생활고를 버티지 못해 죽었다고 사람들은 알고 있었지만 그는 짝사랑하던 여학생의 결혼 소식을 접한 지 채 보름이 되기 전에 자살했다. 여자는 H 말고도 두어 명의 남자를 더 만나고 있었고 그중에서 가장 안전한 남자를 선택했다. 그뿐이었다. 살다 보면 지극히 별것 아닌 일들이 어떤 시기에는 자신의 몸통을 전부 갉아먹는 것처럼 지독해진다. 그 지독한 시기를 어떻게든 꾸역꾸역 앓고 넘기고 버티는 게 삶을 연장하는 방법 중 하나라고 도는 생각했다. 지독한 시기를 버티는 방법은 이겨 내는 게 아니라 참아 내는 것이었다.

H의 죽음 이후로 도는 '극복'이라는 단어를 혐오했다. 무엇을 극복한단 말인가? H는 두려워했다. 무엇을, 세상을. H는 섬약했다. 왜, 어렸으니까. H에게 세상은 결코 소화될 수 없는 사건과 장면들의 연속이었다. 한 끗만 참았더라면. 한편으로는 질투 비슷한 희한한 감정도 들었다. 환경이 엇비슷했던 H가 도저히 감당할 수 없어 저버리고 만 세상의 무게. 도는 그 압도적인 무게감을 측량할 수도, 짐작할 수도 없었다. 어쩌면 H의 세포와 신경은 도가 파악할 수 없는 소립자 단위까지 감각하고 있던 건지도 몰랐다. 한동안 도는 그런 이상한 감정 속에 있었고, 그 감정으로 인해 자신이 더럽혀지고 있다는 느낌을 받았다.

당시 도가 살던 자취방에는 H가 선물로 준 작품이 세 점 있었다. 회화 두 점과 드로잉 한 점이었다. 액자도 따로 없이 캔버스만 줄줄이 벽의 한쪽 면을 차지하고 있었다. 낙서에 가까운 드로잉 귀퉁이에는 H가 직접 쓴 문장이 두어 줄 적혀 있었다. '잊어버리지 말자. 잃어버리지 말자.' 드로

잉을 선물로 받았을 때 도는 그 문장이 다소 뜬금없게 느껴졌고, 이내 H의 치기쯤으로 해석했다. 일기장 서장에 적어 두는 느닷없는 말들. 욕심을 버리자, 몰입하자, 집중하자 따위와 같은. 어쩌다 보니 드로잉에 적힌 두서없는 글은 유고의 문장들로 바뀌었고, 죽은 자가 남긴 중요한 육필이 되었다.

H의 전기는 편집장의 말대로 완벽한 성공을 거두었다. 그의 작품과 생애를 연구하는 가장 믿음직한 사료로서 활용되었고, 매체에서 H가 거론될 때마다 책의 판매율은 급증했다. 도가 유망한 전기 작가로 자리매김할 수 있었던 데는 그 전기의 공이 컸다. 무명 화가의 고단했던 젊은 시절을 지켜본 문필가. 일본 유학 시절 함께 어울리던 친구들과 도는 어느덧 천재 예술가 집단의 일원으로 변모했다. 그래 봤자 서로의 자취방을 드나들면서 쌀 품앗이를 하고, 간간이 술을 마시며 시시껄렁한 농담이나 주고받던, 그렇고 그런 또래들이었다. 유럽 개네는 뭐 다르냐. 살롱에 모여서는 어느 부인을 꼬셔 볼까, 그러고 있었지 뭐. 한국인 최초로 파리 8구에 있는 건물을 리모델링해 화제가 된 건축가 J가 말했다. 실제로 도와 그의 친구들은 유명해졌다. 국내에서는 건축, 설치미술, 비디오아트, 무용 등 여러 예술 분야에서 꽤나 명망을 얻었다. 예술적인 무드가 팽배했

던 시대와 맞물려 청춘을 통과한 그들은 분명 행운아였다. 국내의 사회적 기반이 탄탄해질 무렵에는 이미 중진 자리를 꿰차고 약진하고 있었다. 이제는 전설이 되어 원로 격의 대우를 받는 그들 중에 현재까지 생존해 있는 사람은 도와 건축가 J, 그리고 죽은 바이올리니스트의 부인, 딱 셋이었다. 나머지는 H처럼 일찍 죽었거나 살 만큼 살고 때가 되어 죽었다.

달라진 건 아무것도 없었다. 도는 쓰는 생활을 여지없이 지속했다. 다만 써야 하는 대상이 정해진 것, 그리고 그것이 허구가 아닌 실재한 인물의 일대기라는 것만 조금 달라졌을 뿐.

올해 여든 번째 생일을 맞은 도는 마지막 작업을 결정했다. 자신의 전기를 쓰는 일이었다.

*

도가 사는 단독주택은 산등성이 중턱에 있는 언덕길에 위치해 있었다. 제때 제설 작업이 이루어지지 않아서인지 가파른 언덕길은 전부 빙판으로 덮여 있었다. 한파가 찾아들고 폭설이 내리기 시작한 후로 도는 외출을 하는 것이

다소 힘겹게 느껴졌다. 내복을 두 겹이나 입고 손자의 약혼녀가 직접 짠 스웨터를 걸치고 양모로 된 양말을 신고 있어도 추웠다. 뼛속에 들어찬 바람이 나갈 생각을 않는 것 같았다. 때때로 도는 짝이 다른 양말을 신기도 했는데 도우미 아주머니가 그 모습을 지켜봤지만 굳이 지적하지는 않았다. 눈이 침침한 노인에게 감청색과 청람색의 차이를 알려 주는 게 무슨 필요가 있겠느냐고 그녀는 말했다.

한 달째 그는 집 밖으로 나오지 않았다. 이따금 환기가 필요할 땐 현관문을 열고 작은 마당을 들여다보는 것으로 대신했다. 종일 집 안에 머물며 한 일은 때에 따라 침실과 서재, 거실과 화장실을 옮겨 다니며 책을 읽거나 낮잠을 자고 도우미 아주머니와 간단한 대화를 나누는 정도였다.

도는 갈수록 체력의 한계를 느끼고 있었다. 손목이 약해졌는지 들고 있던 잔을 놓치거나 책을 꺼내다가 떨어트리는 일이 빈번하게 발생했다. 관절이 시큰거리는 횟수도 과거와는 차원이 달랐다. 이전에는 갑자기 힘을 주거나 무거운 물건을 들어 올릴 때 통증이 느껴졌다면 이제는 누워만 있어도 온몸의 뼈마디가 참을 수 없이 욱신거렸다. 다행히 수술을 해야 할 만큼 심각한 질환은 아니라고 주치의는 말했지만 그렇다고 통증이 사그라드는 건 아니었다. 소화기관이 약해지고 깊이 못 자는 건 노화의 경미한 증상이었고, 도는 그쯤은 무난하게 받아들일 수 있었다. 그러나 도가 염려하는 건 신체적 퇴화 현상이라기보다는 정신적인 오류나 착오의 문제였다. 이를테면 자고 일어나서 양치질을 했는지 안 했는지를 까먹는, 지극히 사소한 건망증 같은 것들. 그건 제법 도의 신경을 거슬리게 했다. 노화로 인해 발생하는 증상에는 치매 역시 동반된다. 치매를 극도로 두려워하던 도는 잠에서 깨어나 다시 잠이 들 때까지 매일 정해진 리스트를 확인하며 일정을 수행하는 습관을 들였다.

목록을 만들게 된 건 작년부터였다. 목요일이었고, 저녁에는 손자의 공연을 보러 가기로 했다. 오후 여덟 시에 있을 공연에 가기 위해 한 시간 전인 일곱 시에 택시를 불러야 했다. 교통수단 없이 경사가 높은 언덕길을 걸어 내려가는 건 노인에게는 무척이나 위험한 행동이었다. 도는 직접 차를 몰지도 않았고, 지인이 집까지 데려다준다고 해도 폐를 끼치는 게 싫어 한사코 거절했다. 대신 일정이 있을 때마다 택시를 불렀다.

도는 20년이 넘게 한 택시 회사만을 이용했다. 그는 자신을 태우러 온 택시 기사들의 이름은 물론 그들이 사는 지역, 가족 관계, 자식이 나온 학교나 직업과 같은 자잘한 정보까지 모조리 꿰고 있었다. 만나는 사람들을 모두 각별하게 대하는 건 아니었지만 적어도 택시 기사들에게는 그렇게 했다. 아무리 돈을 지불한다고 할지라도 자신의 집 앞까지 찾아와 목적지에 데려다주는 수고를 해 주는 그들에게 도는 진심으로 고마워했다. 택시 기사들 또한 시대의 석학으로 신문이나 텔레비전에서 스쳐 본 그를 반가워했다. 택시 회사의 사장은 특별히 그의 콜을 따로 관리하라는 지시를 내리기도 했다.

자주 가는 동네, 거리, 식당, 찻집을 정해 두고 관성적으로 그 장소만을 찾는 건 취향과 나이가 확고해진 사람들에게서 쉽게 파악되는 성향이었고, 도 역시 그런 사람들 중 하나였다. 도의 손자는 늙은이티 내지 말라며 농담조로 구박하곤 했지만 그는 어쩔 수 없는 노인이었다. 잘 알고, 익숙한 게 좋은. 미숙함을 드러내기에는 얼굴에 쌓인 주름이 너무 촘촘해진 나이. 그런데 매번 부르는 택시 회사의 전화번호가 갑작스레 떠오르질 않자, 그는 덜컥 겁이 났다. 전화번호를 까먹는 건 보통 사람들도 종종 겪는 일이었지만 도에게는 제법 크게 느껴졌다.

그는 평생 자신이 집적한 기억들로 삶을 꾸려 왔다고 믿는 사람이었다.

잘 알고 있다고 자인하던 것들이 하나둘 어긋나기 시작했다. 한 번도 경험해 본 적 없는 아득함이었다. 수화기를 들면 습관적으로 손가락이 먼저 기억하던 일곱 개의 숫자들이 보이지 않는 경계 너머에서 계속 움직이고 있는 기분이었다. 이마 속 어딘가, 관자놀이 뒤편, 시신경 안쪽에 숫자들이 숨어 있는 것만 같았다. 도는 미간을 찌푸린 채 수화기를 붙잡고 서 있었다. 전화기 옆에 놓인 메모장을 들춰 보면 금방 알 수 있었을 테지만 그는 그저 한참을 서 있기만 했다. 그러다가는 왜 이렇게 수화기를 붙들고 오래 서 있는 거지? 하는 생각이 들었다. 젊었을 때부터 건망증이 잦았던 아내가 자주 하던 행동이었다. 차분하게 생각해 봐. 당황하는 아내에게 도는 말했다. 기억을 무슨 수로 생각해. 기억은 그냥 떠오르는 거지. 거긴 내가 절대 못 들어가는 영역이라고. 아내는 신경질적으로 반응했다. 도는 이제야 아내의 말에 공감이 갔다. 절대로 차분해질 수가 없었겠군. 도는 웃었다. 아내는 6년 동안 치매를 앓았다. 그리고 작년 겨울, 도의 생일을 이틀 앞두고 죽었다. 때마침 손자에게서 전화가 왔고 도는 비로소 아내에 대한 생각을 떨칠 수 있었다.

사소한 망각은 이후로도 계속해서 그를 괴롭혔다. 일상의 범주 바깥에 놓인 기억이라기보다는 지극히 생활과 밀접한 것들이었다. 양치질을 했는지 확인하기 위해서는 매번 손끝으로 칫솔모를 만져 봐야 했다. 칫솔모가 젖지 않았다면 곧장 치약을 짜 이를 닦았고, 젖어 있다면 칫솔을 다시 꽂아 두고 화장실을 나왔다. 목록의 첫 번째는 양치질을 한다,가 아니라 칫솔을 확인한다,였다. 도는 매일 주어진 목록에 줄을 그으며 해야 할 일들을 해 나갔다. 특정한 업무도 아닌 습관적인 행동들을 체크하는 게 여간 귀찮고 또 은근히 자존심이 상했지만 별수 없는 노릇이었다. 가끔 자신이 느끼는 모종의 감정들에 대해 털어놓고 싶었지만 그건 또 그것대로 쓸쓸했다. 들어 줄 사람은 있겠지만 공감할 리 만무했고, 무릎을 치며 공감할 치들은 요양시설에 들어갔거나 이미 그의 곁을 떠나고 없었다. 그럴 때마다 도는 외로워졌다. 아내가 죽고 나서도 그다지 크게 느껴 본 적 없는 감정이었다. 타인의 죽음 앞에서 늘 의연하게 처신했던 그였다. 늙는다는 건 아둔해지는 거구나. 밋밋해진 엄지를 비비며 도는 생각했다.

*

어떤 이의 시간을, 하루를, 절기와 시대를 켜켜이 쌓아 올리는 일. 어떤 이가 회고하는 지난날을 차곡차곡 담아 물성으로 확보하는 일. 도가 평생을 바쳐 일구어 낸 작업이었다. 자서전 대필부터 시작해 유명인들의 평전과 회고

록은 물론, 명사들의 인터뷰 시리즈를 출간한 그는 국내에서는 독보적인 전기 작가로 이름을 알렸다. 특히 인터뷰 시리즈는 공전의 히트를 하며 발간될 때마다 베스트셀러가 되었다. 그는 시와 소설 같은 순수 문학을 업으로 삼는 작가들에 비해 전기 작가의 입지나 존재감이 현저히 떨어진다는 점을 안타깝게 여겼다. 이후 도는 전기작가협회를 창설하고, 작가 양성 프로그램인 '바이오그래퍼스'를 만들어 전기 작가의 필요성을 강조하기도 했다.

"숱한 소설가들이 전기 작가의 삶을 살았습니다. 그것이 허구든 실재든 뭐가 중요한가요? 사람들은 그저 이야기가 필요할 뿐입니다. 이야기의 주인공이 실제 인물이라고 해서 마냥 신변잡기나 가십으로 취급해서는 곤란하지요. 오십 년을 함께 산 부부를 떠올려 봅시다. 서른에 만나 임종 직전까지 남편의 곁을 지킨 아내가 있습니다. 아내가 곧 남편이라는 연대기의 평전이자 사가와 다름없지 않겠습니까? 타인의 기억에 내가 혼재해 있고, 또 나의 기억에 타인이 살아 숨 쉬고 있습니다. 그것이 전기가 아니고 뭐란 말입니까? 우리는 모두 타인의 전기가 되어 살고 있습니다. 이름 없는 사람들의 전기를 집필했던 버지니아 울프는 『올랜도』라는 작품에 이렇게 썼습니다. 한 인간은 수천 개의 자아를 갖고 있지만, 그 가운데 예닐곱 개만이라도 해명할 수 있다면 완전한 자서전을 쓸 수 있을 것이라고. 여러분이 곧 사랑하는 사람의 또 다른 자아입니다. 당신들은 이미 전기를 쓰고 있는 것입니다. 지금 이 순간에도 말이죠."

전기에 관한 산문집 『모두가 이미 타인의 전기』의 출간을 기념하며 열린 전기작가포럼에서 도가 한 연설이었다. 도시 외곽에 있는 요양 병원에 아내를 맡겨 두고 얼마 안 되어 참석한 공식적인 자리였다. 그의 아들은 오지 않았고 손자만이 참석했다.

행사가 끝나고 출판사 관계자와 프로그램의 수료생들, 그리고 팬들이 축하 인사를 건네는 동안 손자는 행사장 바깥에서 도를 기다렸다. 꽃다발을 한 아름 들고 집으로 돌아가는 택시 안에서 도는 조용히 손자의 손을 그러잡았다. 손자는 아무 말이 없었다. 아무 말이 없었기 때문에 도는 손자의 기분을 짐작할 수 있었다. 제삼 세계 음악만을 트는 라디오 채널에서 리드미컬한 민속 타악기 소리가 작게 흘러나올 뿐 택시 내부는 고요했다. 유리창에 눈송이가 하나둘 맺혔다. 눈이 오네. 도가 나지막이 말했다. 손자는 그제야 고개를 들어 창밖을 보았다. 자고 가. 됐어. 혼자 있으려니까 집이 너무 크다. 그러게 왜……. 손자가 격앙된 목소리로 말을 잇다 말고는 이내 멈추었다. 그러고는 짙게 한숨을 쉬었다. 오십 년을 함께 산 부부, 같은 말은 안 하는 게 좋았겠어. 뒤이어 손자가 말했다.

도는 아들과는 사이가 좋지 않았지만 손자에게는 꽤 다정한 할아버지였다. 손자에게 처음 어린이용 마술 키트를 선물해 준 사람도 그였다. 손자가 자라는 동안 수십 차례 꿈을 바꿀 때마다 도는 전폭적인 지지를 해 주었다. 배관공, 목수, 요리사, 트럭 운전사, 홈쇼핑 모델, 파일럿, 벌목공, 개그맨, 종이접기 장인, 식물학자, 연극배우……. 수많은 진로를 뒤로하고 손자가 선택한 꿈은 마술사였다.

마술사가 되겠다고 선언한 후로 아들과 손자의 관계는 급격하게 나빠졌다. 지나치게 현실적인 아들은 자식의 꿈을 납득할 수 없었다. 처음에는 저러다 말겠지 싶어 딱히 간섭을 하지 않았다. 그러나 손자가 대학 진학을 포기하고 유명 마술사가 이끄는 크루에 들어가겠다며 의지를 내보이자 아들의 반응 또한 거세졌다. 도피 유학, 절연 따위의 말들이 오가며 지난한 싸움이 계속되던 어느 날, 도를 찾아온 손자는 한참이나 자신이 익혀 온 마술을 하나씩 선보였다.

카드를 한 장 집으세요. 어떤 카드인지 외우셨나요? 다시 이 카드들 속으로 넣어 주세요. 본인이 집었던 카드가 스페이드 식스, 맞으시죠?

단순한 트릭이 숨겨진 마술이었지만 손자는 계속해서 실수를 했다. 같은 마술을 몇 번이고 다시 반복했다. 손자의 이마 언저리에 땀방울이 맺히기 시작했다. 자신 있게 준비했던 멘트도 점점 성의 없는 어조를 띠었다. 도는 어린 손자에게 처음 배드민턴을 가르쳐 주던 때가 떠올라 웃음이 났다.

바람이 세차게 불던 밤이었다. 손자의 서브 차례였지만 셔틀콕은 네트를 넘지 못하고 빙그르르 떨어졌다. 롱 하이 서브에 익숙하던 손자는 셔틀콕을 높이 던지고는 자꾸 애먼 허공에 라켓을 휘둘렀다. 셔틀콕을 낮게 두고 쳐 봐. 네트 가까이 와서 해 봐. 괜찮으니 다시 해. 도는 같은 실수를 반복하는 손자를 잠자코 기다려 주었다. 에이씨, 안 해. 손자는 결국 라켓을 집어 던졌다. 그러고는 바닥에 엎어져 울기 시작했다. 도는 손자의 무릎에 묻은 모래를 털어 내고 그를 일으켜 세웠다. 죽기 직전까지 하는 게 실수야. 그런 걸로 화내면 못써. 아무리 달래 줘도 분이 안 풀리는지 손자는 딸꾹질까지 해 가며 울다가 지쳐 잠이 들었다. 손자를 업고 아들의 집에 도착한 도는 손자의 턱 끝까지 이불보를 올려 주고는 방을 나왔다. 거실에 있던 아들이 가계부에 영수증을 붙이며 말했다. 포기를 먼저 배워야 두 발 뻗고 살 텐데, 저놈은 누굴 닮아 저러는지.

구시렁거리는 아들을 얼마간 바라보던 도는 문득 그날 오후에 D와 나누었던 대화를 떠올렸다. 촉망받는 신경학도였다가 트라우마 관련 상담 치료사로 전향해 인기몰이를 하던 D의 회고록 집필에 몰두하던 시기였다. 성인이 된 이후에도 부모를 향한 증오가 해소되기는커녕 날이 갈수록 증폭되는 환자들의 치료 방법을 연구하던 D는 한 사람의 성격을 이루는 데 유전자가 관여하는 비율이 절반 가까이에 육박한다는 성격 유전 이론에 대해 얘기했다. 영원히 변하지 않는 성격이 있다고 가정했을 때, 그 영속적인 속성은 결국 디엔에이에 기인한다고 보는 것이 생물학의 특질 이론이죠. 반대로 말하면 자식의 기질에 부모가 끼치는 영향이란 건 그래 봐야 절반에 불과하다는 뜻이기도 해요. 그럼에도 아픈 사람이 차고 넘치니……. 나머지 반은 온전히 본인 몫인데 평생을 부모에게 끌려다니죠. 사실 그건 부모 탓이 아니에요. 부모에 대한 본인의 기억 때문이지. 뒤이어 D는 트라우마에 관한 이야기를 장황하게 덧붙였다. 결국엔 기억 탓이구나. 도는 생각했다.

*

마술은 실수가 결코 용납되지 않는 영역이다. 관객들 앞에서 순간적으로 멘트를 까먹거나, 연습 부족으로 손이 굳은 나머지 행동이 굼떠 보이거나, 여차해서 트릭이 탄로 나는 일은 있어서는 안 된다. 특히 스테이지 공연이 아닌, 관객과의 거리가 매우 가까운 클로즈업 쇼일 경우에는 기술을 충분히 익히지 않으면 금세 관객의 표정이 바뀐다. 마술사가 내뱉는 호흡만으로도 관객들은 쇼가 진짜인지 가짜인지 알아챘다. 마술은 개연성이 아닌 핍진성의 세계였다. 마술사가 뻔뻔할수록 관객들은 쇼에 빠져들고, 조금이라도 자신 없는 모습을 보이면 애걔, 하며 바로 돌아선다.

손자는 마술이라는 완벽한 허구 속으로 들어가길 원했다. 거짓인 걸 알면서도 매혹되고 마는 완벽한 능청의 안쪽으로. 사는 게 시시하기만 한 사람들이 모여들어 신기루 같은 판타지를 목도하고 체험하려는 갈망. 그것이 손자를 설레게 했다. 카드를 한 장 집으세요. 어떤 카드인지 외우셨나요? 다시 이 카드들 속으로 넣어 주세요. 쇼가 진행되는 동안 관객들의 행위는 마술사의 지시를 통해서만 이루어졌다. 손자는 그것이 좋았다. 보이지 않는 막연한 것들을 기어이 믿게 만드는 능력. 손자가 가장 존경하고 따르는 형이자 크루의 수장인 Q는 그런 재간이 출중한 사람이었다. 손자는 Q의 쇼를 볼 때마다 신기함을 넘어선 신비함을 느끼곤 했다. 손자에게 Q는 그 자체로 마술이었고 홀로

그램이었다. 그가 이끄는 크루에 들어간 것도 그 때문이었다. 손자는 Q처럼 되고 싶었다.

크루의 일원이 되고 몇 해가 지났을까. 손자에게 Q는 더 이상 삼차원 홀로그램이 아니었다. Q는 다른 사람들처럼 별것 아닌 일에 성질을 내거나 너무나 하찮은 일에 집착했고, 저래도 되나 싶을 정도로 방만했으며, 일이 계획대로 진행되지 않으면 족족 푸념을 달고 살았다. 그에게서 확인할 수 있었던 매끈함과 선명함, 완전한 확신 따위가 더는 보이지 않았다. 무대 위에서는 그가 말하는 모든 것이 말끔하게 이루어졌지만 바깥에서는 달랐다. 출연료를 높이기 위해 크고 작은 술수를 썼고, 대기실에서는 줄곧 오만한 행동으로 스태프들의 기분을 언짢게 했다. 아무리 근사한 마술이라 해도 지근거리에서 계속 보게 되면 뻔히 수가 보이고 들키기 마련이다. 이거야말로 진짜 속임수잖아. 실은 Q가 속였다기보다는 자신이 헛것을 본 걸지도 모른다고 손자는 생각했다. 참담한 기분이었다.

낙심한 손자는 도에게 찾아와 투정을 부렸다. 실제 모습은 정말 엉망이더라고. 그딴 건 안 보는 게 좋을 뻔했어. 손자는 자꾸만 차오르는 실망감을 해소할 방법이 없다고 하소연했다. 조만간 결혼을 앞둔 손자에게 도는 말했다. 백일 중에 구십구 일이 엉망이야. 딱 하루만 그럴싸한 사건들이 생기는 거지. 잠자코 듣고 있던 손자가 이윽고 입을 열었다.

그 하루도 없으면 어떻게 해?

그게 무슨 말이냐?

그럴싸한 하루가 있으면 나머지 구십구 일이 엉망이어도 괜찮다는 거잖아. 근데 백 일 내내 엉망이면 그땐 어떡하냐고.

말이 되는 소릴 해라.

전기나 자기계발서나 똑같아. 시련을 딛고 이겨 낸 극복의 아이콘들 천지야. 할아버지도 거기 일조하셨고.

손자는 비아냥거리듯 말을 뱉었다. 도는 약간 신경이 거슬렸지만 차분하게 응대했다.

네가 보려고 하지 않는 게 진짜 인생이야. 실수에 발이 빠지고 수습하느라 엉망인 날들 말이다.

그건 트릭이야. 작은 실수를 굳이 드러내서 엄청난 실패라고 포장하고, 그래서 성공을 더 돋보이게 만드는 거잖아. 그런 게 진짜 인생이라고?

두 사람 사이에 일순 냉기가 돌았다. 도는 한 대 맞은 사람처럼 멀거니 손자를 바라보았다. 민망해졌는지 손자는 이내 화제를 돌리기 위해 연말에 있을 공연 초대장을 꺼냈다. 손자가 처음으로 서는 단독 스테이지 쇼였다.

그날 프러포즈할 거야. 결혼식 전에 안 하면 평생 꼬투리 잡힌다니까 뭐.

툴툴거리며 말했지만 손자의 표정은 무척이나 밝아 보였다.

손자는 지난 1년간 지방 곳곳을 순회하며 지역 행사에 참여하고 어린이 마술 학교 프로그램을 운영했다. 크루의 막내들이 줄곧 진행해 오던 행사였다. 하계 프로그램이 끝나면 단독 쇼를 론칭해 주겠다는 Q의 말에 손자는 묵묵히 고된 업무를 수행했다. 공연 일정에 맞춰 결혼식 날짜도 미뤘다. 데뷔 무대를 성공적으로 마치면 그의 미래는 탄탄대로였다. 크루의 내년 계획에는 대만과 홍콩, 호주에서 열리는 매직 페스티벌이 있었고, 그는 Q와 함께 그곳에 참가할 예정이었다. 이미 외국에서도 스타 마술사로 명성이 높은 Q와 함께 듀엣 쇼에 선다면 이름을 알리는 절호의 기회가 될 수 있었다. 단독 공연을 매진시킨다면 출연료도 지금보다 서너 배는 높게 책정될 것이었다.

실수를 할지도 모른다는 불안감이 엄습할 때마다 손자는 지독하게 연습에 매진했다. 무엇보다도 그는 자신이 있었다. 데뷔 무대와 결혼식, 해외 페스티벌. 앞으로 펼쳐질 그의 미래는 희망으로 가득 차 보였다. 단, 공연을 성공적으로 마친다는 전제하에.

이천 석 규모의 대공연장에서 열릴 단독 쇼의 홍보 카피는 '신기함을 넘어선 신비함의 세계로 당신을 초대합니다!'였다. 티켓 봉투에 적힌 카피 문구를 뚫어져라 쳐다보던 도는 갑자기 가슴이 갑갑하게 조이는 것 같은 기분을 느꼈다. 심장 박동이 평소보다 빨라지기 시작했고 순식간에 셔츠의 등 부분이 식은땀으로 흠뻑 젖어 들었다. 놀란 손자가 119에 전화를 하겠다고 허둥거리자, 도는 침착하게 단순한 부정맥 증상일 거라며 되레 그를 안심시켰다.

손자를 돌려보낸 도는 쓰러지듯 흔들의자에 앉았다. 지끈거리는 머리를 감싸 쥐었다. 도무지 진정이 되지 않았다. 손자의 말이 계속해서 도의 귓가를 맴돌았다. 도는 그간 써내려 간 수많은 사람들의 전기를 떠올렸다. 그들의 연보에 의하면 실패는 두서없이 찾아왔다. 특히 모든 일이 잘 되리라고 여기며 마냥 들떠 있을 때, 보이지 않는 식인 식물처럼 아귀를 크게 벌리고 다가와 삶의 몸통을 갉아먹었다. 실제로 전기에 담지 않은 비화들은 무수히 많았다. 그들의 삶을 옭아매고 진창에 빠트린 사건들은 아주 짧게 언급될 뿐이었다. 영웅이든 기인이든 마냥 우울에 빠져 있어서는 안 됐다. 전기 속 인물들이 지독한 시기를 버티는 방식은 무조건 극복해 내는 것이었다. 도는 극복이라면 정말이지 넌덜머리가 났다.

직업도 목표도 천차만별이던 의뢰인들은 비슷한 삶의 궤적과 리듬이 담긴 서사를 원했다. 숱한 실패와 역경을 이겨 내고 얻게 된 경이로운 삶의 의지. 전기를 쓴다는 건 모래성을 쌓는 일과 같았다. 적정량의 수분을 공급해 모래알갱이들이 잘 뭉칠 수 있도록 도와주고, 그렇게 만든 반죽을 켜켜이 쌓아 올리는 일. 그래 봤자 모래성이었다. 발길질 한 번에 무참히 무너지고 마는. 그럴싸한 삶의 흔적들만 그러모아 만든 허울. 실패를 치장 삼아 성공을 극대화시키는, 진짜처럼 보이는 헛것.

그는 자신이 꾸려 온 삶을 점검해 보기 시작했다. 타인의 생을 뒤적거리며 벌어들인 돈과 명성. 친구의 자살마저 질투하던 젊은 시절. 병치레를 감당하지 못해 쫓아내듯 요양 시설에 가둔 아내. 그럴듯한 실패 없이 삶을 연명해 왔다는 열패감. 했어야 할 일들을 차마 하지 못한 채 놓쳐 버린 시간. 자신이 추려 낸 인생의 꼭지에는 밑줄 그을 만한 게 아무것도 없었다. 그때였다. 무의식적으로 엄지를 만지던 도는 드디어 자신이 지독한 시기에 당도했다는 걸 깨달았다. 아무런 촉감도 느껴지지 않는 엄지처럼, 모든 게 둔감해져 버린 시기에 비로소 안착했다는 것을.

도는 손자의 공연에 가지 않았다. 몸이 아프다는 핑계

는 언제든 먹혔다. 손자는 별 무리 없이 성공적으로 데뷔 무대를 마쳤다. 약혼녀와 함께 도의 집을 찾아온 그는 그날 공연에서 있었던 작은 사고들과 관객들의 찬사, 기대보다 높은 Q의 평가를 상세하게 설명했다. 도는 다행이라며 손자의 이마를 쓸어 주었다. 간호사인 손자의 약혼녀는 도의 안색이 좋지 않아 보인다며 병원에 갈 것을 권유했다. 도는 안 그래도 예약을 잡아 두었다며 그들을 안심시켰다. 손자와 그의 약혼녀가 가고 나서 도는 짧은 낮잠을 잤다.

잠에서 깬 도는 이윽고 바이오그래퍼스 사무실에 전화를 걸어 나의 연락처를 구했다. 다짜고짜 연락을 한 그는 내게 자신의 전기를 써 보지 않겠느냐고 제안했다. 2기 수료생이었던 나는 자서전 대필로 생계를 유지하고 있었다. 도와 같은 거물의 전기는 제법 구미가 당겼지만 역시나 부담스러웠다. 나의 머뭇거림을 눈치챘는지 도는 자신의 집으로 와줄 수 있겠느냐고 물었다. 나는 일단 알겠다고 대답하며 전화를 끊었다.

*

눈이 녹지 않는 날들이 이어졌다. 도는 남향으로 크게 난 창문 옆 흔들의자에 앉아 있었다. 시계를 확인하니 분침이 6에서 7로 넘어가 있었다. 말이 끊어진 지 오 분이 지났다. 도우미 아주머니가 찻잔을 들고 나와 도와 나 사이를 가로질렀다. 그녀의 걸음 뒤로 민트 향이 꼬리처럼 따라붙었다. 목을 축인 그가 허리를 곧추세우고는 이내 입을 열었다. 나는 다시 녹음기 버튼을 눌렀다.

모래성을 쌓을 때 가장 중요한 조건이 뭔지 아나?

글쎄요, 고운 모래?

아니. 물이야.

물이요?

수분의 정도가 중요해. 너무 적어서 모래알이 성겨도 안 되고, 많은 나머지 질척거려도 안 돼. 적당한 수분이 모래 속에 잘 배야만 탄탄한 탑을 쌓을 수 있거든.

…….

정량의 수분을 공급하는 일. 그게 지금껏 내가 해 온 일이지.

나는 잠시 녹음기의 중지 버튼을 누르고 물었다.

왜 저를 택하셨죠?

연신 창밖을 보고 있던 도가 내 쪽으로 고개를 돌렸다. 그러고는 나를 쳐다보았다. 나는 어색한 탓에 그의 시선을 비껴 바닥으로 고개를 떨구었다. 도는 얼마간 말이 없었다. 나는 다시 그를 쳐다보았다. 그의 눈동자는 여전히 나를 향해 있었지만 나를 보고 있는 것 같지는 않았다. 그의 눈꺼풀이 나방의 날개처럼 파르르 떨렸다. 초점이 흐려졌다가 이내 선명해졌다. 그제야 도가 다시 말문을 이었다.

단박에 생각난 사람이 자네였어. 실은 아무리 다른 치들 이름을 떠올리려고 해도 도통 기억이 나야 말이지.

그게 답니까?

그게 다야.

도가 찻잔을 입에 가져다 댔다. 또다시 흐려졌다가 명료해지기를 반복하는 그의 눈동자. 기억을 끌어올리는 중인 걸까.

아, 나와 생일이 같아. 맞아, 그래서 자넬 기억하고 있었지.

말을 하는 동안 그의 엄지와 검지가 맞닿았다 떨어지기를 반복했다. 여든을 넘긴 작가의 지극히 사소한 버릇. 내 신경은 온전히 그의 엄지와 검지에 향해 있었다.

그래서 쓸 수 있겠나?

도가 물었다. 나는 천천히 고개를 끄덕였다. 그의 버릇을 실제로 볼 수 있다는 것만으로도 충분히 수락할 만한 제안이었다.

도는 전기의 제목만큼은 자신이 직접 짓고 싶다고 말했다. 왜 직접 자서전을 쓰지 않느냐고, 사람들은 그에게 물을 것이다. 그건 도의 철칙에 위배되는 행위였다. 40년 만에 재출간된 H의 전기 서문에 도는 이렇게 적었다.

"어떤 이의 삶을 제법 긴 분량의 소설이라고 쳤을 때, 그가 남기고 싶은 문장들과 그걸 받아 적는 사람이 밑줄 그은 문장들은 각기 다를 것이다. 전기란 받아 적는 사람이 그은 밑줄들로만 재구성된 또 다른 버전의 삶이다. 삶의 진실은 타인의 동공으로 들여다볼 때 더욱 분명해진다고 믿는다."

음울한 노쇠.* 그가 지은 제목이었다.

나는 엄지를 매만지며 전기의 서문을 쓰기 시작했다.

* 『소진된 인간』, 질 들뢰즈

핑거 세이프티

펑거 세이프티

『엄마에 대하여』(다산책방, 2021) 수록작

우리는 손톱깎이를 나눠 쓰는 사이지만 말은 되도록 하지 않는다. 손톱깎이 못 봤니. 거기 오른쪽 책장 두 번째 선반에 있잖아. 매번 쓰는 데다 놔두는데 왜 맨날 물어봐? 나는 금방이라도 피가 날 듯 끈질기게 뜯어낸 거스러미 표면처럼 거칠게 대응한다. 그녀도 더는 대꾸를 하지 않는다. 그저 손톱깎이가 놓인 위치를 알게 되었다는 것으로 대화를 끝맺는다. 우리가 나누는 대화를 대화라고 할 수 있을까. 어쩌면 우리의 대화는 이런 형태로만 가능하다는 걸 이제야 알게 된 건지도 모른다.

우리는 서로를 향해 수없이 많은 말을 내뱉었다. 그 말에 대한 반응과 그 반응의 반응. 그것을 선으로 표현한다면 아주 낮게 시작했다가 갑자기 높게 치솟고, 그러다가는 프레임 밖을 넘어서 공중의 어딘가로 계속 고공 행진을 할 것이다. 고성으로 시작되는 비명, 술병이 깨질 때 나는 날카로운 소리, 굴러다니는 유리 조각과 끊이지 않는 울음. 언어가 아닌 소리도 대화라고 부를 수 있을까. 그러므로 우리는 더 이상 말을 하지 않는다. 아주 간단한 질문과 대답. 손톱깎이 못 봤니 같은 질문과 퉁명스러운 대답, 그리고 말줄임표로 종결되는, 대화라고 할 수 없는 문장의 나열.

그녀 앞에만 서면 나는 돌연 열두 살의 나이로 돌아간다. 현재 내 나이가 몇 살인지, 그때로부터 지금까지 몇 해가 흘렀는지는 중요치 않다. 열두 살의 나는 그녀에게서 기십 년 전 그녀의 얼굴을 떠올린다. 같은 공간을 나눠 쓰며 마주치려 하지 않아도 어쩔 수 없이 그녀를 보게 되지만, 그렇다고 매번 적의에 가득 차 있는 것은 아니다. 그러나 아주 가끔, 순간적으로, 그녀의 뒷모습이나 걸음걸이, 밥을 먹을 때 한쪽 다리를 의자 위에 올려 두고 쪼그려 앉아 있는 걸 볼 때, 나는 갑작스러운 짜증을 느낀다. 증오보다는 단순한 짜증에 가깝다. 그 기저에 다양한 감정이 내재되어 있을 거라고 상담의는 말했지만, 어쨌거나 표피적으로는 짜증이 이는 것이 사실이니까. 나는 왜 그녀를 보면 짜증이 날까. 상담을 받기 한참 전부터 스스로에게 던져 온 질문이었다. 하나의 어휘로 명명할 수 없는 혼재된 감정의 덩어리를 짜증이라는 부조로 일갈해 버린 게 아닐까. 깎여 나간 것들, 혹은 오랜 시간을 거쳐 삭은 것들, 그 미세하고 작은 흩날림 속으로 우리가 겪어 온 사건의 단초나 명료하지 않은 기억들도 함께 사라진 걸까.

아니다. 나는 열두 살 때의 일을 전부 기억하고 있다. 당장 갖다 버리거나 불에 태워도 좋을 일들을, 나는 세공이 잘된 보석처럼 하염없이 어루만지고 있다. 지금도.

*

가게가 딸린 단칸방. 거실과 방이 분리된 원룸. 지어진 지 20년은 족히 넘은 오래된 복도식 아파트. 방의 개수가 하나, 둘, 셋, 넷까지 늘어나는 데 12년의 시간이 흘렀다. 무언가를 기억할 수 있는 나이부터 나와 가족 구성원은 열한 번 집을 옮겼다. 방 네 칸짜리 집은 그녀의 명의로 된 첫 아파트였다. 마방진처럼 구획된 신도시의 중간쯤 위치해 있던 아파트에는 우리처럼 초등학생 아이를 둔 가구가 절반 이상이었고, 그때까지만 해도 몇 층 몇 호에 누가 사는지 알 수 있었으며, 오며 가며 인사를 하고, 맞은편 호에 사는 사람들과는 나름 왕래를 했다. 지금으로선 상상하기 어려운 일이지만, 혹여 놀이터에서 놀다가 열쇠를 잃어버릴

지도 모른다는 염려 때문에, 그녀는 맞은편 호에 살고 있는 사람에게 우리 집 비상 열쇠를 맡겨 두면서 혹시나 아이가 열쇠가 없다고 벨을 누르면 이걸 주세요,라고 부탁했다. 맞은편 호에 살고 있는 여자는 아이 점심은 어떻게 하시나요? 저희 애들 밥 먹을 때 같이 먹어도 되는데,라고 말했지만 그녀는 완곡하게 거절했다. 제가 밖에서 일을 하지만 애들 굶기진 않아요. 이미 다 만들어 놨으니 냉장고에서 꺼내 먹기만 하면 되고요. 그 정도는 할 줄 아는 나이니까요. 맞은편 호에 사는 여자는 나를 애처롭게 내려다보며 아, 그렇군요,라고 답했다. 그녀는 현관문을 열고 문이 채 닫히기도 전에 내가 애를 굶기기라도 한다는 거야 뭐야,라고 말하며 눈을 질끈 감았다.

집에서 멀지 않은 곳에는 신도시의 번화가가 있었다. 세 개의 커다란 쇼핑몰이 밀집해 있었고, 그곳을 중심으로 학원가가, 한 블록 너머에 음식점과 술집, 노래방이 늘어서 있었다. 세월이 지나며 번화가는 점차 이동했고 골목은 쇠락했다. 내가 열두 살이던 즈음에는 세 쇼핑몰을 꼭짓점 삼아 만들어진 거리가 가장 북적였다. 그녀는 그중 L쇼핑몰에서 매장을 두 곳이나 운영했다. 여성복만 취급하는 점포를 하다가 장사가 잘되자 평수를 확장했고, 그러다가는 임부복도 취급하는 매장을 한 곳 더 개업했다. 두 개의 점포를 다 신경 쓰기 힘들었던 까닭에 그녀는 여동생에게 매장의 매니저 역할을 맡겼다. 그녀의 여동생은 결혼 전까지 우리와 함께 살았다.

그녀는 보통 새벽 여섯 시쯤 일어나서 밥을 지었다. 압력 밥솥의 요란한 소리가 들리고, 달큰한 찌개 냄새가 후각을 자극하면 나는 잠에서 깼다. 그녀는 가족들이 먹을 하루 세 끼니를 만드느라 정신이 없었다. 와중에 드라이를 하고 립스틱을 바르고 눈썹을 길게 빼 그리며 출근 준비도 했다. 일주일에 두 번 정도 도매 시장을 가야 할 땐 자정께에 나갔다가 새벽 서너 시쯤 집에 도착하곤 했는데, 그때마다 나는 일어나면 안 되는 시간에 일어나 혼이 날까 무서우면서도, 방으로 들어가는 그녀의 뒷모습을 숨죽여 바라보았다. 이 사람은 왜 이렇게 바쁠까. 그녀는 늘 바쁘다는 말을 달고 살았고, 실제로도 무척 바쁘게 살았다. 그녀의 남편 역시 나름대로 바쁘게 살았는데, 그 방식과 목적은 그녀와 판이하게 달랐다. 물론 남편도 가정에 도움이 되고자 여러 일들을 벌였다. 다만 잘 안됐을 뿐이다. 최선을 다한 사람에게 뭐라 할 수는 없을 테지만, 과연 그가 진짜 최선을 다했는지는 모르겠다.

그녀의 장사 수완은 날이 갈수록 좋아졌고, 그 덕에 나는 내가 필요로 하는 것이라면 얼마든지 가질 수 있었으며 원하는 무엇이든 먹고 마실 수 있었다.

가계 전체 수입 대부분이 그녀가 벌어 온 것이었는데, 희한하게도 나는 그녀의 남편에게서 원하는 것들을 받아왔다. 남편에게는 그녀의 명의로 된 카드가 있었다. 그 때문에 부부의 싸움이 촉발되었고 점차 잦아졌다는 건 나중에야 알게 된 사실이었다. 사람들은 돈 냄새를 맡고 그녀에게 다가왔다. 주로 남편의 고등학교 동창생들이었는데, 아직 개발되지 않은 땅에 생길 주상복합상가를 분양 받아라, 주식을 해서 돈을 불려라, 종내에는 본인들이 하는 사업에 투자를 하라는 등 잡다한 정보들을 제공하며 그녀를 힘들게 했다. 신기한 건 그녀가 결국엔 그들의 말을 그대로 따랐다는 것이다. 나는 아직도 그녀가 왜 그런 선택들을 했는지 이해가 되지 않는다. 아마도 그녀의 남편이 계속 얘길 했을 테고, 그녀는 남편의 조언을 따랐을 것이다.

사랑했으니까.

언젠가 술자리에서 그녀는 말했다. 나의 동생도 함께 있었다. 그녀는 남편을 떠올리며 사랑했다고 말했다. 사랑이라니. 사랑해서 그렇게 서로를 죽일 듯 싸우고 그 난리를 친 건가. 나는 다시 열두 살의 나로 돌아간다. 사랑싸움치고 너무 심했다곤 생각 안 해? 내가 삐딱선을 탄다 싶으면 동생이 먼저 내 입을 막는다. 도대체 언제까지 그럴 건데. 그러다 보면 나의 화살촉은 그녀가 아닌 동생에게로 향하게 된다. 그녀는 넋 놓고 동생과 나의 싸움을 지켜보고만 있다. 그녀는 소주 한 잔을 비워 내며 그만하자, 이제 그만 자자, 하고는 식탁 위에 놓인 접시들을 치우기 시작한다. 동생이 결혼식을 앞두고 이 집을 탈출하기 이틀 전까지, 우리는 열두 살의 나 때문에 수없이 싸우고 또 싸웠다. 내 입장에서는 당장 눈앞에 보이는 가해자가 그녀뿐이라서 말을 뱉은 것뿐인데, 동생은 열두 살의 나를 결코 받아들이지 않는다. 아빠를 이 집에서 내쫓은 건 엄마가 아니라 언니야. 나는 씨발, 하고 악을 지르며 집 밖으로 나온다. 내가 담배를 태우는 5분 남짓한 시간 동안 동생은 그녀를 다독였을 것이다. 현재 그녀가 의지하는 건 큰딸이 아닌 막내딸이다. 물론 그녀가 내게 의존했던 때도 있다. 그러나 나는 그 시간들을 내 기억에서 완전하게 지우고 싶다.

하지만 열두 살의 나는 죽여도 죽여도 영원히 죽지 않는다.

*

우리는 그녀의 첫 자가 아파트에서 4년을 살았다. 혼자만의 방을 갖게 된 것이 어색하고 무서워 밤이 되면 나는 동생 방에 가서 잠을 자는 일이 많았다. 큰딸이라는 이유로 나는 새 침대를 선물받았고, 그녀와 그녀의 남편이 쓰던 더블 침대는 동생이 쓰게 되었다. 그녀와 그녀의 남편은 프레임이 더 크고 멋진 침대를 샀다. 내가 받은 침대는 새것이었지만 둘이 자기에는 좁은 싱글 침대였다. 동생은 매번 내게만 새것을 사 주는 게 불만이었을지 몰라도, 나는 그들이 쓰던 침대가 더 좋아 보였다. 나이트 테러가 심한 탓에 소아정신과를 다니기도 했던 나는 잠에 드는 걸 배우지 못한 어린아이처럼 불안에 떨며 베개 커버의 모서리 부분을 꽉 쥐고 눈을 감았다. 혹시나 자는 새 블랙홀이 생겨나 우주로 빨려 들어가면 어쩌지. 잠에 들지 못하고 공포에 떨게 된 가장 큰 이유는 우주였다. 내가 사는 이 땅이 실은 구의 형태를 지니고 있다는 것도, 인간을 비롯해 모든 생물은 언젠가 죽는다는 것도, 지구는 은하계의 아주 작은 일부에 지나지 않는다는 것 역시, 나는 그녀를 기다리는 동안 쇼핑몰 지하에 있던 서점에 꽂힌 책들을 읽으며 알게 되었다.

수업을 마치고 나면 아이들은 삼삼오오 모여 서로의 집이나 공원, 놀이터로 가곤 했지만, 나는 그 무리에 끼지 못했다. 일곱 살 때부터 시작한 수영이 적성에 맞아 꾸준하게 선수 준비를 하던 차였다. 수업을 마치면 나는 L쇼핑몰 건너편에 있던 H쇼핑몰 수영장으로 향했다. 하루에 세 시간, 많으면 다섯 시간씩 물속에 있었다. 병렬로 놓인 레인보우 색 레인은 내게 직선과 턴, 그리고 째깍거리는 초침 소리를 즉각적으로 떠올리게 했다. 자유형과 접영 실력이 비등하다는 이유로 선출의 기회가 찾아왔다. 팀을 가르치던 코치는 남자였는데, 유난하리만큼 작은 삼각 수영복을 입은 채 나를 종종 자신의 허벅지 위에 앉히고 말을 건넸다. 너는 우리 팀 에이스야,라면서 나의 목덜미를 만지곤 했다. 코치가 자꾸 다리를 덜덜 떠는 바람에 내 몸이 코치의 상체 쪽으로 기울어질 때, 나는 좋지 않은 기분을 느꼈지만 명확하게 어떤 느낌인지 제대로 파악할 수도, 누군가에게 얘기할 수도 없었다.

아이를 기다리는 학부모들은 휴게실에서 유리창 너머로 수영장을 관찰할 수 있었다. 그래서인지 그들은 코치가 나만 편애한다는 컴플레인을 하기도 했다. 하루는 학부모 모임 대표라는 여자가 네 엄마는 어째서 한 번을 들르질 않느냐며, 아무래도 코치를 바꿔야 될 것 같은데 연락처를 줄 수 있겠느냐고 내게 물어 왔다. 그러면서 하기야 넌 예쁨받는데 바뀌면 좀 서운하긴 하겠다만,이라고 덧붙였다.

물기를 머금은 머리카락이 내 티셔츠를 천천히 적셨다. 여자는 머리카락을 다 말리고 나와야 감기에 걸리지 않는다고 말해 주었다. 나는 고개를 끄덕이며 인사를 하고는 돌아섰다. 얘, 엄마 연락처 좀 달라니까. 너 집에는 어떻게 가니? 셔틀버스 탈 줄 알아? 계속되는 여자의 말을 끝끝내 못 들은 척하며 나는 건물을 빠져나왔고, 횡단보도를 건너 L쇼핑몰로 갔다.

오늘 신기록을 세웠다고 말해야지. 국어 시간에 낭독을 잘해서 칭찬받은 것도 얘기해야지. 나는 그녀를 만나기 전, 그날 있었던 일화를 몇 개쯤 준비해 두었다. 그러나 말할 타이밍을 번번이 놓치곤 했다. 종일 고객을 응대하느라 진력이 난 그녀는 내가 매장에 도착하면 왔니, 하며 만 원짜리 지폐를 쥐여 주었다. 손님이 몰릴 때면 나는 매장 안쪽, 옷 무더기가 쌓여 있는 창고 커튼 뒤에 숨어 있었다. 조금 한가해지면 그녀는 내가 아닌, 옆 교복 매장의 점주와 수다를 떨거나 임부복 매장이 잘 돌아가고 있는지 확인했다.

혼자 남은 나는 커튼을 열고 슬그머니 나와 일 층 식당가의 경양식 음식점으로 내려갔다. 테이블마다 아이와 부모로 보이는 사람들이 앉아 있었다. 나는 그들 사이를 가로질러 작은 정사각형 테이블에 자릴 잡았다. 내가 온 걸 확인한 직원은 메뉴판도 주지 않고 바로 키친에 접수를 했다. 얼마 지나지 않아 돈까스 정식과 수프를 내어 주었다. 나는 혼자서 나이프와 포크를 들고 돈까스를 썰어 먹었다. 주변에서 들려오는 아이의 응석과 부모의 다독임, 화목하고 다정한 분위기 속 동그랗게 둘러앉은 사람들의 웃음소리를 배경음 삼아. 그릇에 담긴 수프에 후추를 뿌리고, 천천히 한 스푼씩 떠먹으면서 나는 그들의 대화를 엿들었다. 받아쓰기를 100점 맞았나 보네. 가장 친한 친구와 싸웠구나. 주말에 여행을 가자고 조르고 있구나.

경양식집 사장은 가끔 내 맞은편 의자에 앉아 쉬곤 했다. 그럴 때면 나는 왜인지 모를 이상한 기분이 들었다. 분명 돈을 내고 먹는데, 왜 이 아저씨는 아무렇지도 않게 내 테이블에 앉을까. 다른 사람들이 보면 내가 이 집 딸인 줄 알겠어. 잘라 놓은 돈까스를 포크로 두어 개씩 찍어 한꺼번에 입 안에 빵빵하게 욱여넣고는 한참 동안 우물우물 씹었다. 수영 후 배가 고파 허겁지겁 먹는 것이기도 했지만, 사실은 사장과 같은 테이블에 있는 게 싫어서였다.

밥을 다 먹고 나면 서점으로 갔다. 신도시 번화가에서 규모가 가장 큰 서점이었다. 학습지와 실용서 코너에는 사람들이 북적거렸다. 나는 소설 코너에 자리를 잡고 앉아 전날 읽다 만 책을 펼쳤다. 그렇게 읽은 책들 중에 소장하고 싶은 걸 골라서 일주일에 한 번씩 몰아 샀다. 그녀는 다른 건 몰라도 내가 책을 좋아한다는 것만큼은 알고 있었다. 그녀는 내가 원하지 않아도 책이라면 무엇이든 사 들고 왔다. 집에 먼저 가도 되는데 굳이 그녀를 기다리며 서점 구석에 쪼그리고 앉아 있던 건 책 때문이기도 했다. 잦은 전학 탓에 친구를 사귀는 게 쉽지 않았고, 팀이긴 하지만 결국 수영은 홀로 헤쳐 나가야 하는 종목이었으니, 책은 나와 대화다운 대화를 나눌 수 있는 유일한 친구였다. 말을 거는 쪽은 늘 책이었다. 그 덕에 나는 문장을 이미지로 바꾸는 법을 조금 일찍 터득할 수 있었다. 상상 속 형상화된 인물과 대화를 하면서 나는 자연스레 공상이라는 마법을 쓸 수 있게 되었다.

서점에 앉아 있는 나를 부르는 그녀의 목소리가 들리면 나는 곧바로 책을 내려 두고 뛰쳐나갔다. 모든 행로가 공원으로 이어지는 거리를 걸으면서 나는 그녀의 손을 잡으려 했다. 그러나 그녀는 피로한 상태였고, 하루 정산과 내일 일정을 복기하고 계획하는 데 여념이 없었다.

그녀는 잠을 잘 때 꼭 방문을 잠갔다. 내가 엄마, 하고 방문을 여는 바람에 자고 있는 그녀를 깨운 적이 몇 번 있었다. 그때마다 그녀는 나를 크게 혼냈다. 생계를 위해 최선을 다했으나 그녀의 체력은 욕심만큼 따라 주질 못했다.

어릴 적, 집에서 링거를 맞고 있는 그녀를 본 적 있었다. 우리 엄마 죽어요? 하고 묻자, 두툼한 갈색 가죽 가방에서 스테인리스로 된 침통과 뾰족한 침 바늘을 꺼내던 아주머니가 그럴 일은 없을 거라고 말하며 내 머리칼을 쓰다듬어 주던 기억. 나는 그녀가 체력적으로 힘들어하는 모습을 많이 봐 왔다. 남편 때문에 괴로워하는 모습도 너무 많이 봤다. 너무 많이. 정말 너무 많이. 그러므로 나는 그녀에게 함부로 칭얼댈 수도, 속상하다고 울 수도, 친구가 없어서 외롭다고 말할 수도 없었다.

그녀가 내게 잠드는 방법을 알려 준 적이 있었나. 잠은 이렇게 자는 거라고. 함께 놀아 주며 체력을 소모시켜 나른하게 잠에 들게 하거나, 내가 잠에 들 때까지 다정한 목소리로 책을 읽어 준다거나. 기억이 나질 않는다. 아마도 없을 것이다. 아니, 없다고 단정한다.

나는 십수 년째 수면제를 복용한다. 먹어도 잠에 들지 않는 날들이 많았다. 나는 나의 불면을 언제나 그녀의 탓으로 돌린다. 그렇게 살아야만, 사는 게 조금 쉬워지는 것 같았으므로.

*

그녀의 남편이 처음으로 종적을 감춘 것은 내가 열두 살 때의 일이다. 늦은 새벽, 가로등 빛만 어슴푸레 초록의 나뭇잎을 비추고 있는 단지를 서성이던 그녀는 더 이상 그러고 싶지 않았는지 자는 나를 깨우곤 했다. 네가 나가 봐. 지하 주차장까지 싹 뒤져. 나는 미니마우스가 그려진 파자마 원피스 하나만 걸치고는 졸음이 가득한 눈꺼풀을 애써 올리며 아파트 주변을 탐색했다. 그녀의 남편은 화단 풀밭에 쓰러져 있기도 했고, 지하 주차장에 차 문을 열어 놓은 채 운전석에서 자고 있기도 했다. 처음에는 혼자 집 밖을 나섰다. 그러나 38킬로그램밖에 되지 않는 여자아이가, 물에 젖은 것처럼 몸을 가누지 못하는 84킬로그램의 성인 남성을 일으켜 세우기란 불가능했다. 나는 동생을 깨워 함께 내려가곤 했다. 잠이 많은 동생은 엘리베이터 안에서 왜 이런 걸 자신에게 시키느냐고 엉엉 울었다. 나는 동생을 달래면서도 이건 우리가 해야 될 일이라고 못을 박았다. 엄마는 힘들고 아프잖아. 그러니 너와 내가 해야 돼. 우리는 곯아떨어진 그녀의 남편을 세게 때리고 꼬집어 가며 깨웠다. 정 안 되면 그냥 들쳐 업고 걸을 수밖에 없었다. 언니, 멈췄다 가. 나보다 체구가 더 작은 동생이 말하면 나는 그래 그러자, 하고 멈추었다. 세 걸음 걷다가 쉬고, 다시 또 두 걸음 걷다가 쉬고. 등허리와 겨드랑이에서 흘러내리는 땀이 모여들어 얇은 파자마 원피스를 금세 적셨다. 우리의 목표점은 엘리베이터였다. 어떻게든 7층에만 올라가면 됐다. 엘리베이터가 1층에 도착했다는 소리와 함께 문이 열리면 나와 동생은 힘겹게 들쳐 메고 있던 짐덩이 같은 그녀의 남편을 바닥에 내다 꽂았다.

띵동, 하고 엘레베이터 문이 열렸지만 우리는 1미터도 안 되는 현관문 앞까지 그를 끌고 가지 못했다. 이제부터는 그녀의 몫이었다. 우리는 702호 앞에 서서 노크를 하고 그녀가 나오기를 기다렸다. 30초도 안 되어 그녀는 문을 열었다. 우리는 봐서는 안 될 것을 보고야 만 아이들처럼 곧장 각자의 방으로 뛰어 들어갔다. 손발 씻고! 그녀의 목소리가 들렸지만 무시했다. 방문을 잠그고는 책상 밑으로, 작은 나의 벙커 안으로 숨었다. 나밖에 없는 방 안에서도 가장 안전하다고 느껴 파고들었던 세이프티 박스. 나는 침대 위 아무렇게나 놓여 있던 이불과 아끼는 봉제 인형 몇 개를 안고 울먹였다. 현관 문턱에서 거실까지 육중한 몸을 질질 끄는 소리가 얼마간 지속됐다. 뒤이은 갑작스러운 멈춤. 현관과 거실을 잇는 짧은 통로에는 그녀가 아끼던 관상용 수조가 있었다. 산소발생기가 내는 일정한 기포 소리가 온 집 안을 가득 채우는 느낌이었다. 이러다가 집 전체에 물이 차면 어떡하지? 수면 위가 없는 완벽한 물속. 나는 해저 생물이 된 것마냥 수영장의 민트색 타일 바닥을 손가락으로 하나씩 짚어 가며 잠수를 하는 상상을 했다. 실제로 잠수를 할 때마다 검지손가락으로 타일과 타일 사이, 가로세로로 획이 그어진 백시멘트 자국을 눌러가며 앞으로 움직이곤 했다. 비록 자꾸만 둥둥 떠오르게 되지만, 그럼에도 나는 땅을 딛고 있다고 확인하기 위해서.

너는 물속에 있지 않다고,
숨을 쉬라고,
눈을 뜨고 제대로 보라고,
경고음이 울린다. 그녀가 방아쇠를 당기는 소리.
그때부터 나는 촉각을 곤두세우고,
안전 요원이 된다.

폭풍이 지나간 자리. 가족사진이 걸려 있던 벽 한 귀퉁이가 휑하니 비어 있었다. 바닥에는 부서진 액자 틀, 그리고 찢긴 사진이 조각조각 널려 있었다. 빨래 건조대는 이미 쓰러진 지 오래였고, 마르다 만 빨랫감이 제멋대로 펴져 있었다. 나는 주섬주섬 속옷과 양말, 수건을 옮겨 다시 빨래통에 넣었다. 갈기갈기 찢긴 사진이 눈에 밟혔다. 젊은 시절, 사진관에서 일했던 경험을 바탕으로 본인이 직접 가족사진을 찍을 수 있다던 그녀의 남편은 비싼 카메라를 구매했다. 시가지의 처음과 끝을 다 아우르는 기다란 세로 형태의 인공 호수 공원으로 향했다. 사람이 별로 없는 한적한 정자에 앉아 나, 동생, 그녀의 남편, 그리고 그녀는 삼각대 위에 놓인 카메라를 응시했다. 너는 아빠 옆에 앉아. 그녀는 동생을 자신의 옆자리에 앉히고는 나를 보며 말했다. 대수롭지 않은 배치였지만 나는 그녀의 말에 상처를 받았다. 왜 나는 엄마 옆에 앉으면 안 돼? 묻고 싶었으나 말하지 않았다.

너는 네 애비랑 똑같이 생겼어. 네 애비와 네 돌 사진을 같이 두고 보잖아? 내 배에서 나온 게 분명한데도 마치 네 애비가 낳은 것처럼 똑 닮았단 말이지. 어쩜 저렇게 똑같이 생겼는지. 기실 내가 보아도 흑백과 컬러의 차이일 뿐, 똑같은 아이가 앉아 있는 것 같았다. 나는 그 말을 들을 때마다 그게 무척 잘못된 일인 양 느껴졌다. 특히나 전쟁 같은 밤을 치르고 나면 더욱더.

그녀는 버려진 물건처럼 쓰러져 있는 자신의 남편을 굳이 깨우려 들었다. 일어나. 일어나라고! 술에 취한 그녀의 남편은 아무리 불러도 정신을 차리지 못했다. 어깨를 뒤흔

들고 고성을 지르고 별짓을 다 해도. 그녀는 남편이 못 들은 척하는 거라고 생각했다. 아무리 그래도 이렇게까지 안 일어날 수가 있는 거냐고. 일부러 저러는 거라고. 그녀는 악다구니를 쓰며 자신의 남편을 어떻게든 깨우려 들었고, 기어이 남편이 욕설을 내뱉는 것까지 들어야 했다. 그렇게 총구는 겨누어졌다. 나는 방 안에서 그들의 싸움이 끝나기만을 기다렸다. 혹여 그녀가 다칠까, 그러니까 그녀의 남편이 그녀를 때릴지도 모른다는 초조함에 휩싸인 채로. 크게 맞은 적도, 다친 적도 없었지만 늘 불안했으니까. 그녀가 일방적으로 쏘아붙이는 말들은 목적을 위한 논쟁, 결론을 도출하기 위한 대화가 아니었다. 사람을 모서리로 몰아세우는 말. 차라리 벼랑이었다면 떨어져 버리면 그만인데, 출구도 바깥도 없는 깊은 안쪽으로 사람을 더없이 짓눌러 버리는 말. 그런 말을 토해 낸다고 달라질 게 있을까. 분명 잘못한 건 그녀의 남편임에도 나는 어느새 그녀의 맞은편에 서게 된다. 그녀의 남편 앞에 서서, 제발 그만하라고, 내일 얘기해도 되지 않느냐고, 나는 그녀에게 소리를 질렀다. 너는 들어가. 그녀는 말했다. 비켜. 비키라고. 나는 그녀를 보호하기 위해 반대편에 선 것뿐이었다. 혹시 모르니까. 파국에 치닫는 말들에 베인 그녀의 남편이 혹여 그녀를 해칠 수도 있으니까. 나는 그녀가 알 것이라고 생각했다. 내가 무엇을 지키고 싶어 하는지를. 그러나 그녀는 몰랐다.

안방에서 울음소리가 들려왔다. 손바닥으로 매트리스를 치며 그녀는 울고 있었다. 동생이 잠에서 깨기 전에 나는 거실을 빨리 치워야 했다. 훗날 정말 그때가 기억이 안 나느냐고 몇 번이나 물은 적이 있었다. 동생은 전혀 기억이 나지 않는다고 했다. 동생은 정말 모르는 걸까. 아님 모른 척하는 걸까.

대낮이었다. 그녀의 시어머니가 집을 찾아온 적이 있다. 사달이 난 집 안을 보며 혀를 끌끌 차던 시어머니는 그래서 어쩔 셈이냐고 그녀의 남편에게 물었다. 나는 낮잠을 자고 있는 동생의 양쪽 귀를 손바닥으로 조심스럽게 감쌌다. 그녀의 남편은 대답했다. 아들 낳아 줄 여자 만나면 돼요. 어차피 딸년들밖에 없는데. 그러고 난 후 그는 별것 없는 짐을 대충 싸서 밖으로 나갔다. 그녀의 남편은 두어 달이 지나 집으로 돌아왔다. 그 두어 달 동안 하루도 빠짐없이 동네 곳곳을 돌아다니고, 남편의 친구들에게 전화해 혹시 같이 있느냐고, 연락은 따로 없었느냐고 묻던 그녀는 우릴 위해 김밥과 유부초밥을 만들고 수프를 만들고 도시락을 싸 주면서도, 본인은 정작 밥 한 술 뜨지 못했다. 잠도 자지 못했다. 늦은 새벽, 소파에 앉아 가족사진이 걸려 있던 벽을 멍하니 쳐다보고 있던 그녀를 몰래 지켜보던 나는 용기를 내어 그녀의 곁에 앉았다. 조금 있으면 해가 떠. 조금이라도 자야 하지 않을까. 그녀는 악에 받쳐 울지도, 화를 내며 소릴 지르지도 않았다. 다만 나를 껴안으며 말했다. 교회라도 가야 하나. 정말 그거밖에 길이 없는 것 같아. 일요일에 엄마랑 같이 교회나 갈까. 그녀는 그때까지 불교신자였다. 시어머니를 따라 매주 동네에 있는 사찰을 다녔다. 베란다 창 너머 십자가 모양의 빨간 불빛이 보였다. 불도 켜지 않은 채 완전한 어둠 속에서 발견한 불빛 때문이었을까. 미움도 서러움도 없이, 다만 앙상해진 목소리. 나는 나지막이 그날 그녀의 남편이 했던 말을 전했다. 그녀는 아무런 말도 하지 않았다.

그녀의 아주버님은 나와 동년배의 아들을 두었다. 때때로 그녀는 아주버님 부부에게 나와 동생을 맡겨 두고 시장을 가기도 했다. 나는 엄마가 없어서 잠이 안 온다고 울며불며 야단을 쳤다. 아이고, 계집애가 고집이 너무 세. 나이가 몇 살인데 아직도 엄마 타령이야. 그녀의 시어머니는 얼른 잠이나 자라고 내 등짝을 때리며 말했다. 명절이었나. 시댁 식구들로 붐빈 곳. 혼자 방에서 놀고 있는 나를 그녀가 들여다보고 있었다. 공부 열심히 해야 돼, 다른 건 몰라도 세호보다는 잘해야 돼, 알았지. 세호는 아주버님의 아들 이름이었다. 나와 연생이 같은 아들. 어쩌면 그게 문제였을

지도 모른다. 내가 남자로 태어나지 않은 게 그녀를 힘들게 한 걸까.

나는 그녀의 남편이 진심으로 그 말을 했다고 생각하지 않는다. 그럼에도 그 말은 영영 사라지지 않을 터. 말은 휘발되는 것. 그러나 그 말을 듣게 된 순간은 이미지 파일로 저장되어 영구히 삭제되지 않을 것이다.

응당 그녀가 책임져야 할 사건이었다. 어차피 그녀의 남편은 그녀의 남편일 뿐이었고 나의 보호막은 그녀의 남편이 아닌, 오롯이 그녀였으므로.

그때부터였을까. 나는 그 말을 듣게 만든 그녀에게,

영원한 증오를 갖기로 결심한다.

*

우리는 죽음을 목전에 두어 본 적이 있는 자들이었다. 시기도 달랐고 형태도 달랐으며 후유증조차 달랐지만, 내가 그녀와 비슷한 구석이 있었다면 그것이었다. 그뿐이었다. 자신이 조형한 세계가 자신의 뜻대로 구동하지 않을 때, 우리는 먼 미래에 있어야 할, 단 한 번이어야 할 사건을 연거푸 데려왔다. 언제나 실패인 결말인 걸 알면서도, 극구 끌고 오는 이유는 일종의 타격감 때문이었다. 고장 난 기계의 부속품을 꺼내고 해체하는 것이 아니라, 기계 표면을 탁탁탁 두들기며 원상태로 복구하고자 하는 우스운 버릇. 그러나 스스로를 타격하는 일은 생의 각도를 점점 더 엇나가게 만들 뿐이었다.

매월 첫째, 셋째 주 일요일은 L쇼핑몰 휴무일이었다. 아침 일찍 나가지 않아도 되는 날에도 그녀는 늘 똑같은 루틴을 유지했다. 아무것도 하지 않고 쉰다는 느낌을 받는 것이 되레 육체적으로 더 피로한 것 같다던 그녀는 휴무일마다 시어머니와 함께 사찰을 찾았다. 연로한 시어머니를 부축해 작은 동산을 오르고, 천천히 돌계단을 밟았다. 나와 동생도 그들을 따라 사찰을 방문하곤 했는데 나는 거룩하게 앉아 있는 불상을 보며 환한 대낮임에도 늘 어둠을 떠올렸다. 가로등 빛도 들지 않는 깜깜한 불당 안에서 홀로 부처님을 마주한다면 어떤 기분일까. 생물의 형상을 띠고 있는 조각상들. 돌과 청동, 구리로 된 기념물 속에는 분명 영혼이 담겨 있을 거라 확신했다. 마음을 다해 불공을 드리며 기복을 바라는 사람들의 욕망이 고스란히 그 상에 맺혀 있을 거라고.

그녀는 성심을 다해 절을 했다. 머리를 숙이며 두 손바닥을 하늘로 향해 펼쳐 뉘었다. 남편과의 불화가 지속되자 그녀는 108배를 하기도 했다. 108번의 절을 하는 동안 그녀가 바랐던 건 무엇이었을까. 근면하지 못한 남편을 고쳐주세요. 몸에 받지도 않는 술을 그만 마시게 해 주세요. 처음 만났을 때와 같이 착한 사람으로 돌아갈 수 있도록 도와주세요. 아마도 이런 주문을 외지 않았을까. 나는 뒤편에서서 무릎을 꿇은 채 울고 있는 그녀의 모습을 지켜보았다. 정확히는 노랗게 굳은살이 박인 그녀의 맨발바닥을 뚫어져라 응시하며.

그녀가 자살을 기도한 날, 나는 처음으로 교회에 갔다. 반에서 유일하게 내게 말을 걸어 준 아이가 자신이 다니는 교회에 오면 삼겹살을 먹을 수 있다고 했다. 예배가 끝나고 초등부 아이들이 삼삼오오 모여 목사를 기다리고 있었다. 정말 먹어도 돼? 나는 여기 다니지도 않는데. 그러자 아이는 이제부터 다니면 되잖아, 하고는 내 손을 잡고 목사에게 데려갔다. 전화번호를 외울 만한 친구도 한 명 없었던 내게는 누군가와 함께 학교 밖에서 어울리는 것이 처음이었다. 그래서인지 그 아이의 호의를 저버리면 안 되겠다는 마음이 들었다. 그러면서도 늘 향냄새를 풍기는 절간만 다녀 본 내가 느닷없이 예수님을 믿으려는 게 조금 이상하지 않나 싶은 생각도 들었다. 매주 일요일마다 교회에 가게 되면 더 이상 그녀와 함께 부처님 앞에 서 있지 못할 것 같아 괜스레 두렵기도 했다. 신은 양립이 불가하다고 생각했으니까. 부처님도 믿고 예수님도 믿는 건 안 될 일이겠지. 나는 목사가 건네주는 삼겹살 한 조각을 접시 위에 그대로 내버려 두었다. 목사는 어떻게든 나를 전도할 요량으로 성경 말씀을 인용하며 설교를 시작했지만 나는 귓등으로도 듣지 않았다.

다음 주에 또 보자. 아이는 마치 그 주에 본인이 해야 할 과업을 수행했다는 듯 흐뭇하게 웃었다. 엄마로 보이는 여자에게 딱 붙어 팔짱을 끼고는 퇴장했다. 텅 빈 기분이 들었다. 역시 괜히 왔다고 느꼈다. 저만치 걸어가는 모녀의 뒷모습을 바라보며 다짐했다. 나도 엄마가 있고, 엄마가 믿는 신을 믿을 거라고. 믿는다는 게 무엇인지는 정확히 모르겠지만 여하튼 엄마의 신을, 엄마와 함께 믿어 보겠다고.

현관문을 열자 여느 때와 같은 익숙한 적막이 찾아왔다. 그러나 그날만큼은 공기에 물방울이 하나씩 달려 있는 것처럼 축축하고 묵직한 느낌이 들었다. 그녀의 남편이 1년새 세 번째 잠적을 감행한 시기였다. 무언가를 던지고 깨뜨리는 소리, 비명에 가까운 고성을 지르다가 말고 꺼이꺼이 흐느끼는 울음소리는 나지 않았다. 그럼에도 무슨 일이 터질 것만 같은, 아니면 이미 감당할 수 없는 전사가 휩

쓸고 지나간 것만 같은 기분에 나는 두려움을 안고 거실로 향했다. 다행히 거실에는 아무도 없었고, 아무 일도 벌어지지 않은 것처럼 보였다. 모든 것이 제자리에 그대로 놓여 있었다. 나는 거실을 지나 안방으로 향했다. 외출 시 환기를 위해 늘 방문을 활짝 열고 나가는 그녀였다. 안방 문은 굳게 닫혀 있었다. 나는 맞은편 동생 방을 들여다보았다. 동생은 없었다. 어쩐지 다행이라는 생각을 했다. 낮잠이라도 자고 있는 걸까. 그녀는 잠에 들면 늘 방문을 굳게 잠갔으니까. 그러나 일평생 낮잠이라는 걸 자 본 적이 없는 사람이었다. 나는 조심스럽게 문고리를 오른쪽으로 움직였다. 문은 잠겨 있었다. 베란다를 통해 들어가 보려고 했지만 창문도 잠겨 있었다. 나는 다시 방문 쪽으로 돌아와 노크를 했다. 똑똑똑. 똑똑똑. 똑똑똑. 엄마. 똑똑똑. 똑똑똑. 똑똑똑. 엄마. 안에서는 아무런 기척도 들리지 않았다. 심장이 거세게 뛰기 시작했다. 쾅쾅쾅. 쾅쾅쾅. 엄마! 쾅쾅쾅. 쾅쾅쾅. 나는 발길질까지 해 가며 문을 드세게 두들겼다. 그때 감정이 무엇이었는지 확실히 알 수는 없었지만 지금 생각해 보면 아마도 서러움이었던 것 같다. 나는 비명을 지르고 울면서 방문을 두들겼다. 그러나 방문은 열리지 않았다. 온몸이 덜덜 떨리며 식은땀으로 흥건해졌다.

구조대원들이 방문을 부수고 안으로 들어갔을 때, 그녀

는 안방에 있는 작은 화장실에 쓰러져 있었다. 내가 안으로 들어가려고 하자 구급대원 한 명이 나를 막아섰다. 그러고는 여자 대원을 불러 나를 좀 데리고 있으라는 듯 눈길을 주었다. 여자 대원은 내 방이 어디냐고 물었다. 나는 지금 그게 중요한 게 아니지 않느냐고 반문했다. 엄마는 괜찮으실 거야. 여자 대원은 내 이마를 쓰다듬으며 일단 밖으로 나가자,라고 말했다. 푹신한 침대가 놓인 안온한 안방은 어느새 사건 현장으로 변모했다. 그러나 누군가 콕 집어 사건이라 명명하지 않더라도, 그녀가 자리했던 곳곳이 늘 사건의 터였음을 나는 그 누구보다 더 잘 알고 있었다.

그녀는 앰뷸런스에 실려 응급실로 이송되었다. 어린아이를 혼자 집에 놔두는 게 불편했는지 여자 대원은 정말 괜찮겠어? 하고 몇 번이고 물어보았다. 당연하죠. 맨날 혼자 있는걸요. 여자 대원은 결국 그녀의 시어머니를 집으로 불렀다. 차라리 그녀의 여동생을 부르지. 그러나 그녀의 여동생은 그녀의 곁에 가 있어야 했다. 근방에 살고 있던 그녀의 시어머니가 부랴부랴 내 손을 붙들고 나를 자신의 집으로 데려가려 했다. 나는 동생이 올 때까지는 꿈쩍도 안 하겠다며 얼마간 실랑이를 했다. 선수 체력 못 따라가겠네. 억세게 잡고 있던 내 팔목을 풀어 주면서 그녀의 시어머니는 말했다. 아빠도 없는데 괜찮겠어? 나는 그녀의 시어머니를 노려보았다. 그러고는 나지막하지만 단단한 목소리로 대답했다. 아들 낳아 주는 여자 만나러 간 사람을 여기서 왜 찾아요. 그녀의 시어머니는 그게 뭔 말 같지도 않은 소리냐며 구시렁거렸으나 제법 당황한 눈치였다. 제 엄마 닮아서 독하기는. 빈집에 손녀딸을 두고 퇴장하는 할머니의 마지막 대사에 걸맞게 완벽했다. 완벽하게 일그러져 있었다.

그녀는 해가 지고 한참이 지나서야 집으로 돌아왔다. 정신 병동 입원을 강하게 권유하는 응급실 의사와 대차게 싸웠다고 했다. 내가 미쳤냐? 정신 병원에 제 발로 들어가게. 그녀의 여동생은 한숨을 쉬며 그녀의 어깨를 주물러 주었다. 나는 동생을 데리고 동생 방으로 들어갔다. 동생은 계속 배가 고프다고 했지만 나는 내일 아침까지 기다리자고 다독였다. 내일 아침이 되면 평소와 똑같이 압력 밥솥 소리에 잠에서 깰 것이고, 열어 둔 창문을 통해 달큰한 찌개 냄새가 정신을 말똥말똥하게 만들어 줄 거라고. 그러니 지금은 잠을 자자고. 나는 나의 동생을, 그녀의 여동생은 자신의 언니를 얼마간 토닥여 주었다.

나는 아직도 그녀가 어떤 방법으로 자살 시도를 했는지 정확히 알지 못한다. 손목에 붕대를 감았다면 리스트컷을 의심할 수 있었지만 겉으로 보기에 멀쩡했다. 아마도 수면제 성분이 들어간 약을 과용했을 가능성이 높았다. 잠이 안 올 때마다 먹던 조그맣고 동그란 알약 같은 게 있었다. 그녀의 여동생, 그리고 나의 동생 모두 그날에 대해서는 함구한다. 아마도 동생은 아예 기억조차 나지 않을 것이다. 그녀의 여동생은 갓 백일이 지난 둘째 아이가 있었음에도 상습적으로 노름판을 기웃대는 남편을 더는 찾아다니고 싶지 않아 이혼을 택했다. 두 자식을 홀로 키워야만 하는 고약한 일상이 지난하게 흘러가던 시기였다. 어쩌면 자신의 언니가 죽으려고 발악하는 걸 지켜보면서 차라리 내게도 그럴 용기가 있었다면, 하고 부러워했을지도 모른다.

그러나 나는 똑똑히 기억하고 있다. 들것에 실려 나가던 그녀의 처참한 얼굴을.

그녀는 자신을 포기한 것이 아니다. 나를 포기한 것이다.

나는 검지를 방아쇠에 밀어 넣고 총구를 겨누기 시작한다.

*

열아홉 살이 되던 해, 나는 그녀의 남편을 집 밖으로 완전하게 쫓아낼 수 있었다. 그해 수능 시험 당일은 내 생일이기도 했다. 종일 거실에 누워 TV를 보던 그녀의 남편은 그녀의 퇴근 시간에 맞춰 집을 비웠다. 언젠가부터 그녀는 자신의 남편에게 더 이상 무언가를 요구하지 않았다. 경제적인 도움은 물론이고 애정 따위도. 그녀는 묵묵히 자신의 일, 두 아이를 키우는 데에만 초점을 맞췄다. 매일 득달같이 싸우자고 덤벼들던 아내가 돌연 관심을 거두자, 그제야 그녀의 남편은 무언가가 잘못되어 가고 있다는 걸 느낀 듯했다. 수많은 직업을 전전하던 그녀의 남편은 사업을 받쳐줄 만한 여윳돈도 없었으며, 기업의 고문직을 하기에는 그럴싸한 경력 또한 없었고, 그렇다고 본인이 생각하기에 하잘것없는, 그러니까 모양새가 안 나는 직업을 갖기에는 자존심을 차마 버릴 수가 없었다. 저녁에 집에 들어오는 아내를 피하고자 그는 밤새 돌아다닐 수 있는 대리운전 일을 시작했다.

수능 전날, 샤워를 하던 그녀의 남편에게 나는 쌍욕을 퍼부었다. 씨발, 존나 안 나오네. 물은 지 혼자 다 써? 진짜 평생 지만 알아. 저렇게 구니까 개차반으로 살지. 물줄기가 흐르는 내내 못되고 나쁜 말들이 사방에 흩뿌려졌다. 나갈 준비를 끝마친 그녀의 남편이 내 방으로 들어왔다. 너 나한테 한 말이냐? 실핏줄이 터진 눈동자를 바라보던 나는 대답했다. 그럼 이 집에서 욕먹을 사람이 누가 있어? 말이 끝남과 동시에 나는 그녀의 남편으로부터 따귀를 두 대

연속해서 맞았다. 왼뺨 한 대, 오른뺨 한 대. 그녀의 남편은 금세 부풀어 오르는 내 뺨을 보고는 미안하다며 울음을 터뜨렸다. 이거면 됐다. 눈물이 닿는 게 따가울 정도로 아팠지만 나는 해야 할 일을 했다고 느꼈다.

나는 그녀에게 이번만큼은 완벽하게 정리하는 게 좋겠다며 이혼하기를 요구했다. 그녀는 내 말을 따랐다. 그녀의 나이가 마흔다섯이던 해였다. 법적으로 남남이 되고 난 후 얼마 지나지 않아 만취 상태인 그녀의 남편이 새벽에 찾아왔다. 절대 문 열어 주지 마. 나는 여차하면 경찰에 신고할 태세였다. 한마디만 하고 싶다던 그녀의 남편은 현관문을 주먹으로 두드리고 발로 차면서 소란을 피웠다. 옆집에 사는 젊은 남자가 나와서 그녀의 남편에게 뭐라고 하는 바람에 꽤나 시끄러워졌지만 문안에 있던 우리는 끝내 개입하지 않았다. 이렇게까지 해도 안 열어 준단 말이지. 그녀의 남편은 그날 자신이 진정으로 가족에게서 버림받았다는 사실을 깨닫고, 다시는 우리에게 돌아오지 않았다.

그녀는 언제부턴가 혼자 소주를 마시기 시작했다. 대학생이 된 두 딸은 막차를 타고 자정께가 지나서야 집에 들어오곤 했다. 때로는 외박을 하거나 여행을 다니느라 집을 자주 비웠다. 늘 사람에 둘러싸여 사람들과 대면하는 업을 지닌 사람이, 사는 게 적적해서 술을 마신다고 했다. 동생은 그런 그녀를 염려했으나 나는 점점 바깥으로 돌게 되었다. 나는 더 이상 잠이 안 온다며 그녀의 방을 기웃거리지도 않았고, 그녀와 대화를 나누기 위해 일부러 화젯거리를 찾으려 하지도 않았다. 그녀의 남편이 사라진 후로 더는 기분 나쁜 소리들이 나지도 않았다. 다만 그녀가 자살을 기도하던 날에 느꼈던 습한 기운이 점점 더 집을 장악해 가고 있다는 것만큼은 분명했다.

나는 집이 더 이상 안전하지 않다는 걸 알아 버렸다. 그러고는 타인에게, 더 좁혀 말하자면 애인에게 나의 안전을 기대하게 되었다. 그러나 애인은 영영 타인에 불과하고, 타인은 언젠가 떠난다. 그녀의 남편처럼. 애인들은 종종 내게 대디 이슈가 있지 않느냐고 묻곤 했다. 나는 코웃음을 치며 편모 밑에서 자란 자식은 다 그 증후군에서 못 벗어나고 발버둥치는 것처럼 보이냐며, 그렇게 사람을 우습게 대하다가는 나중에 큰일 날 수도 있다고 답했다. 파더 콤플렉스? 웃기지도 않았다. 그럼에도 나는 헤어질 때마다 내 몸이 잘려 나가는 듯한 끔찍한 고통에 시달렸고, 사람과 사람이 만나다 보면 헤어질 수도 있다는 당연한 명제를 영영 납득하지 못하는 아이처럼 한동안 미쳐 있었다. 수 번의 자살 시도, 날카롭고 뾰족한 것을 보면 손목이나 허벅지 안쪽에 가져가는 습관, 한 달 치 정신과 약물을 이틀 만에 복용하고는 잠이 들 때까지 술을 마시고, 긴 잠에서 깨어나면 다시 술을 마시는 일상을 보냈다. 나는 나를 망치는 것이 한 시절의 명분인 양 살았다.

그래야 누군가는 책임을 지지.

동생은 그 누군가가 혹시 엄마냐고 물었다. 그래야 하지 않을까. 나는 몽롱한 상태로 주억거리며 대답했다. 동생은 어이가 없다는 듯 네가 계속 그 따위로 살면 너도 나가야 된다고 고함을 질렀다. 이미 정신이 나간 나는 동생이 뭐라 하든 상관없었다. 나와 동생의 싸움이 빈번해지자 그녀는 모든 게 자신의 잘못인 것 같다고 했다. 인 것 같은,은 뭐야? 잘못이라고 인정해. 와인 자국이 물들어 있는 침대 매트리스 위에 앉아서 나는 거실에서 소주를 마시고 있는 그녀에게 외쳤다. 그녀는 대답이 없었다. 나는 간신히 침대에서 일어나 휘청거리며 그녀가 있는 거실로 걸어갔다. 그녀는 나를 보지 않고 애먼 곳에 시선을 띄운 채 멍하니 있었다.

인정하라고.

뭘 인정해.

잘못 같다며.

말했잖아.

같은 게 아니라 잘못이라고. 엄마가 잘못 살아서 이렇게 된 거라고.

이게 다 내 잘못이니?

그럼 이 집에서 잘못한 사람이 누구야?

……미안하다. 다 제대로 못 키운 내 탓이다.

나는 그녀의 맞은편 의자에 앉았다. 그녀는 잔에 소주를 따르면서 노래를 듣고 싶다고 했다. 오래된 미니컴포넌트 위에 놓인 음반들이 눈에 보였다. 그녀는 사는 게 적적하다는 걸 구실 삼아 자주 음악을 들었다. 특히 혼자 술을 마실 때면 TV 대신 오디오를 켰다. 조금 취한다 싶으면 같은 트랙을 반복 재생하고는 큰 목소리로 노래를 불렀다. 그러다가는 자신의 가슴을 팍팍 치며 혼이 나간 사람처럼 울었다. 나와 동생이 가장 질색하는 장면 중 하나였다.

널 임신한 줄도 모르고 네 아빠랑 아빠 친구들이랑 나이트클럽을 자주 갔어. 깡촌에서 올라온 내가 뭘 알겠니. 어떻게 노는 줄도 모르고 그냥 따라다닌 건데, 그게 그렇게 재밌었어. 네 아빠가 좀 잘 노냐? 그때 제일 많이 나온 노래였어. 어찌나 신나게 춤들을 추던지. 그런데 있잖아. 나는 좀 싫어했어. 네 아빠가 이 노래만 틀면 너무 행복해하는 거야. 테레비를 보고 있으면 나는 귀신이 나오나 싶어서 얼른 돌려 버렸는데 말이지. 그 여자가 그렇게 좋으냐고 물으니까 그렇다대. 그때부터 나는 나이트에서 이 노래가 나오면 삐진 척하고 앉아만 있었지. 근데 다시 들으니까 너무 좋다. 일단 흥겹잖아. 그거면 됐지 뭐.

오래된 미니컴포넌트의 스피커는 잡음을 내며 음악을 송출했다. 경쾌하지만 어딘가 모르게 불안한 신시사이저 사운드가 들려왔다. 흥겨운 비트가 점점 고조될수록 그녀는 한없이 아래로 내려가는 것 같았다. 디딜 바닥이 있어야 춤을 추지. 나는 화가 치밀어 올랐다. 아직도 그녀가 그녀의 남편을 떠올리고 있다는 것이. 함께한 게 20년, 헤어진 지 15년. 그녀의 배 속에서 내가 3개월째 머무르고 있던 1987년 5월부터, 35년이 지난 지금까지. 그녀는 나보다 자신의 남편이 먼저였다. 아마 앞으로도 그럴 것이었다.

나는 간신히 구동 중이던 미니컴포넌트의 스피커를 집어 던졌다. 서랍장 위에 놓여 있던 컴포넌트는 마룻바닥에서 몇 번 튕기다가 거실 모퉁이 쪽으로 데굴거리며 안착했다. 나는 거실 한복판에서 점프를 하기 시작했다. 잠수를 할 때처럼 나는 바닥이 있다는 걸 확인이라도 하듯 연신 두 발을 구르며 점프를 했다. 나머지 한쪽 스피커에서 음악이 깨지는 소리를 내며 흘러나왔다. 음악도 날카롭고 뾰족한 것이 될 수 있구나. 지금 그녀의 눈앞에 서 있는 나 역시, 언제고 날카롭고 뾰족한 것이 될 수 있었다. 아연해하는 그녀 앞에서 나는 미친 사람처럼 뛰고 또 뛰었다.

*

그러므로, 우리는 되도록 말을 하지 않는다. 손톱깎이의 행방을 찾거나 쓰레기를 내다 버리는 날을 체크하고, 또…….

나는 그녀를 쏙 빼닮았다.

우리의 마지막 잠

우리의 마지막 잠
오디오 픽션 6(네이버 오디오클립, 2020)

그날 아침, 여느 때와 같이 딜라가 내 겨드랑이 쪽으로 파고들었다. 사각사각 침구를 긁어 대는 소리에 잠에서 깬 나는 이불을 들어 올리고 딜라를 껴안았다. 침대 위로 올라오는 게 점점 힘에 부치는 딜라를 위해 나는 몇 해 전부터 프레임을 없애고 매트리스만 사용하고 있었다. 굳이 점프를 하지 않아도 될 만큼의 높이. 늙은 고양이와 함께 산다는 건 그런 식으로 조금씩 공간의 높낮이에 변화를 주는 일이었다. 관절이 좋지 않은 딜라를 위해 푹신한 쿠션이나 소파를 곳곳에 배치했지만, 딜라는 늘 아침이면 자고 있는 내 곁으로 왔다. 우리는 이불 속에 나란히 누워 서로의 몸을 밀착시키며 얼마간 다시 잠에 빠져들었다. 딜라야, 잘 잤어? 딜라에게 물으면 딜라는 야옹, 하며 작게 대답했다. 그렇게 산 지 17년째. 우리만의 루틴이었다.

그날은 자조 모임이 있는 날이었고, 오랜만에 만나는 고교 동창의 청첩장 모임이 있는 날이었다. 2주에 한 번씩 있는 자조 모임은 반년 정도 지속되었고, 부득이한 사정이 아니라면, 특별한 기념일이라든가 감기나 생리처럼 몸이 아프다든가 하지 않는다면, 다시 말해 몸의 사정이 아니고 마음의 사정 때문에 모임에 참석하지 않는 일은 웬만하면 없어야 한다는 것이 자조 모임의 첫 번째 규칙이었다. 우리는 모두 아프다. 아프면 누구도 만나고 싶지 않다. 약속을 지키는 것도 어렵다. 그렇기에 우리는 더 만나야 한다. 혼자 있다고 그 아픔이 사라지는 건 아니니까. 그 아픔은 짧게 스쳐 지나가는 것이 아니고, 몸에 난 상처를 소독하고 연고를 바르는 것처럼 간단한 일이 아니고, 아주 오래된, 기억도 나지 않는 어느 옛 순간으로부터 시작해 현재에 이르기까지 계속 우리를 아프게 하고 있다는 걸, 우리는 모두 알고 있었다. 강제하지는 않지만 마음에 묻는 방식으로 우리는 규칙을 지키고 있었다. 그리고 모임의 구성원들은 최대한 참석하려고 애를 썼다.

그러나 그날 나는 자정부터 오후의 약속들이 버겁게만 느껴졌다. 전문가가 없는 자조 모임은 더 안 좋은 방향으로 흘러갈 수도 있다고 했던 주치의의 조언이 왜인지 정답처럼 느껴지는 밤이었다. 빙 둘러앉은 구성원들은 한 명씩 돌아가며 일상에 대해 일기를 읊듯 말했고, 특별한 사건이 있었다면 그에 대해 말하거나 그 때문에 생긴 감정을 토로하거나 했다. 그걸 더 깊이 파고들며 묻는 진행자도 없었고, 그래서 그 감정의 결론이 무엇인지에 대한 판단도 없었다. 차를 마시며 우리는 종종 고개를 끄덕이거나 호응을 드러내기 위한 감탄사를 몇 번 내뱉을 뿐이었다. 이걸 왜 하고 있는 거지. 나는 모임을 다니는 반년 동안 달라진 게 하나도 없었다. 매일 혼자 집에 있었고, 아침이면 술을 사러 편의점에 들렀고, 술을 다 마시면 잠에 들었다. 술에 덜 취하는 것 같으면 다시 술을 사러 밖으로 나갔고, 그 김에 집 옆으로 새로 조성된 공원길을 조금 걸었다. 푹신한 초록색 에폭시 바닥을 걷다 보면 풀숲에 숨어 있는 고양이가 보였고, 딜라를 떠올리며 다시 집으로 돌아왔다.

딜라는 자주 아팠다. 검사를 해 보면 결국은 큰 병에 걸린 건 아니었지만, 1년에 몇 번씩은 병원을 가야 했다. 키우던 화초를 먹다가 토를 심하게 해서 식물을 기르지 않게 되었고, 제때 쓰레기를 치우지 않아 비닐을 먹고 삼킨 탓에 수술을 하기도 했다. 그 후로 딜라는 습관성 구토 증세를 보이기 시작했는데, 그건 언제 봐도 충격이었다. 온몸을 비틀어 짜듯이 끌어 올려 구역질을 하는 동물을 보는 건 너무나 힘이 들었다. 한번 그렇게 토를 시작하면 짧게는 열 번, 길게는 수십 번을 한다고 말하자 수의사는 너무 예민해서 그렇다고 했다. 목에 이물감이 느껴지니까 자꾸 토를 하는 거라고. 혹시 혼자 고양이를 키우시나요? 그렇다고 말하자 어쩌면 분리불안의 한 증세일 수도 있다고 수의사는 말했다. 실제로 내가 애인의 집에 다녀오면 딜라의 구토 흔적이 곳곳에 있었다. 밥도 물도 먹지 않은 채 초록색의 눈동자를 끔벅거리며 나를 바라보던 딜라.

그날, 결국 밤을 새운 나는 안정제를 두 알 정도 더 먹은 후에 고교 동창에게 먼저 메시지를 보냈다. 몸이 너무 안 좋아서 만날 수가 없을 것 같다고. 결혼식마저 불참하겠다는 뜻으로 받아들였는지 동창의 답장은 퉁명스러웠다. 딜라에게 유동식으로 된 아침 식사와 가루약을 섞어 먹여 주었다. 딜라의 식사 시간은 나보다 길었다. 먹지 않으려 하는 딜라의 입을 강제로 벌려 넣는 일도 잦았다. 그럴 때마다 딜라는 앞발로 나를 세게 짓눌렀는데, 발톱에 찍힌 자국이 들어도 아프진 않았다. 겨우 식사를 마친 딜라를 소파에 두고 나는 다시 매트리스 위에 누웠다. 딜라가 나를 쳐다보는 것이 느껴졌다. 좁은 방에서 딜라의 시선이 닿지 않는 곳은 화장실밖에 없었다. 화장실에 가더라도 나는 딜라를 위해 꼭 문을 열고 일을 보고 샤워를 했다. 문을 닫고 있으면 딜라가 계속 울었으니까.

나는 자조 모임에 가서 할 말들을 생각하고 있었다. 사실 어젯밤 정말 죽고 싶었어요. 그러니까, 정말이요. 정말. 정말 죽고 싶었어요. 그러나 그 말을 한다 한들 그 '정말'이 정말처럼 느껴질까. 다들 그런 마음으로 오는 사람들인데, 그리고 누구보다 그 마음을 절박하게 알고 있는 사람들일 텐데도, 그래도. 그래도 정말 내가 진짜 죽고 싶어 했는지 그걸 알까. 딜라는 여전히 나를 쳐다보고 있었다.

자조 모임은 오후 세 시였고, 나는 한 시부터 병째로 와인을 마셨다. 그리고 한 달 치 받아 왔던 수면제를 한 봉지씩 찢어 테이블 위에 올려 두었다. 와인을 마시면서 알약들을 한 움큼씩 집어삼켰다. 세 시가 지났는지 메시지가 하나둘 오기 시작했고, 나는 몽롱한 상태로 핸드폰을 바라보다가 전원을 껐다. 와인을 다 마시고 난 뒤 나는 누웠다. 그러자 딜라가 천천히 내게로 걸어왔다. 아주 느린 걸음으로. 딜라야, 언니가 너보다 먼저 죽어도 용서해 줄래. 나는 중얼거렸다. 딜라의 동공이 점점 커졌다. 또렷이 나를 바라보고 있던 딜라. 딜라는 있는 힘껏 앞발을 디뎌 매트리스 위로 올라왔다. 딜라의 얼굴이 내 어깨에 닿아 있는 것을 느꼈다. 서서히 눈이 감기기 시작했다.

내가 눈을 뜬 것은 우습게도 하루가 채 안 돼서였다. 응급실에라도 실려 가야 되는 거 아닌가 싶을 정도의 양을 먹었는데도 죽기는커녕 배가 고파 눈이 떠졌다. 차라리 손목을 긋는 게 더 빠르겠다 싶었지만 이전에도 몇 번이나 리스트컷을 하다 실패했다. 정말 뛰어내리는 것 말고는 답이 없나. 그런 생각을 하며 내 어깨를 베고 있는 딜라의 볼에 얼굴을 가져다 댔다. 보드라웠던 딜라의 털이 어쩐지 빳빳한 느낌이 들었다. 두 팔로 딜라의 몸을 껴안았다. 으레 나던 고르릉 소리가 들리지 않았다. 물컹거리던 뱃살의 온기도 느껴지지 않았다. 설마. 설마. 몸을 일으켜 딜라를 안았지만, 딜라의 몸은 이미 차가웠다.

딜라를 안고 한참을 멍하니 앉아 있었다. 언젠가 맞이했어야 하는 죽음이었고, 그게 얼마 남지 않았다는 것도 이미 알고 있었다. 어쩌면 하루나 이틀, 혹은 이틀이나 사흘 정도의 시간차를 두고 내가 먼저 죽었다면. 그러나 나는 내가 결코 죽지 않을 것을 알고 있었다. 무슨 짓을 해도 죽음은 그렇게 쉽게 찾아오지 않는다는 걸. 그럼에도 죽고 싶은 날이 있고, 다시 살아난다 하더라도 그런 행동을 해야만 하는 날이 있다. 그날은 그런 날이었다. 어리석고 부끄러워도, 그렇다 하더라도 무슨 짓이든 해야만 하는 날. 그런 날, 딜라는 죽고 나는 살았다.

만일 내게 앞으로 남겨진 날들이 매일 똑같은 날의 반복이라고 한다면, 나는 감히 그날을 말할 것이다. 눈을 떴을 때부터, 와인과 수면제 때문에 나른해진 상태로 딜라를 다시 품에 안고 잠에 들 때까지. 죽을 때까지 그 하루만이 반복된다면 좋겠다. 그렇다면 나는 더 이상 죽지 않으려고 할 테니까. 딜라와 내가 서로의 평온함을 느끼던 그 순간을. 나는 비록 죽기로 결심했지만, 그날이 딜라의 마지막 잠이라는 걸 결코 모르는 그때로 돌아가고 싶다. 비록 나는 죽기로 했지만. 딜라야, 언니가 너보다 먼저 죽어도 용서해 줄래? 말하면 야옹, 하고 답하던 딜라의 반짝이던 눈빛을.

그러나 딜라는 죽었고 나는 살았다.

해설

미칠 수도 있지만, 살아갈 수도 있지

서영인(문학평론가)

1. 유동하는 '문학'의 기록

차현지의 소설집을 읽기 위해 우선 수록된 소설들의 불균질함으로부터 이야기를 시작해 보려 한다. 불균질이라고 하면 정리되어 있지 않은, 무언가 불안하고 분열되어 있다는 인상을 준다. 안정적이고, 통일감 있으며 일관성 있는 것을 더 긍정적인 것으로 여기는 선입견에 바탕해서 본다면 서두에서 말하기 좋은 단어는 아니다. 한 작가의 10년간의 작품 활동 결산물이라고도 할 수 있는 소설집에 대해 말하며 이런 시작이 적절한 것인가. 조금 망설였다. 그러나 무릇 문학이란 것이 어떤 일관성하에서 가지런히 정리되어 제시될 수 있는가라는 질문을 제기해 본다면, 불균질이라는 말로 오래 머뭇거릴 이유는 없어 보인다. 사실 불균질함이란 문학의 속성과도 같은 것이며, 여기서의 불균질함은 자유로움이나 다양성이라는 말과도 통한다. 물론 서두를 불균질함으로 시작하는 데에는 이유가 더 있다. 불균질함은 이 소설집의 특성이기도 하기 때문이다. 무려 특성이라고 말하려면 인상이나 선입견 같은 것 말고 다른 사정들이 더 있어야 할 것 같으니 그 불균질의 내용을 좀 더 살펴보도록 하자.

『트랙을 도는 여자들』에는 총 열 편의 소설이 묶였다. 분량을 기준으로 하자면 통상적으로 단편 소설이라 칭하는 80~100매 분량의 소설이 여덟 편, 20매 이하의 엽편 소설이 두 편이다. 분량상으로는 단편에 섞여 든 엽편이 일단 불균질의 한 요소를 차지한다. 이 불균질은 분량에서만 기인한 것은 아닌데, 그것이 전달된 매체와 관련이 있기 때문이다. 「문은 조금 열어 둬」는 〈월간 윤종신〉에서 발간한 『한남동 이야기』에 실려 있고, 「우리의 마지막 잠」은 '네이버 오디오클립'에서 송출된 '오디오 픽션' 시리즈에 포함된 작품이다. 『한남동 이야기』는 한남동을 주제로 젊은 소설가 24인이 웹진 〈월간 윤종신〉에 발표한 짧은 소설을 모은 책이다. 500부 한정 텀블벅 펀딩으로 제작되었으며, 각 단편들은 웹진을 통해서도 읽을 수 있다. '네이버 오디오클립'은 오디오 스트리밍 서비스로, 「우리의 마지막 잠」은 듣는 소설로 제공되었다. 소설집에 실린 것은 그 텍스트이다.

나머지 여덟 편의 소설도 수록된 매체를 중심으로 살펴보자면 제각각이다. 등단작인 「미치가 미치(이)고 싶은」은 서울신문 신춘문예 당선작이며 「트랙을 도는 여자들」은 웹진 〈문장〉에, 「무덤 산보」는 (지금은 폐간된) 문예지인 『21세기 문학』에 처음 발표되었다. 이 세 편이 전통적인 방식의 소설 발표 형태를 따른 것이라면, 미발표작인 「해변의 소견」을 제외한 나머지 네 편은 테마 소설집과 독립 문학 잡지에 소개된 작품이다. 「미주와 근화의 이란성 쌍둥이 썰」이 수록된 『TOYBOX』는 '올라운드 문예지'를 표방하며 '기존의 문학 바깥', '문학의 다른 생태'를 실험하는 잡지로 현재 6호까지 발간되었다. 매체를 중심으로 분류하자면 『트랙을 도는 여자들』은 전통적인 종이 매체(신문, 문예지), 웹진, 실험적 독립 잡지, 테마 소설집, 오디오북이라는 다양한 형태의 매체에 발표된 소설들로 구성되었다. 2010년대 이후 여러 갈래로 펼쳐진 문학 매체가 소설집의 형태로 종합되어 있다고 할 수도 있겠다. 다르게 말하면 2010년대 이후 문학의 존재 방식에 대한 다양한 실험과 모색의 기록으로 이 소설집을 읽을 수도 있다는 말이다.

테마 소설집은 최근 자주 만날 수 있는 소설 읽기의 방식이다. 특정한 주제로 여러 작가의 작품을 모아 만든 한 권의 책을 통해 독자들은 동시대 여러 작가들의 같으면서도 다른 시선들을 함께 읽는다. 출판사의 출판 전략이나 여러 작가들을 동시에 읽고 싶은 독자의 요구도 이런 소설집이 성행하는 데 한몫하였지만, 한 작가 한 책의 '작가주의'가 해체되고 있다는 것도 중요한 요인 중 하나다. 한 권의 소설을 처음부터 끝까지 장악하는 작가의 완결된 예술 세계를 경외하기보다는 복잡하고 다양한 이야기들이 어울려 빚어내는 동시대의 풍경과 호흡하는 일이 더 즐거운 것이다. 작가들 역시 각자의 이야기가 다른 작가들의 이야기와 연결되기도 하고 어긋나기도 하는 교차의 지점에서 존재한다. 「녹색극장」이 실려 있던 『이 사랑은 처음이라서』는 '90년대 대중가요'를 주제로 한 테마 소설집이고, 「핑거 세이프티」는 '엄마'를 주제로 한 테마 소설집 『엄마에 대하여』에 수록된 것이다. 너무 많이 이야기해서 식상할 것 같은 주제하에서 뜻밖의 이야기들이 흘러나오고 우리의 소설 읽기는 이런 방식으로 계속된다.

〈월간 윤종신〉은 대중음악가 윤종신이 한 달에 한 곡씩 음원을 발표하는 디지털 음반 발매 프로젝트에서 시작되었다. 음악뿐 아니라 미술, 문학, 영상 등의 콘텐츠를 함께 선보이는 종합 문화 플랫폼 같은 형태로 진화했다. 『TOYBOX』 는 문학 잡지이지만 문학만으로 구성되지 않는다. 문학과 음악, 건축, 영상, 미술이 서로 경계를 넘나들며 섞이는 지면을 지향한다. 짧은 소설은 디지털 시대의 독자들을 위한 매체가 발간되면서 자리 잡은 형식이다. 온라인이라 하더라도 데스크톱 PC 유저를 대상으로 했던 초기의 '웹진'과는 독자층이나 구독 방식이 다르다. 스마트폰, SNS에 익숙한 이용자들의 독서 습관에 맞는 형식으로 개발되었다고 보는 편이 더 적합할 것이다. 종이 잡지라고 해도 사정은 다르지 않다. 길고 오래 보기보다는 짧게 보고 여러 가지를 경험하고 그것을 복합하면서 다른 것을 창안하는 취향과 짧은 소설은 연결되어 있다. 호불호가 있겠지만, 이제 '트랜스'와 '콜라보'는 우리 시대 문화의 '트렌드'가 되었다.

변화하는 문화 환경 안에서 소설은 꾸준히 몸을 바꾸고 그 바뀐 몸을 실을 곳을 창안하고 발굴하고 있다. 이런 문학의 현장에서 종횡무진 살아온 작가의 기록으로 이 소설집을 읽어 보는 것도 괜찮은 방법이다. 그러니 이제 이 작가의 활동 기록지를 펼쳐 보자. '유동하는 문학의 시대'를 기록하며, 그 시대를 가로지르며, 작가는 지금의 우리가 공통으로 겪고 느끼는 문제들의 세부를 찬찬히 꺼내 놓는다. 무심한 듯 예민하고, 나른해 보이지만 정확하다. 모르는 척하거나, 미처 살피지 못해서 잊고 있었던 삶의 저변 같은 것을 만나는 기분이다.

2. 죽음과 우울을 존중하다

짧은 소설을 도입부 삼아 소설의 세계로 들어가 보자. 음악을 하겠다고 집을 나간 아들이 8년 만에 병들어 돌아왔고, 투병 끝에 죽었다. 아들이 없는 집에 낯선 사람들이 찾아온다. '희귀 음악 감상회'라는 소모임의 회원들이었고, 4년 전에 아들이 낸 음반에 들어 있던 〈한남동 파란 철문〉이라는 노래를 듣고 팬이 되어 한남동의 파란 철문을 찾아왔다고 한다. 지금은 없는 아들에게 "힘들겠지만 계속 해 달라고"(148쪽) 부탁하고 그들은 사라졌다. 더 이상 아들이 돌아오기를 기다릴 필요가 없으므로 주택가의 낡은 집을 팔고 아파트로 이사하려는 계획을 세웠는데, 그 계획을 당분간 미루어야겠다고 아버지는 생각했다.(「문은 조금 열어 둬」)

짧은 만큼 간명하다. 그러나 소설이 전하는 메시지를 정확하게 읽기는 생각보다 어렵다. 사람이 사라지고 나서도 남는 것에 대해 말하는 것일까. 장소의 추억, 혹은 아들이 생애 동안 남긴 음악 같은 것들? 그런데 인간은 유한하고 음악은 남는다든가, 남은 사람의 추억은 죽지 않고 계속된다든가, 그래서 짧은 생애이지만 결코 허망하지 않다든가, 하고 말하고 나면 어쩐지 이상하다. 이유를 곰곰 생각하다

보면, 아버지에게 초점화된 이야기가 아들을 함부로 판단하지 않는다는 것을 발견하게 된다. 돌아온 아들은 실패했다고 자주 말했지만, 그것이 실패인지 아닌지를 아버지는 판단하지 않는다. 아들의 존재는 부모에게 비할 수 없는 기쁨이었으나 그것은 부모의 것일 뿐, 그 기쁨이 아들의 삶을 대신하지 않는다. 죽고 사라진 아들의 음악을 듣고 나타난 팬들이 있어 위안이 되지만 그것 역시 아들의 삶을 대신할 수 없다. 무엇으로도 대치될 수 없는 존재의 고유함이 인정될 때, 죽음도 비로소 존중될 수 있다. 삶이 그의 것이듯이, 죽음도 그의 것이기 때문이다. 다만 그가 있던 흔적과 그가 남긴 추억과, 타인은 온전히 알 수 없는 그의 삶이 쌓여서 지금 여기를 조금 다르게 만들고 있을 뿐이다. 남아 있는 사람이 할 수 있는 일은 '문은 조금 열어 두는 일.'

극복을 전제로 하지 않을 때 실패는 존중되고, 애도에만 치중하지 않을 때 죽음이 존중된다. 그리고 치료를 목표로 하지 않는 곳에서 병증도 삶으로 인정된다. 가령 우울증이 그렇다. 오디오 픽션 「우리의 마지막 잠」을 듣다 보면 우울증을 앓고 있는 '나'의 하루를 가만히 지켜보고 있는 기분이 든다. 늙은 고양이 '딜라'와 함께 살고 있는 '나'는 우울증 환자들의 자조 모임과 고교 동창의 청첩장 모임이 있는 날 약속을 취소하고 자살을 시도한다. 와인과 수면제를 먹고 하루를 잠들었다 깨어났는데, 그의 품 안에서 고양이는 죽어 있다. "언니가 너보다 먼저 죽어도 용서해 줄래"(291쪽)라고 말하면 '야옹' 하고 답하던 고양이였는데, 딜라가 먼저 죽었다. 작은 방에 고양이와 나만이 있는 하루, 예정된 약속에 대해 생각을 거듭하다 취소하거나 불참을 결정하고 와인과 수면제를 먹고 잠들었다 깨어나기까지의 시간을 침착하게 기록하는 동안 우울증의 날은 소설 전체를 채우는 유일한 사건이 된다. 정상적이라거나, 건강하다고 여겨지는 삶과 비교되지 않는다. 그리고 소설의 전부인 나와 고양이의 하루는 자조도 자포도 아닌 관찰과 기록의 대상이다. 나는 죽기로 결심했으나, "딜라는 죽었고 나는 살았다"(293쪽)는 사실만이 남는다. 타인에 의해 온전히 이해될 수 없지만 가만히 숨을 죽이고 관찰하면서 지켜보고 기록할 만한 사실로서의 어떤 삶. 우울은 기분이 아니라 사실이 되며, 그들의 하루는 기록되고 축적되면서 이어지는 하나의 사건이 된다.

'죽음'과 '우울증'은 『트랙을 도는 여자들』을 채우는 키워드와도 같다. 「우리의 마지막 잠」을 비롯해서 「트랙을 도는 여자들」의 303호 여자의 죽음, 그리고 '나'의 우울증, 「무덤 산책」의 털보 아저씨의 죽음, (아마도) 석조 씨의 우울증, 「미치가 미치(이)고 싶은」의 할아버지의 죽음, 「미주와 근화의 이란성 쌍둥이 썰」의 '근화'의 섭식 장애. 「핑거 세이프티」에서는 엄마와 딸이 모두 우울증을 앓고 있고 모녀는 주기적으로 자살을 시도한다. 「트릭」의 '도'는 젊어서 어울렸던 화가 H의 전기를 쓰면서 유명해졌는데, H는 우울증으로 자살했으며 젊어서 우울을 절대로 이해하지 않았던 '도'는 노쇠로 죽음이 다가올 무렵 자신도 우울에 빠져들고 있음을 알아챈다. 죽은 자들이 산 자들에게 영향을 미치고, 산 자들은 우울증으로 무기력하거나 갖가지 장애에 시달리고, 스스로를 죽이고 싶은 충동에 시달린다. 반복되는 죽음과 우울을 더 잘 말하기 위해서, 작가는 죽음을 삶의 대안이나 포기로 보지 않고, 우울을 정상적인 것과 비교하지도 않고 관찰하고 기록해야 할 대상처럼 찬찬히 그려 놓았다. 거기에 무엇이 있는가.

3. 우울증의 서사-여성 현실, 여성 트라우마를 읽다

아무렇지도 않게 일상을 살아가는 것처럼 보이는 사람들 중에 생각보다 우울증을 앓고 있는 사람들이 많다. 하미나의 『미쳐있고 괴상하며 오만하고 똑똑한 여자들』(동아시아, 2021, 이하 『미쳐있고』)은 20~30대 여성 우울증에 대한 연구·조사 보고서이다. 우울증은 특히 여성 유병률이 높은 질환이다. 그럼에도 여성 우울증에 대한 연구는 허술하고 편향적이다. 『미쳐있고』는 우울증 연구의 역사에서 여성 차별과 혐오의 역사를 읽는다. 남성에 비해 여성 우울증 유병률이 높은 이유가 사회 문화적으로 진단되고 연구되어야 함에도 불구하고 그렇지 못했다. 여성 호르몬은 연구되지 않은 미답의 질환들에 마치 만병통치약처럼 제시된다. 남성의 우울은 사회 문화적 요인, 즉 남성 신체의 바깥에서 오고 여성의 우울은 여성의 신체에서 비롯된다고 해석한다. "곧 여성이 아픈 것은 '원래 그렇게 태어나서'이다."(『미쳐있고』, 24쪽) 그러니 여성 우울증에 대한 발화와 탐구는 주목받지 못하는 고통에 주목하고 그 고통을 드러내고 그것을 다른 삶으로 전환하기 위해 필요하다. 나는 『트랙을 도는 여자들』의 서사 역시 그런 일을 하고 있다고 생각한다. 여성에 대한 사회적 폭력과 거기에서 오는 정신적·육체적 내상으로서의 우울증이 여기에 있다. 단지 스트레스나 기분장애 같은 것으로 다루어질 수 없는, 우연하고도 개인적인 질병이 아닌 증상들에 대하여, 소설은 이유를 탐색하고, 고통에 이름을 붙인다.

「핑거 세이프티」는 그런 의미에서 가장 전형적이고 대표적이다. 가족을 부를 때 '나'를 중심에 놓은 호칭은 오직 '엄마'와 '여동생'뿐이다. 아버지는 '그녀의 남편'이고, 할머니는 '그녀의 시어머니'이며, 큰아버지는 '그녀의 아주

버님'이다. 나의 가족 관계는 사실상 엄마를 중심으로, 엄마를 통과하여 만들어졌기 때문이다. 그만큼 엄마에 대한 애착도 강하고 원망도 크다. 장사 수완이 좋았던 엄마는 쇼핑몰의 가게를 운영하며 집안의 경제를 책임졌고, 아버지는 수많은 직업을 전전했으나, 어떤 것도 제대로 해 내지 못했다. 경제를 책임지고, 아이를 돌보고, 시댁 가족을 챙기는 일까지 모두 엄마에게 맡겨 놓은 아버지는 술에 취해 있거나 집을 나가거나, 아니면 엄마를 때렸다. 명백한 가해자인 아버지 대신 나는 엄마에 집착했다. 아버지에게 맞을까 봐, 그러다가 엄마가 죽을까 봐 엄마를 보호해야 한다는 생각에 전전긍긍했고, 반면에 엄마로부터 보호받지 못했다는 생각으로 엄마를 원망했다. 엄마는 오래 우울증을 앓았고, 불안한 가족을 나름대로 지켜야 했던 나 역시 수면제가 없으면 잠들지 못한다. 엄마와 나는 서로 미워하면서 헤어지지 못하고 끔찍이 연민하고 애증하는 사이이다. 그래서 엄마와 나는 꼭 필요한 대화를 나누는 것 이상으로 가까이 가지 않는 안전거리를 유지한다. 총기에 대한 안전 수칙, 우발적으로 격발되지 않게 하기 위해 방아쇠에 손가락을 두지 않는 '핑거 세이프티'가 오랜 가족 관계 끝에 엄마와 내가 터득한 지혜라면 지혜이다.

그녀들의 우울증은 어디에서 비롯되었을까. 진부한 이

야기이지만 남성 가장을 중심으로 한 가족 질서가 근간에 있다. 가부장 중심의 가족 구조는 이미 해체되고 있지만 가족 구성원을 지배하는 가부장 의식은 전혀 변화하지 않았다. 아버지뿐 아니라 엄마에게도 그렇다. 엄마는 돈을 벌고, 아이를 키우고 가족으로 맺어진 관계들을 돌보는 데 전심전력을 다하지만 그 역할을 인정받지 못한다. 아이들의 용돈은 남편의 카드로 지불되고, 사랑이라는 이름으로 남편의 동창들, 시댁 식구들의 요구를 들어주어야 한다. 남편은 가장으로서의 역할을 하지 못하는 무능을 폭력으로, 딸만 낳은 엄마의 탓으로 방어한다. 남편이 집을 나갔다가 돌아오기를 반복하고, 결국 이혼할 수밖에 없었는데, 엄마의 수고와 노동은 보상받지도 인정받지도 못했으므로 엄마를 해치는 상처가 되었다. 그런 엄마를 지키기 위해 잠들지 못했고, 동생을 대신 돌보아야 했고, 부당한 아버지와 싸워야 했던 나 역시 점점 상처받는다. 나의 노력은 엄마가 원하는 보상을 줄 수 없다. 엄마를 지키는 것은 나였으나, 엄마가 원했던 것은 아버지였으므로 누구에게도 말할 수 없었던 나의 상처는 점점 나를 파고든다. 감당할 수 없는 자책과 고통으로부터 자신을 보호하기 위한 몸의 대응이 곧 우울증이다.

슬기로운 화해와 감동적인 이해의 반전이 가능하지 않

다. 가능한 것은 그 고통과 갈등을 기록하면서 그 고통을 스스로 이해하는 일이다. 그러니 화해의 반전은 다음과 같은 방식으로 온다. "나는 그녀를 쏙 빼닮았다."(283쪽) 화자는 '나'이지만 모든 관계와 시점은 '그녀'에게 있는 소설의 서술 방식은 스스로를 이해하면서 그녀를 이해하는 방향을 만들어 낸다. 나는 나를 제대로 돌보지 않은 엄마를 원망하지만, 그녀의 자살 시도가 곧 나를 버린 것에 다름 아니라고 말하지만, 소설은 다른 것을 말한다. 나를 이해하기 위해 그녀와 나의 일을 끊임없이 기록하고 기억하는 과정에서 드러나는 그녀의 고통이 그것이다. 내가 묘사하고 서술하는 그녀, 엄마. 새벽 시장에 다녀와서 잠깐 눈을 붙이고, 아침밥을 짓고, 아이들을 깨우고, 그러면서 드라이를 하고 눈썹을 그리면서 그날의 장사를 생각하는 엄마의 고단한 일과. 압력 밥솥의 밥이 끓는 소리와 달큰한 찌개 냄새가 주는 안도감에는 무언가 결핍이 있다. 그리고 나의 결핍은 곧 엄마의 결핍이기도 하다. 그것은 이어져 있지만 공유될 수 없는 결핍이다. 그러니 그녀들은 각자의 우울증을 앓는다.

사회가 여성들에게 강요하는 역할에 대한 부담, 보상받지 못하고 폄하되는 그들의 노동으로부터 이 만연한 우울을 좀 더 깊이 이해해 볼 수 있다. 특별한 자산이 없는 삼십 대 여성의 노동 환경을 보자. 근화는 종편 방송국 외주 콘텐츠 제작사 구성 작가로 일한다. 임시직이다. (「미주와 근화의 이란성 쌍둥이 썰」) 그전에는 출판사에서 일했는데, 자서전 자비 출판이 주된 업무였다. "다양한 일을 했지만 미래는커녕 수익도 보장되지 않는 일들이 대부분"(153쪽)이었고, "보람도 없는 일을 꾸역꾸역 하면서 근화는 소명이니 목적이니 하는 건 바라지도 않았고, 하루를 버티는 것조차 힘에 부쳤다."(154쪽) 매일매일 참고 또 참는 그녀의 유일한 취미는 자극적인 것을 섭취하는 일이었다. 폭식을 하고 소셜 미디어의 모든 정보를 탐식했다. 끝없이 참아야 하는 환경을 회피하는 한 방법이다. 근화는 소소하지만 따뜻하고 단정한 일상을 매일 보여 주는 미주의 개인 방송의 팬이다. 점심 식사 후 단추가 터졌다는 방송에 조롱이 이어지자 미주는 방송을 중단했다. 일반인 유튜버를 찾아서 방송을 만들자는 기획에 따라 미주를 찾아 팀원들이 출동한 날, 근화는 우연히 미주를 만났다. 파스텔톤의 영상과 센스 있는 연출로 보았던 미주가 아니었다. 자신과 다를 것 없는 얼굴, 되는 대로 입은 후드 티와 반바지, 그리고 악취를 풍기는 액체가 흐르는 쓰레기봉투. 미주가 방송을 중단하자, 근화는 미주의 방송에 등장한 장소를 찾아다니는 것으로 직장 생활의 우울을 풀곤 했다. 미주가 가던 식당에서, 커피숍에서 가끔 근화를 미주로 착각한 사람들이 말을 걸었다. 유튜브 속의 얼굴과 전혀 다른 민낯의 미주, 미주나 근화나 다를 것 없는 삶을 살고 있으니, 그들은 쌍둥이처럼 닮았다. 근화는 팀장에게 전화를 건다. "찾았어요, 미주."(186쪽) 방송 소재를 찾기 위해 혈안이 되어 있는 팀장에게 목적이 달성되었음을 알리는 전화이지만, 나는 이 말이 이렇게도 들린다. "여기, 내가 있어요."

이 소설이 수록된 『TOYBOX』의 테마는 '유령'이었다. 미주와 근화의 민낯이 유령일까, 아니면 미주가 만들고 근화가 선망했던 개인 방송이 유령일까. 무엇이 유령일지를 가늠하는 것보다 더 중요한 것은 나만 유령이 아니라는 점이다. 사회적으로, 경제적으로 취약한 젊은 여성들에게 주어진 보람 없는 노동과 소진하는 삶이 유령처럼 우리를 장악하고 있다면, 그것을 위안하는 도피처로서의 소셜 미디어는 유령을 감추기 위해 예쁘게 포장된 또 다른 유령이다. 만들고 보는 사람들을 잇는 것은 참고 참아야 하는 취약하고 허술한 사회적 존재로서의 자신들이다. 그러니 민낯의 자신들이 감당해야 하는 고통과 무력을 외면하지 않고 그대로 드러내는 일은 중요하다. 그래야 또 다른 유령을 만날 수 있기 때문이다.

젊은 여성들의 우울증을 탐색하는 것은 고통에 대처하는 새로운 문화를 찾아나가는 일이라고 생각한다. 위기 상황에서 새롭고 자발적인 연대가 이루어지고, 타인의 고통을 폄훼하거나 선불리 지워버리지 않고, 취약함을 공유하고 내보이는 것. 상실한 것을 충분히 애도하는 것.(『미쳐있고』, 309쪽)

4. 너는 곧 나이므로 우리는 서로를 돌본다

취약층일수록 사회적 위험에 먼저 노출된다. 위험에 노출된 공포와 불안과 고통을 견디기 위해 회피한 곳에 우울증이 있다. 그러니 여기에서 우울증은 사회적 증상이다. 2010년대 페미니즘 이후, 가진 것 없는 젊은 여성들이 위협과 혐오에 계속 노출되어 왔다는 것을, 그것이 명백한 '사회적 폭력'이라는 것을 이제 우리는 안다. 그것이 어떻게 계속되어 왔는지를 소설은 섬세하게 짚어 낸다. 가령 「펑거 세이프티」의 어린 나를 자꾸만 자신의 허벅지 위에 앉혔던 수영 코치라든가, 성공의 기회를 연거푸 놓친 내가, 욕심 없고 성실하고 속내를 보이지 않는 가장으로 살아왔지만, 느닷없이 낯선 여자에게 욕설을 퍼붓는다든가("하이빔이나 꺼, 이 썅년아. 운전도 못하는 게", 「해변의 소견」, 95쪽) 하는 장면이 그렇다. 여성들에게 가해지는 폭력이란 오래 축적

된 것의 발산이며, 예고도 없고 준비도 없이, 물론 가해의 의식도 없이 행해진다.

강남역 살인 사건을 연상시키는 「트랙을 도는 여자들」의 살인 사건으로 엄마를 잃은 우지와 우울증의 름이는 그렇게 만날 수 있었다. 취약함을 공유하고 그것을 내보일 수 있는 상대를 알아보았기 때문일 것이다. 한밤중에 우지의 엄마가 칼에 찔려 숨진 것에는 특별한 이유가 없다. 있다면 그녀가 여자라는 것, 치안이 취약한 빌라촌에서 밤늦게 귀가해야만 하는 삶을 산다는 것. 여자 둘만 사는 빌라에 주기적으로 남자들이 드나들었고, 동네에서는 수군거렸지만, 그렇다고 해서 한밤중에 노상에서 영문도 모르고 찔려 죽어도 되는 것은 당연히 아니다. 우지는 여자 둘만 사는 집이 무서웠으므로 아빠 NO.1, NO.2, NO.n이 있는 것이 없는 것보다는 낫다고 생각했다. 아빠를 기둥이며 뿌리라고 말하는 친구들과 어울리지 못했고, 엄마가 신경안정제를 한꺼번에 삼킬까 봐 하루치씩만 꺼내 놓으며 학교를 다녔다. 보호받아야 할 어린 여자아이가 오히려 엄마를 보호하고 주변의 위험으로부터 스스로를 지켜야 하는 상황, 우지는 아직 잘 견디고 있지만 언젠가 자기 속으로 더 깊이 숨어들지도 모른다.

름이가 '나도 고아'라고 말하면서 우지와 름이는 같은

처지가 된다. 아버지가 돌연사하고 8년의 시간을 름이는 우울의 늪에 빠져 지냈고, 름이를 알던 사람들은 하나둘 름이를 떠났다. 직장을 얻기 위해, 결혼을 하려고, 집을 사려고 애를 쓰는 삶에 름이가 동참하지 않았기 때문이라고 한다. 아버지가 살갑고 든든했기 때문에, 그런 아버지가 죽어서 름이가 무력해진 것은 아니다. 아버지는 름이를 방치하는 편이었고 그러다가 죽었기 때문에 름이는 계속 방치되어 있었을 뿐이다. 름이가 안간힘을 내어 볼 생각을 하게 된 것은 우지의 엄마가 죽고 나서이다. 길가다가 느닷없이 죽을 수도 있는 사람들은 살아 있기 위해서 안간힘을 내어야 한다. 그리고 이제야 름이와 같은 지반 위에 서 있는 사람들이 눈에 들어온다. 학교 운동장의 트랙을 도는 여자들, 느닷없이 죽지 않기 위해 안간힘을 써야 하는 여자들과 름이는 같은 줄에 서 있다. 근화가 미주에게서 자신의 얼굴을 본 것처럼, 름이는 우지의 엄마와 우지를 통해 자신의 삶을 읽는다. 그리고 엄마 없이 혼자 남은 우지의 자리 때문에 마음이 불편하다. 불편함을 못 본 척하기 위해 름이는 하던 대로 아이스크림을 꺼내 먹지만, 계속 폭식장애와 우울증에 머물지는 않을 것이다. 어떤 식으로든 돌보아야 하고 돌보아져야 하는 자기 자신과, 우지의 자리가 안간힘을 만들어 내고 있기 때문이다.

술과 수면제로 살아가던 「우리의 마지막 잠」의 '나'는 열일곱 살 된 늙은 고양이 딜라를 극진히 돌보았다. 집에도 학교에도 머물지 못하며 나이든 유부남과 모텔을 전전했던 '미치'가 짐짝처럼 방치된 할머니를 생각했던 마음을 떠올려 본다. "이곳에 와 있는 것이 가뭄처럼 답답하고 숨 가쁠 할머니. 할머니는 아침마다 이렇게 장롱에 머릴 기대고 무슨 생각을 할까. 살아 있긴 한 걸까. 살아가고 있는 걸까, 살아지고 있는 것일까."(「미치가 미치(이)고 싶은」, 213쪽) 살아가고 있는지가 궁금한 할머니에게 다가가는 미치의 퉁명스런 관심, 보호받아야 될 사람들을 알아보면서 스스로를 보호할 수 있게 되는 마음, 죽음과 우울을 지나 살아가고, 살아지기 위해 그런 약한 마음들이 만난다. 돌보아져야 하는 존재들의 공통성 위에서 서로를 돌보는 힘이 생겨난다. 막연한 호의나 선량함으로 가능한 일이 아니다. 이 연대는 생존하기 위한 낱낱의 안간힘을 인정하고 존중하는 곳에서 겨우 가능하다. 폭력과 범죄에 노출된 여자들, 공포를 피해 우울 속으로 침잠한 여자들이 연대할 수 있는 까닭은 그들이 공통의 지반 위에 있기 때문이다. 너의 고통이 너의 것만이 아니다. 나의 불행이 나의 것만이 아니다.

미치거나 죽지 않고 살아가기 위한 연대기, 『트랙을 도는 여자들』은 그런 활동의 기록지이다.

작가의 말

소설을 쓰지 않는 삶을 원했고, 때때로 그렇게 살았다.

갖은 변명으로 쓰지 않는 나를 비호하려 애썼다. 소설이 내 인생을 살아 주는 것도 아닌데, 하며 멀어지기를 바랐다. 그러면서도 소설을 쓰겠다며 마땅히 해내야 하는 생활과 책임을 게을리했다. 돌이켜 보니 십 년이 지났다. 스물다섯 살의 내가 서른다섯 살이 되었다. 나는 지금도 소설을 쓰는 삶으로부터 부디 천천히 멀어지기를 바라고 있다.

그럼에도 나를 믿어 주었던 얼굴들이 떠오른다. 더 이상 소설을 쓰지 않겠다고 쉽사리 단언할 때마다 그럴 리 없다며 웃어넘기던 얼굴들. 마음을 다해 격려해 주던 얼굴들. 같이 쓴다는 것만으로도 더없이 고마운 얼굴들. 2017년 눈 내리던 겨울, 그날을 잊지 않는다. 다른 건 몰라도 소설에 진심이었던 것만 믿고 가자고, 이 시기를 잘 버텨 내자고 말해 주는 친구들이 있었기에 소설을 쓰고 싶다는 소박한 마음을 더는 훼손하지 않을 수 있었다. 그들에게 많은 빚을 졌다.

이 책에 담은 열 편의 소설은 한 편을 제외하고 전부 2017년 이후에 썼다. 십 년 전에 쓴 소설을 넣어야 하는지 오래 고민했다. 그럼에도 책으로 엮은 까닭은 그때의 나와 지금의 내가 같은 도수의 렌즈로 세계를 관찰하고 있지 않다는 사실을 다시금 확인하기 위해서였다.

나는 나를 믿기 위해, 혹은 지난 시절의 나를 끊어 내기 위해 썼다. 살아 내야 하는 이유를 증명하기 위해 쓰기도 했다. 못나고 다부지지 못한 작품들이지만, 나의 한 시절을 기꺼이 감당해 주었으므로 애정을 담아 본다.

책이 만들어지기까지 많은 분의 도움이 있었다. 제 것처럼 꼼꼼히 살펴 주고 아껴 준 친구들과 편집자에게 감사의 인사를 전한다. 마지막으로 소설을 쓰거나 쓰지 않거나 끝없는 지지로 버팀목이 되어 준 나의 가족과 애인에게 이 책을 빌려 온 마음을 다해 고마움을 전한다.

추천의 말

나는 아직도 차현지를 기다린다,라는 독자의 말을 기억한다. 단 한마디에 담겨 있던 단단한 신뢰를. 차현지의 등단작을 읽었을 땐 미처 거기까지 알지 못했으나, 이후의 발표작들을 읽으며(이 시기에 작품이 아닌 한 개인으로서의 작가를 만나고 알아 갔다) 이 작가가 얼마나 영리하고 명쾌한 어젠다를 갖고 있는지, 무엇을 읽고 보고 들으며 소설을 잊거나 잃지 않으려 노력했는지 비로소 알게 되었다. 작가가 지나온 시간들이 부인할 수 없는 역사 속 개인의 연대기가 되고, 공정과 객관으로 텍스트를 분석하려 한다고 주장하는 오만하고 순진한 인간들의 세 치 혀에 휘둘릴 수 없는 고유한 그 자신이 된다. 스타일리스트로서의 차현지를 나는 언제나 존경했고 부러워했다. 한편으로는 나 역시 그렇듯 소설과 소설을 둘러싼 삶에 지치거나 질리지 않기를 바랐다. 우리는 누구를 위해서도 무엇을 위해서도 쓰지 않고 오직 나 자신을 위해 쓴다. 목에 개기름칠하고 느끼한 말 뱉는 사람들 속에서도 그저 자신을 잃지 않았다는 것이 얼마나 값진 일인지 이 작가의 창작집을 통해 느껴 보았으면 한다. 나는 오랫동안 그토록 부인하려 애썼던 '소설도 삶의 기록'이란 말을 이 창작집 앞에서 경외하는 마음으로 인정한다. 테크니션으로서, 스타일리스트로서의 작품이 또한 그 자신의 삶이었음을 증명한 이 생산자의 기록이 문학사의 오랜 정리벽을 뚫고 나와 새로운 길을 낼 것임을 확신한다.

박민정(소설가)

트랙을 도는 여자들

초판 1쇄 인쇄 2021년 10월 29일
초판 1쇄 발행 2021년 11월 4일

지은이 차현지
펴낸이 김선식

경영총괄 김은영
책임편집 이호빈 **디자인** 박수연 **책임마케터** 박태준
콘텐츠사업6팀장 이호빈 **콘텐츠사업6팀** 임경섭, 박수연, 한나래, 정다움
마케팅본부장 이주화 **마케팅3팀** 이미진, 박태준, 배한진
미디어홍보본부장 정명찬 **홍보팀** 안지혜, 김재선, 이소영, 김은지, 박재연, 오수미, 이예주
뉴미디어팀 허지호, 임유나 **리드카펫팀** 김선욱, 염아라, 김혜원, 이수인, 석찬미, 백지은
저작권팀 한승빈, 김재원 **편집관리팀** 조세현, 백설희
경영관리본부 허대우, 하미선, 박상민, 김민아, 윤이경, 김소영, 이소희, 이우철, 김재경, 최완규, 이지우, 김혜진, 오지영

펴낸곳 다산북스 **출판등록** 2005년 12월 23일 제313-2005-00277호
주소 경기도 파주시 회동길 490
전화 02-704-1724 **팩스** 02-703-2219
이메일 dasanbooks@dasanbooks.com
홈페이지 www.dasan.group **블로그** blog.naver.com/dasan_books
용지 IPP **인쇄** 민언프린텍 **코팅 및 후가공** 제이오엘앤피 **제본** 대원바인더리

ISBN 979-11-306-7780-4 (03810)